C. L. Potter

Tod eines Lords

Ein Fall für Maud und Lady Christabel

Das Buch

England, Frühling 1912. Geplant ist ein erholsames Wochenende auf dem Land, das die junge Lady Christabel von ihrem Kummer ablenken soll. Stattdessen stolpert sie über die Leiche des Sohns ihrer Gastgeber.

Unterstützt von ihrer weltklugen Zofe Maud begibt sich die begeisterte Leserin von Detektivgeschichten auf die Suche nach Motiv, Mittel und Gelegenheit.

Doch wie findet man einen Täter, wenn alle Anwesenden gute Gründe haben, das Opfer zu hassen?

Die Autorin

C. L. Potter ist das Pseudonym von Christiane Lind, unter dem sie Landhauskrimis schreibt. Seitdem Christiane das erste Mal nach Südengland reiste, ist sie Herrenhäusern und deren Geheimnissen verfallen.

C.L. POTTER

Ein Fall für Maud & Lady Christabel

TOD EINES LORDS

COSY-CRIME

Impressum

Berliner Straße 52, 34292 Ahnatal
www.christianelind.de

Originalausgabe Juli 2020

Coverdesign, Satz und Layout: Wolkenart - Marie-Katharina Wölk,
www.wolkenart.com
unter Verwendung von Bildmaterial von ©Shutterstock.com

Lektorat 1: Katrin Rodeit, www.julia-rodeit.de
Lektorat 2: Lektorat Schmeinck – Korrekturen mit Herz
Korrektorat: Claudia Heinen, www.sks-heinen.de

Vertrieb: NOVA MD GmbH, Vachendorf
Herstellung und Druck:
Mazowieckie Centrum Poligrafii
Mikołaja Ciurlionisa Strasse 4
05-270 Marki, Polen

ISBN: 978-3-96698-615-1

Figuren

Lentune Hall

Maud Gulliver, Zofe

Christabel Mowgray, Ladyschaft von Maud

Upstairs

Rosalind Mowgray, Countess of Waldeford, Christabels Mutter

Alastair Mowgray, Earl of Waldeford, Christabels Vater

Dahlia Mowgray, Christabels Schwester

Basil Mowgray, Christabels Bruder

Lavinia Mowgray, Christabels unverheiratete Tante

Godfrey Riddington, Christabels Patenonkel

Downstairs

Harold Rowe, Butler

Jessamine Eggerton, Hausdame

Nellie Cramton, Köchin

Rupert Kendall, Chauffeur

Harold Knight, Lakai

Gladys Bannerman, Hausmädchen

Enid Gillinham, Hausmädchen

Lucy-Anne Buxton, Küchenhilfe

Ashburn Abbey

Upstairs

Percy Willmington, Earl of Aylesgrave
Honora Willmington, Countess of Aylesgrave
Dunstan Willmington, ältester Sohn
Georgina Willmington, dessen Ehefrau
Lucian Willmington, jüngerer Sohn
Violet Keat, dessen Verlobte
Unity Willmington, Tochter
Beryl Banfour, deren Freundin
Ernest Pemborough, Gast

Downstairs

Marmaduke Trowbridge, Butler
Eunice Stanhoop, Hausdame
Harriet Pratt, Köchin
Leonard Arnold, Chauffeur
Simon Nott, Lakai
Flossie Hasket, Hausmädchen
Ivy Lovell, Hausmädchen
Dora Mullens, Küchenhilfe

Kapitel 1

Lady Christabels Mutter wird mir den Hals umdrehen, war der erste Gedanke, der Maud durch den Kopf schoss, als die elegant gekleideten Damen in ihre nicht minder eleganten Handtaschen griffen und Hämmer herausholten. Der Anblick war so überraschend, dass die in Schwarz gekleideten Polizisten ebenso erstarrt verharrten wie Maud. Erschüttert beobachteten sie, wie die Ladys Fenster der piekfeinen Geschäfte an der Bond Street einschlugen. Das Geräusch der klirrenden Scheiben war ohrenbetäubend und übertönte selbst die skandierten »Wahlrecht für Frauen«-Rufe, die die Zerstörung begleiteten. Wie hatte Maud nur in dieses Chaos hineingeraten können?

Ihr Blick irrte von den Ladys hin zu den Bobbys und den Männern am Straßenrand, die nun ihre Chance witterten und mit erhobenen Fäusten auf die Protestierenden zuliefen. Wenn Maud nicht schnell genug wegkäme, würde sie gewiss in eine unerfreuliche Prügelei geraten. Sie drehte den Kopf hin und her, um einen Fluchtweg zu suchen. Dicht an dicht drängten sich die Frauen, wohl, um sich gegen die angreifenden Männer zu wehren.

»Maud? Maud, wo bist du?!«, erklang eine helle Stimme voller Panik, die sie daran erinnerte, warum sie sich hier befand. »Maud, was sollen wir nur machen?«

»Folgen Sie mir.« Maud lief auf die junge Frau zu und

ergriff Lady Christabels Arm. »Wir müssen verschwinden. So schnell wie möglich.«

Maud konnte nur hoffen und beten, dass diese Eskapade ihrer Lady nicht zu weitreichenden Konsequenzen führte. Warum gelang es ihr nicht, auf die Vernunft zu hören und sich Lady Christabels Wünschen zu widersetzen? Vor allem, wenn diese vollkommen unvernünftig waren wie heute!

Mehr als einmal hätte sich Maud dafür ohrfeigen können, Lady Christabels Launen nachgegeben zu haben. Wären sie damals nur nicht auf diese vermaledeite Kundgebung der Frauenrechtlerinnen gegangen, dann müssten sie jetzt nicht um ihre Gesundheit und ihr Leben fürchten. Sich für das Wahlrecht einzusetzen, war auch nur eine von vielen Ideen Lady Christabels.

Als gelangweilte Tochter aus gutem Haus suchte und fand sie mit überraschender Regelmäßigkeit etwas Neues, in das sie sich mit immenser Energie stürzte, nur um es nach einem halben Jahr fallen zu lassen. Maud hatte die Malversuche ihrer Lady ebenso überstanden wie deren Begeisterung fürs Gärtnern und die Faszination für das Theater. Daher war Maud davon ausgegangen, auch diese Leidenschaft von Christabel Mowgray wäre ein kurzlebiges Strohfeuer. Als Lady Christabel ihr mit leuchtenden Augen von der Kundgebung dieser sogenannten Suffragetten erzählt hatte, hatte Maud nur mit einem Kopfschütteln geantwortet. Das hatte ihre Ladyschaft tief getroffen.

»Verstehst du nicht, wie wichtig das ist?« Christabel Mowgray stemmte die Hände in die Hüften. Es fehlte nur noch, dass sie wie ein verwöhntes Kind mit dem Fuß aufstampfte. »Ohne Wahlrecht bleiben wir Menschen zweiter Klasse.«

Was weiß jemand wie Sie schon von Armut und Unterdrückung, dachte Maud, aber sie fragte nur: »Wird sich die Welt ändern, wenn Frauen wählen dürfen?«

»Selbstverständlich.« Lady Christabel schüttelte den Kopf über ihre Ignoranz. »Wenn du erst Mrs Pankhurst hast reden hören, wirst du es verstehen.«

Alle weiteren Versuche Mauds, ihre Ladyschaft davon abzubringen, waren ebenso gescheitert. Also hatten sie sich an diesem grauen Novembertag unter einem Vorwand aus dem Stadthaus in Belgravia geschlichen, um Mrs Pankhurst anzuhören und danach an einer Kundgebung teilzuhaben.

Selbst die mit Verve vorgebrachte Rede hatte Maud nicht davon überzeugen können, dass wählende Ladys die Welt verbessern würden. Denn Armut und Elend des Londoner East Ends würde es auch weiterhin geben, wenn Frauen ihre Stimme abgeben durften. Ganz zu schweigen davon, dass viele der Suffragetten das Wahlrecht nur für wohlhabende Damen forderten und arme Frauen weiterhin nicht das Recht bekämen, über ihr Schicksal zu entscheiden.

Trotz dieser Vorbehalte hatte Maud als gute Zofe ihre Lady begleitet und dabei insbesondere die Polizei im Blick gehabt. Sie hatte Übles darüber gehört, wie die Bobbys die Damen behandelten, die für das Frauenwahlrecht kämpften. Wenn die Polizisten schon nicht davor zurückscheuten, ihre Knüppel gegen feine Damen zu schwingen, wie mies würden sie dann erst eine Zofe anpacken?

Also entschied Maud, dass Weglaufen der klügere Teil der Tapferkeit wäre. Als die Ordnungshüter ihre Fassung wiedergewonnen hatten und mit erhobenen Schlagstöcken auf sie zupreschten, zog Maud Lady Christabel hinter sich her und schürzte die Röcke, um davonzurennen. Doch sie hatte nicht mit dem Eigensinn ihrer Ladyschaft gerechnet.

»Kommen Sie, Mylady.« Maud griff Lady Christabels Arm und wollte sie hinter sich her zerren, nur weg von den prügelnden Polizisten und schreienden Frauen. »Wir müssen abhauen, so schnell wir können.«

»Ich lasse meine Schwestern nicht im Stich.« Mit der ihr eigenen Sturheit stemmte Christabel Mowgray die Füße in den Boden und bewegte sich kein Stück. »*Ich* bin bereit, für meine Überzeugungen ins Gefängnis zu gehen.«

Manchmal kam es Maud vor, als wäre sie zwanzig Jahre älter als ihre Ladyschaft und nicht nur fünf. Womöglich wäre sie auch derart weltfremd, wenn sie mit einem goldenen Löffel im Mund geboren wäre wie Lady Christabel. Maud hatte gelernt, sich mit ihrem Platz in der Welt zu bescheiden, aber an Tagen wie diesen verfluchte sie das Schicksal, das sie nach London geführt hatte. Wenn ihre Ladyschaft in dieser bockigen Stimmung war, half nur eines: ehrliche und deutliche Worte.

»Das sagen Sie nur, weil Sie noch nie einen Knast von innen gesehen haben«, zischte Maud. »Dort stinkt es wie in einer Kloake und es ist eisig kalt. Sie müssen sich mit vielen einen winzigen Raum teilen. Kommen Sie!«

Zu Mauds Erstaunen gab Lady Christabel so plötzlich nach, dass Maud ins Stolpern geriet. Nachdem sie sich gefangen hatte, sah sie hoch und entdeckte einen Ausdruck von Verblüffung, gepaart mit Ekel auf Lady Christabels feinen Zügen. Aus verengten Augen musterte ihre Ladyschaft einen elegant gekleideten Gentleman, der sich weder von den Bobbys noch von den kreischenden Damen einschüchtern ließ. Die Polizisten, die eben noch auf Maud zugelaufen kamen, drehten um, um sich einfachere Opfer zu suchen.

Neugierig betrachtete Maud den Gentleman, den sie auf den ersten Blick unerfreulich fand. Möglicherweise hatte sie zu viele Kriminalromane gelesen, in denen die Bösewichte dunkelhaarige Männer mit eingefallenen Gesichtern waren. Aber nein, das war es nicht allein. Es war der Ausdruck von Arroganz und Langeweile, der auf seinen hageren Gesichtszügen lag. Die Mundwinkel waren spöttisch herabgezogen, als wüsste er mehr als die anderen in seiner Umgebung. Wer war das und was verband ihre Ladyschaft mit ihm?

»Christabel Mowgray. Wie überaus überraschend, Sie hier anzutreffen.« Ein süffisantes Lächeln erschien in seinen Mundwinkeln. »Ich hoffe sehr, Sie haben nichts mit dem Getümmel dort hinten zu schaffen?«

»Lucian Willmington.« Maud bemerkte, wie Lady Christabel ihre Nase rümpfte, als würde man sie mit einem verfaulten Stück Fleisch konfrontieren. »Auch ich habe nicht erwartet, Sie hier zu sehen.«

»Mylady«, drängte Maud, die fürchtete, dass ihnen wenig Zeit für höfliches Geplänkel blieb. »Wir sollten uns sputen.«

Weil sie es gewagt hatte, sich in das Gespräch der Herrschaften einzumischen, warf ihr Mr Willmington einen musternden Blick zu. Seine Mundwinkel zogen sich nach unten, aber er würdigte sie keiner weiteren Beachtung. Stattdessen wandte er sich an Lady Christabel.

»Ich hoffe, wir werden bald eine bessere Gelegenheit zum Plaudern finden.« Spöttisch verneigte er sich. »Normalerweise würde ich anbieten, Ihnen sicheres Geleit zu gewähren, doch ich habe einen wichtigen Termin.«

Bevor eine der beiden Frauen etwas erwidern konnte, hatte er sich schon umgedreht. Elegant schlängelte er sich zwischen den Männern hindurch, die eben noch am Straßenrand gestanden hatten und nun bedrohlich näher kamen.

»Was für ein Geck!«, zischte Lady Christabel. »Dass ich ausgerechnet ihm hier begegnen muss. Er wird es bestimmt meinem Vater erzählen.«

Das fehlt mir noch zu meinem Glück, dachte Maud und unterdrückte ein Aufseufzen. *Denn wer wird die Schuld dafür bekommen? Hoffentlich erhalte ich nicht die Kündigung. Ihre Eltern sollten wissen, wie Lady Christabel ist, aber dennoch müsste ich die Angelegenheit ausbaden. Hölle und Hinkebein!*

In dem Moment erklang ein schriller Schrei, als ein Bobby auf eine am Boden liegende Frau einschlug, die ihre Arme schützend über den Kopf erhoben hatte. Um sie herum nahm Maud ein wildes Durcheinander wahr und erkannte mit Schrecken, wie nahe ihnen die Ordnungshüter inzwischen erneut gekommen waren. Hätte Lady Christabel sich nur nicht mit dem Gespräch aufgehalten. Die ohnehin schmale Lücke, die ihnen eine Flucht ermöglichte, drohte sich zu schließen.

Als Maud spürte, wie die kämpferische Entschlossenheit ihrer Herrin angesichts des Dramas um sie herum weiter ins Wanken geriet, zog sie Lady Christabel hinter sich her. Mit schmerzenden Lungen raste sie auf die schmale Bresche zu, die ihnen den Weg in die Freiheit zeigte. Genau in diesem Moment kamen zwei Polizisten von links auf sie zu gerannt, die Gesichter unter den hohen schwarzen Kappen kaum erkennbar.

Mauds Blick irrte umher, aber es gab kein Entkommen. Entweder standen ihnen weinende Frauen, die in Polizeigewahrsam genommen wurden, oder kämpfende Frauen, die mit ihren Handtaschen auf die Polizisten einschlugen, im Weg. Maud blieb stehen, um sich zu orientieren. Als Lady Christabel, überrascht von dem plötzlichen Halt, in sie hineinkrachte, stolperte Maud und schlug sich das Knie auf dem harten Kopfsteinpflaster Londons an.

»Hierher, schnell!«, erklang eine angenehme Stimme links von ihr. »Sputen Sie sich!«

Als Maud ihren Kopf wandte, erspähte sie einen ihr unbekannten Mann, der sie mit der linken Hand zu sich winkte. Die Tintenflecken an seinen Fingern waren das Erste, was ihr an ihm auffiel. Sie und das Notizbuch, das er eilig in die Tasche seines gut geschnittenen, aber abgetragenen Mantels schob, enttarnten ihn als Journalisten. Kurz verhielt sie und überlegte, ob sie dem Fremden vertrauen sollte. Meinte er es wirklich gut mit ihnen oder würde sie am nächsten Tag ein Foto und den Namen ihrer Ladyschaft in der »Daily Mail« entdecken?

Besser in der Zeitung als in Holloway! Wenn ich zulasse, dass Lady Christabel im Gefängnis landet, bringt ihre Mutter mich um. Nein, dafür ist die Countess of Waldeford zu vornehm, aber sie wird mich ohne Referenzen entlassen.

Diese Gedanken schossen ihr durch den Kopf. Sie waren so beängstigend, dass Maud sich entschloss, ihr Schicksal dem Schreiberling anzuvertrauen. Mit einem kräftigen Stoß schubste sie ihre Herrin in seine Richtung, schlug einen Haken um den Polizisten, der die Hände nach ihr ausgestreckt hatte, und folgte Lady Christabel. Die hatte dem Mann ihre Hand gegeben, was Maud aufstöhnen ließ. Hoffentlich bemerkte niemand, wie unschicklich sich die junge Dame benahm. Jeder Fehler Lady Christabels würde ihrer Zofe angekreidet werden, das wusste Maud nur zu gut.

Galant hielt er ihre Hand, während er unvermutet die Richtung wechselte, um aus der sich anbahnenden Katastrophe zu entkommen. Der Journalist und Lady Christabel liefen so schnell, dass Maud Mühe hatte, ihnen zu folgen. Endlich verlangsamten sie ihre Schritte und bogen in eine der vielen kleinen Nebenstraßen ein.

Dankbar lehnte Maud sich an die roten Ziegel einer Hauswand und rang nach Atem. Nachdem sie wieder Luft bekam, sah sie sofort zu ihrer Ladyschaft und ihrem Retter. Die beiden standen sich gegenüber und er hielt noch immer ihre Hand. Maud verdrehte die Augen. Das würde gewiss kein gutes Ende nehmen.

»Danke«, hauchte Lady Christabel und senkte den Kopf. Zu Mauds Überraschung liefen die Wangen der jungen Frau rot an. »Sie haben uns gerettet. Wie furchtbar gemein diese Polizisten sind.«

So sanft, beinahe schüchtern, hatte Maud ihre Ladyschaft bisher nicht erlebt. Das war ihr Anlass und Grund, den jungen Mann, der sie gerettet hatte, gründlich zu begutachten. Er sah ansprechend aus, zweifelsohne, mit seinem braunen Haar und den grauen Augen. Eine klassische Nase, ein sinnlicher Mund und ein schmales Gesicht – alles wohlproportioniert, aber kein Grund zu erröten. Das Einzige, was ihn über die Vielzahl anderer gut aussehender Männer erhob, war die linke Augenbraue, die aussah, als hätte er sie fragend hochgezogen. Das gab seinem Gesicht einen pfiffigen Charme, von dem Maud nicht gedacht hätte, dass er Lady Christabel gefallen könnte.

»Es war mir ein Vergnügen.« Als der junge Mann verunsichert zu Boden sah, wünschte Maud sich einmal mehr, sie hätte verhindert, dass ihre Lady heute an der Kundgebung teilnahm. »Mein Name ist Fleeth. Nicholas Fleeth.«

Er schien mehr sagen zu wollen, aber ihm versagte die Stimme. Es war kein Wunder, dachte Maud, dass ihm die Worte fehlten. Selbst derangiert vom Kampf mit den Polizisten und außer Atem war Lady Christabel das Bild einer englischen Rose. Ihre Wangen, die jetzt gerötet waren, waren zart und ohne Makel, ihre großen Augen von einem exquisiten Graublau. Die etwas zu lange, schmale Nase und der etwas zu volle Mund minderten Lady Christabels Schönheit nicht etwa, sondern fügten sich zu einem Gesamtbild zusammen, das bereits mehreren Galanen das Herz gebrochen hatte.

Einzig die Haarfarbe, nicht blond, aber auch nicht braun, passte nicht perfekt. Bisher widersetzten sich die widerspenstigen Locken allen Versuchen Mauds, sie mit Hilfe von Kamillensud, Honig oder Backpulver aufzuhellen.

»Ich bin Christabel Mowgray«, sagte ihre Ladyschaft schließlich, den Blick weiterhin auf den jungen Mann gerichtet, als gäbe es nichts Wichtigeres.

Doch Maud hörte das Klappern genagelter Schuhe auf dem Straßenpflaster und musste erkennen, dass sie noch lange nicht in Sicherheit waren. Also schürzte sie erneut ihre Röcke, holte tief Atem und lief los. Über die Schulter rief sie den beiden Turteltauben zu: »Kommen Sie, sonst landen wir alle in Holloway!«

KAPITEL 2

Während Christabel den langen Flur entlang zum Frühstückszimmer ging, kreisten ihre Gedanken nur um die Frage, warum sie noch nichts von Nicholas gehört hatte. Vor seiner Abreise hatte er ihr hoch und heilig versprochen, ihr jeden Tag eine Nachricht zu senden. Doch gestern war kein Telegramm gekommen oder aber – und dieser Gedanke bereitete ihr Sorgen – ihre Eltern hatten es abgefangen.

Auf keinen Fall durfte sie sich etwas anmerken lassen. Wenn sie sich durch Worte oder Gesten verriet, stünde ihre Zukunft auf dem Spiel. Niemals würde ihre Familie zulassen, dass Christabel unter ihrem Stand heiratete. Daher gab es nur eins: Sie musste mit ihrem Geliebten durchbrennen, nach Gretna Green vielleicht. Bei dem Gedanken an eine romantische, heimliche Hochzeit stieg ihre Stimmung und frohgemut öffnete sie die Tür zum Frühstückszimmer.

Wie jeden Morgen fiel ihr Blick auf die imposanten Porträts zweier Vorfahren, die in dem mit dunklem Holz verkleideten Raum hingen. Über dem Kamin war ein düster wirkender Herr in schwarzer Kleidung zu sehen, während an der langen Wandseite ein beinahe lebensgroßes Bild eines Mannes in roter Kleidung mit einem Hermelinkragen platziert war. Christabel mochte das Zimmer nicht, sie fühlte sich von diesen grimmig blickenden Vorfahren beobachtet und beurteilt.

Zu ihrer Überraschung frühstückte ihre Mutter heute nicht im Bett, sondern saß neben ihrem Ehemann am Frühstückstisch. Was mochte das nur zu bedeuten haben? Christabel hatte gelernt, jegliche Abweichung von der täglichen Routine als Bedrohung zu betrachten. Denn zumeist ging damit der Versuch ihrer Mutter einher, Christabel einen passenden Ehemann unterzujubeln. Daher wappnete sie sich innerlich, während sie freundlich lächelte.

Nachdem sie ihrer Familie einen guten Morgen gewünscht hatte, suchte sie sich einige Leckerbissen am Büfett. Verführerisch dufteten Würstchen und Speck, die auf Warmhalteplatten brutzelten. Pochierte Eier, Toast und zwei Scheiben Schinken – mehr gönnte Christabel sich nicht, weil sie sonst einen tadelnden Blick ihrer Mutter geerntet hätte.

Sie setzte sich neben Dahlia, ihre jüngere Schwester, und bestrich eine Toastscheibe dünn mit Butter. Warum nur schwiegen die Mitglieder ihrer Familie? Hatten sie etwa von Nicholas erfahren? Christabel ließ das Messer sinken, um das Zittern ihrer Finger zu verbergen.

»Ich habe Dudley Gillet gestern im Klub getroffen«, sagte ihr Vater betont beiläufig. »Er hat sich nach dir erkundigt.«

Alastair Mowgray schenkte seiner ältesten Tochter ein schmallippiges Lächeln. Jeder Zoll ihres Vaters gab ihn als »Landedelmann« zu erkennen. Seine hochgewachsene Gestalt wirkte sportlich und hager wie die eines Mannes, der viel Zeit auf dem Pferderücken zubrachte. Die kräftige Nase hatten glücklicherweise weder Christabel noch Dahlia geerbt. Das braune Haar trug er akkurat kurz geschnitten, das Kinn und die schmalen Wangen waren glatt rasiert. Langsam schlichen sich erste Strähnen von Grau in seine Haare, was ihm ein noch distinguierteres Aussehen verlieh.

Sie seufzte kaum hörbar. Das Manöver ihres Vaters war einfach zu durchsichtig. Warum nur hatte er sich in Fragen ihrer möglichst baldigen Heirat auf die Seite ihrer Mutter geschlagen? Schlimm genug, dass Rosalind Mowgray Christabel jeden Tag zu einem Besuch bei passenden Familien zerrte, damit sie dort begutachtet werden konnte wie eine Zuchtstute. Sicher, es war ungewöhnlich, dass Christabel bisher jeden Heiratsantrag ausgeschlagen hatte, obwohl einige vielversprechende Kandidaten darunter gewesen waren. Aber konnten ihre Eltern nicht begreifen, dass ihr die Liebe wichtiger war als eine gute Partie?

»Dudley ist ein furchtbarer Langweiler.« Christabel hielt den Blick stur auf ihren Teller gerichtet, weil sie fürchtete, dass ihre Miene sie verraten würde. »Er kann sich nur über Pferde und die Jagd unterhalten.«

Nun schaute sie ihren Vater direkt an und lächelte, um ihre Worte abzumildern, aber das half nichts. Als sie ihm Widerworte gab, kniff er die ohnehin schmalen Lippen zusammen, bis sie einen Strich bildeten. Die Falte zwischen seinen Augenbrauen vertiefte sich und er verengte die grauen Augen.

»Der junge Gillet ist eine gute Partie«, mischte sich nun, wie zu erwarten, ihre Mutter ein. Hinter Rosalind Mowgrays Lächeln verbarg sich die schlecht verhüllte Absicht, ihre älteste Tochter endlich angemessen zu verheiraten. Schließlich war Christabel bereits 22 Jahre alt und auf dem besten Weg, als alte Jungfer zu enden. Christabels unpassendes Benehmen verschlechterte die Heiratsaussichten für Dahlia, die in dieser Saison ihr Debüt gegeben hatte und nun, ebenso wie Christabel, jeden Tag zu Besuchen geschleppt wurde. Dahlia allerdings genoss den Heiratszirkus und konnte es kaum erwarten, die Ehe zu schließen. Ihr stellte sich nur die Frage, *wen* sie heiraten wollte, nicht *ob*.

»Lieber bleibe ich unverheiratet, als mein Leben in tödlicher Langeweile zu verbringen.« Christabel stieß ein undamenhaftes Schnauben aus. Selbst wenn sie nicht in Nicholas ihre große Liebe gefunden hätte, wäre Dudley niemals infrage gekommen. »Tante Lavinia führt ein viel spannenderes Leben als wir.«

Einen Augenblick lang herrschte Schweigen, was Christabel sehr deutlich machte, wie stark ihre Worte gegen die guten Sitten verstießen. Manchmal hasste sie es unglaublich, eine Angehörige des Adels zu sein, für die Hunderte von Benimmregeln galten. Die meisten von ihnen entstammten dem letzten Jahrhundert und hatten nach Christabels Auffassung nur die Aufgabe, Frauen zu einem langweiligen Leben zu verdammen. Ihre Eltern hingegen sahen darin die Basis des Funktionierens ihrer Gesellschaft, was immer wieder zu Konflikten führte. Weil sie ihre Eltern liebte, bemühte Christabel sich meistens, diese Streitigkeiten zu vermeiden, aber die Vorstellung, mit Dudley Gillet verheiratet zu werden, hatte sie diese Vorsicht vergessen lassen.

»Deine Tante kann sich ihren unkonventionellen Lebensstil *nur* leisten, weil sie durch das Erbe ihrer Patentante abgesichert ist.« Rosalind kniff die Lippen zusammen. »Wie würdest du dein Leben bestreiten wollen?«

»Wenn ihr mir erlauben würdet zu studieren, fände ich bestimmt etwas, mit dem ich meine Eigenständigkeit sichere.«

Obwohl sie dieses Gespräch oder ein ähnliches bestimmt mehr als ein Dutzend Mal geführt hatten, konnte Christabel ihren Mund einfach nicht halten. »Frauen sollten mehr Möglichkeiten haben, als nur zu heiraten.«

Ihre Eltern wechselten einen Blick, wie ihn Christabel nur zu gut kannte. Falls sie nur einen winzigen Funken Hoffnung gehegt hatte, ihre Familie von ihrer Liebe zu Nicholas überzeugen zu können, starb er nun einen schnellen Tod.

»Mit deinen Reden verdirbst du mir jegliche Chance auf eine gute Partie«, mischte sich nun auch noch Dahlia ein. »Du könntest wahrlich etwas rücksichtsvoller sein.«

Wie können wir uns äußerlich nur so ähnlich sehen und uns so sehr unterscheiden, fragte sich Christabel, als die hohe Stimme ihrer Schwester erklang. Dahlia wich niemals vom Pfad der Tugend ab, sondern bemühte sich nach Kräften, das perfekte Bild einer britischen Lady abzugeben. Manchmal kam es Christabel vor, als wollte ihre Schwester ihr auf diesem Weg heimzahlen, dass Christabel eine bessere Fechterin und Reiterin war.

»Du machst unsere Familie noch zum Gespött Londons.« Himmel, musste ihr Bruder ebenfalls seine Meinung kundtun? »Etwas mehr Rücksicht würde dir gut zu Gesicht stehen.«

In diesem selbstgerecht-nasalen Tonfall hatte Basil bereits als Kind gesprochen. Selbst mit gutem Willen konnte man ihn nicht attraktiv nennen. Christabel mit ihrer spitzen Zunge nannte ihren Bruder farblos. Wie seine Schwestern war auch Basil dunkelblond und blauäugig, allerdings wirkten Augen und Haare bei ihm verwaschen oder ausgeblichen. Von seinem Vater hatte er die kräftige Nase geerbt, die sich nach links neigte, als hätte er sie sich bei einer Prügelei gebrochen. Etwas,

was ihrem Bruder nicht im Traum einfallen würde. Mit seinem Vater gemeinsam hatte Basil außerdem die schmalen Lippen und die Angewohnheit, diese missbilligend zusammenzukneifen.

Im Unterschied zu Christabel und Dahlia, die das Reiten liebten, scheute ihr Bruder vor Pferden und körperlicher Betätigung zurück. Daher wirkte er trotz seiner zwanzig Jahre schlaksig und ungelenk wie ein Halbwüchsiger.

Christabel, die ohnehin wenig begeistert darüber gewesen war, einen Bruder zu bekommen, hatte es nie geschafft, ihre Abneigung gegen ihn zu überwinden. Wusste er doch immer alles besser und schien seine Bestimmung darin zu finden, Christabel zu tadeln.

»Genug.« Alastair erhob nur leicht die Stimme, aber die Schärfe seines Tons reichte aus, dass die Geschwister sich wieder ihren Mahlzeiten widmeten.

»Wir sind am kommenden Freitag zum Ball bei den Cavenleys eingeladen.« Weder Rosalinds Tonfall noch ihr Gesichtsausdruck ließen vermuten, wie sehr sie sich über die Debatte geärgert hatte. Aber Christabel kannte ihre Mutter gut genug, um zu wissen, wie wenig diese über ihre Ansichten erfreut war. »Christabel, Dahlia, morgen kommt die Schneiderin, um eure Kleider anzupassen.«

Bevor sie antworten konnten, kam ein Lakai herein und flüsterte Alastair Mowgray etwas ins Ohr. Er erbleichte und antwortete dem Bediensteten, bevor er sich erhob. Doch da öffnete sich bereits die Tür und Godfrey Riddington stürmte ins Speisezimmer.

Obwohl Christabels Patenonkel ein erfolgreicher Gutsbesitzer war, erinnerte er sie an einen zerstreuten Professor. Selbst wenn Godfrey sich Mühe gab, fand sich immer ein Makel an seiner Kleidung. Entweder saß die Krawatte schief, sein Ärmel zog einen Faden oder die Tasche war eingerissen, weil er seltsame Fundstücke hineingestopft und sie damit ausgebeult hatte.

Die blauen Augen unter buschigen Brauen blickten ein wenig verwirrt in die Welt, was darüber hinwegtäuschte, was für ein reger Verstand sich hinter ihnen verbarg.

Am auffallendsten war sein Lächeln, das etwas schief geriet, weil der linke Mundwinkel höher war als der rechte.

Christabel war ihren Eltern überaus dankbar, dass sie Godfrey als ihren Patenonkel ausgewählt hatten, weil er ihr wunderbare Geschichten erzählt hatte, als sie klein gewesen war. Später hatte er versucht, sie für die Naturwissenschaften und die Medizin zu begeistern, denen er sich in seiner Freizeit widmete. Aber leider konnte er Christabel nie dafür gewinnen.

Heute jedoch wirkte Godfrey weder fröhlich noch verwirrt, sondern aufgeregt und zutiefst erschrocken.

»Es tut mir leid, euch zu stören.« Ihr Patenonkel schaute in die Runde. Ein winziges Lächeln zog über sein Gesicht, als er Christabel sah, der er zunickte. »Es ist ein furchtbares Unglück geschehen.«

»Godfrey!« Alastairs Stimme klang scharf. »Das ist gewiss kein Thema für die Familie.«

»Sie werden es morgen sowieso erfahren. Die Zeitungen werden keine anderen Schlagzeilen aufweisen.«

Obwohl sie nicht wusste, was ihr Patenonkel Grauenvolles zu berichten hatte, spürte Christabel eine entsetzliche Angst. Ihr Herz schien einen Schlag auszusetzen. Mit einem Klirren fiel die silberne Gabel auf den Teller, was ihr die Aufmerksamkeit aller zuzog.

»Was ist geschehen?«, flüsterte sie. »Onkel Godfrey, du machst mir Angst.«

Ihre ausgeprägte Fantasie gaukelte ihr Bilder von Bränden, Morden oder gar einem Krieg vor. Möglicherweise zogen die Armen des Londoner East Ends rebellierend und plündernd durch die Straßen der Stadt und standen kurz davor, ihr Anwesen zu stürmen.

Alle Blicke richteten sich auf Godfrey Riddington, der sie ebenfalls ansah. Als Christabel entdeckte, wie verdächtig seine Augen glänzten, griff sie an ihre Kehle. Es fühlte sich an, als drückte jemand sie zu.

»Es tut mir leid, den Tag so beginnen zu müssen.« Godfrey holte tief Luft, sein Gesicht zeigte deutliche Anspannung. »Vor wenigen Stunden ist die Titanic gesunken. Das Schiff hat einen Eisberg gerammt und die Kollision nicht überstehen können.«

»Galt sie nicht als unsinkbar?«, hörte Christabel Basil fragen, während ihre Mutter einen Schreckensschrei ausstieß, gefolgt von: »So viele unserer Freunde befinden sich auf dem Schiff«.

Dahlia schluchzte leise, denn zwei ihrer Verehrer hatten auf der Titanic nach New York reisen wollen.

Christabels Gedanken kreisten nur um eins – *Nicholas*! Ihre zitternden Finger tasteten nach der Tasse, um einen beruhigenden Schluck Tee zu trinken, doch sie konnte das Porzellan nicht halten. Blicklos starrte sie vor sich hin, unfähig, einen anderen Gedanken als den Namen des geliebten Mannes zu fassen.

Erst als ihr Vater fragte: »Wie viele Menschen haben überlebt?«, schöpfte Christabel Hoffnung. Natürlich! Wie hatte sie nur vom Schlimmsten ausgehen können? Die Titanic war das modernste und sicherste Schiff ihrer Zeit. Gewiss hatten alle Passagiere den Zusammenstoß überstanden und befanden sich nun in Sicherheit in New York. Vor Erleichterung kamen ihr die Tränen.

Da ließ sich Godfrey schwer auf einen Stuhl fallen. Auf seinem ausdrucksstarken Gesicht spiegelten sich so viel Schmerz und Elend, dass Christabels Hoffnungen zusammenfielen wie ein Kartenhaus.

»Rowe, bringen Sie eine Tasse und einen Whiskey für Lord Riddington.«

»Es ist entsetzlich. Bisher heißt es, nur etwa ein Drittel der Menschen, die an Bord waren, konnte gerettet werden.«

»Nein! Nein! Nein!« Erst als sie das Wort wieder und wieder hörte, merkte Christabel, dass es ihr Mund war, der diese schrillen Schreie ausstieß. Sie schlug sich mit der Hand vor den Mund, bevor sie in einer gnädigen Ohnmacht versank.

Kapitel 3

Als sie noch als Hausmädchen gearbeitet hatte, war Maud jedes Mal glücklich gewesen, wenn Mrs Eggerton sie zur Arbeit in der Bibliothek von Lentune Hall eingeteilt hatte. Obwohl Maud damals kaum des Lesens mächtig gewesen war, hatten sie die Holzregale voller in Leder gebundener Bücher beeindruckt. Wenn sie allein in dem taubengrau gestrichenen Raum war, nahm sie sich gern einen Folianten aus dem Regal und fläzte sich auf eines der drei tiefbraunen Ledersofas.

Auch wenn sie damals nur wenig entziffern konnte, liebte sie den Geruch des Papiers und das Gefühl eines Buches in ihren Händen. Wie sehr hatte sie sich als Hausmädchen gewünscht, sie hätte richtig lesen gelernt. Ein Wunsch, den ihr Lady Christabel erfüllt hatte, nachdem Maud ihre Zofe geworden war. Dafür war Maud ihrer Ladyschaft für den Rest ihres Lebens zu Dank verpflichtet. Die Fähigkeit hatte Maud eine völlig neue Welt eröffnet. Sie las alles, was sie in ihre Finger bekam: Detektivgeschichten, die Lady Christabel liebte, aber auch die Groschenromane, mit denen sich die Dienstmädchen ihre Zeit vertrieben. Selbst die landwirtschaftlichen und historischen Fachbücher, die Lord Mowgray gehörten, hatte Maud verschlungen.

Im Londoner Haus der Familie gab es nur eine kleine Bibliothek, überwiegend leichte Unterhaltungsromane und

Zeitschriften, um sich die Zeit zwischen den Besuchen und Bällen zu vertreiben. Dennoch zog sich Maud gern dahin zurück, nachdem die Hausmädchen dort sauber gemacht hatten. Natürlich erst, nachdem sie ihre Arbeiten für Lady Christabel erledigt hatte. Für Maud war die Bibliothek ein Ort des Träumens und der Flucht vor dem Alltag.

Buch an Buch zogen sich hohe Regale aus dunklem Holz an den Wänden entlang. An einem Holzpaneel hingen Scherenschnitte, gruppiert um ein Gemälde, das den dritten Earl of Waldeford darstellte. Wenn man dem Porträt glauben konnte, musste der ein grimmiger Zeitgenosse gewesen sein, mit dem sicher nicht gut Kirschen essen gewesen war. Maud kam es immer vor, als würde er sie kritisch beäugen, weil sie als Zofe es wagte, in seine Bibliothek einzudringen.

Vor den Regalen stand ein runder Tisch mit zwei Sesseln, die förmlich dazu einluden, sich mit einem Buch niederzulassen. Heute jedoch hatte Maud dafür keine Zeit und ihr Interesse galt weniger gewichtiger Lektüre.

Auf dem Tisch landeten die Tageszeitungen »The Daily Telegraph« und »The Times«, nachdem die Herrschaften sie gelesen hatten und bevor sie zum Feueranzünden genutzt wurden. Da Maud wusste, wie sehr sich Lady Christabel nach Informationen über die Katastrophe der Titanic verzehrte, blätterte sie eilig die Zeitungen durch. Noch immer gab es keine Namensliste derjenigen, die das Unglück überlebt hatten. Maud seufzte. Für Lady Christabel war diese Ungewissheit unerträglich.

Vielleicht fanden sich andere Nachrichten, die das Interesse ihrer Ladyschaft weckten und sie von der bangen Frage ablenkten, ob Nicholas Fleeth das Desaster überlebt hatte. Wenn sie Glück hatte, hatte Lady Christabels Lieblingsautorin Winifred Ruteledge einen neuen Roman veröffentlicht. Mauds Blick fiel auf eine winzige Meldung über ein Hausmädchen, das sich mit Rattengift umgebracht hatte. Das arme Ding tat ihr leid und sie fragte sich, wie verzweifelt man sein musste, um so einen schmerzhaften Tod zu wählen?

Das war gewiss keine Nachricht, die Lady Christabel aufheitern würde. Vielleicht könnte Maud sie mit dem Bericht über die neueste Suffragetten-Kundgebung ablenken, obwohl Lady Christabel seit dem November vergangenen Jahres wenig Interesse dafür gezeigt hatte. Die Verliebtheit in Mr Fleeth hatte alle politischen Ambitionen verdrängt.

Nein, ich sollte keinesfalls etwas über Suffragetten berichten, das würde sie nur an das erste Zusammentreffen mit Mr Fleeth erinnern. Maud blätterte weiter. *Wenn ich Glück habe, gibt es einen neuen Detektivroman; damit kann ich meiner Lady immer eine Freude machen.*

»Hier sind Sie also.« Die dunkle Stimme und vor allem der vorwurfsvolle Tonfall waren Maud nur zu bekannt. Zwischen Harold Rowe, dem Butler, und ihr war es Abneigung auf den ersten Blick gewesen. Maud war sicher, dass er vor drei Jahren hatte verhindern wollen, dass sie die Stelle als Hausmädchen bekam, aber Mrs Eggerton hatte sich durchgesetzt. Dafür war Maud ihr unendlich dankbar.

Rowe schaffte es, die Butlern oft innewohnende Arroganz auf eine neue Stufe zu heben. Seine vollen Lippen waren stets missbilligend gekräuselt, seine engen braunen Augen schienen nur auf der Suche nach Fehlern zu sein. Glücklicherweise war die Natur ihm gegenüber nicht freundlich gewesen: Mr Rowe war sehr klein für einen Mann, Maud überragte ihn um einen Kopf, was er durch eine betont gerade Haltung wettzumachen suchte. Seine Haare hatten sich zurückgezogen, was er durch geschicktes Kämmen zu übertünchen versuchte. Wenn er ihr gegenüber nicht so hochfahrend wäre, hätte Maud ihm Tipps geben können, wie er seinen Haarausfall bekämpfen könnte. So jedoch schwieg sie und wünschte ihm eine baldige Glatze, die sicher schlecht zu seinem herrschaftlichen Auftreten passte.

An dem Tag vor knapp einem Jahr, an dem Lady Christabel Maud zu ihrer Zofe gewählt hatte, war Rowe dunkelrot angelaufen, als würde ihn der Schlag treffen. Auch heute noch ließ er Maud bei jedem gemeinsamen Essen der Dienstboten spüren, dass er sie für eine Hochstaplerin hielt, die es nicht verdiente, zu den oberen Dienstboten zu gehören.

Wenn er wüsste, wie richtig er liegt, würde man sein Triumphgeheul bis Westminster hören, hatte Maud manches Mal gedacht.

»Mr Rowe.« Sie nickte und lächelte süßlich. »Ich bin auf der Suche nach einem Buch für Lady Christabel.«

Kaum hatte sie ausgesprochen, ärgerte sie sich darüber, sich dem Butler gegenüber zu erklären. Sie war ihm keinerlei Rechenschaft schuldig, auch wenn Rowe sich das noch so sehr wünschte.

»Das hat Zeit.« Sein Tonfall wurde noch herablassender. »Lady Mowgray und Lady Dahlia erwarten Sie im Drawing Room auf Sie. Sie sollten die Damen nicht warten lassen.«

»Als ob ich das nicht selbst wüsste«, zischte Maud, allerdings so leise, dass der Butler sie nicht verstehen würde. So gerne sie ihm Widerstand geleistet hätte, war Maud zu klug, noch länger in der Bibliothek zu trödeln. Sie drängelte sich eng an Rowe vorbei, damit er zu ihr aufschauen musste.

Auf dem Weg in den kleinen Salon, den Rowe hochtrabend als »Drawing Room« bezeichnete, überlegte Maud, was Lady Christabels Mutter wohl von ihr wünschte. Hatte Lady Mowgray etwa von der Suffragetten-Kundgebung gehört? Oder, schlimmer noch, wusste sie von den heimlichen Treffen zwischen Lady Christabel und Nicholas Fleeth, bei denen Maud als Alibi und Anstandsdame gedient hatte?

»Myladys.« Maud knickste, nachdem sie die Tür zum Salon geöffnet hatte. Lady Mowgray saß aufrecht auf einem der hohen Sessel mit den gestreiften Bezügen, während ihre Tochter danebenstand, eine Hand auf die Lehne gelegt. Beide wirkten, als stünden sie für jemanden Porträt und nicht, als wollten sie mit einer Bediensteten sprechen.

Der »Drawing Room« bildete eine ansprechende Kulisse für dieses Bild. Auf einem zierlichen dunkelbraunen Tisch mit dünnen, hohen Beinen stand eine Vase mit Lilien, die einen betäubenden Duft verströmten. Daneben lagen polierte Äpfel in einer silbernen Schale. Aus den bodentiefen Fenstern, umrahmt von zartroten Vorhängen, fiel Sonnenlicht auf die beiden Frauen und ließ ihre Haare schimmern.

Wie jedes Mal, wenn sie Lady Dahlia sah, staunte Maud über deren frappierende Ähnlichkeit mit Lady Christabel. Allerdings wirkten Dahlia Mowgrays Gesichtszüge schwächer und zarter, so wie auch Lady Dahlia selbst, die oft kränkelte. Maud hegte den Verdacht, dass die junge Frau die Krankheit nur vortäuschte, um Aufmerksamkeit auf sich zu ziehen. Es brauchte einen Betrüger, um einen Betrüger zu erkennen.

Lady Dahlias Augen waren von einem so sanften Blau, dass sie grau schimmerten. Ihre Lippen waren schön geschwungen, aber schmal. Da sie, wie auch Vater und Bruder, die unangenehme Angewohnheit hatte, die Lippen missbilligend zusammenzupressen, zeigte sich eine leichte Falte am Mundwinkel. Maud brauchte nicht viel Fantasie, um sich auszumalen, wie die jüngste Mowgray in fünfzehn Jahren aussehen würde: eine hagere, stets pikiert wirkende Dame.

Ebenso wie Lady Christabels Haare waren die von Lady Dahlia von einer Farbe, die zwischen Blond und Braun schwankte, allerdings von dunklerer Tönung als die ihrer Lady. All das nahm Maud in der kurzen Zeit wahr, in der sie auf eine Antwort von den Damen wartete.

Lady Mowgray winkte sie mit einer Handbewegung näher. Es war unübersehbar, von wem die jungen Ladys ihren Liebreiz geerbt hatten. Rosalind Mowgray war immer noch eine auffallend schöne Frau. Die Köchin hatte Maud erzählt, dass einige junge Herren mit Selbstmord gedroht hatten, sollte Rosalind sie nicht erhören. Wenn man Nellie Cramton glauben konnte, war es für alle überraschend gekommen, als Rosalind sich für Alastair Mowgray entschieden hatte. Angeblich hatte sie deutlich reichere Galane und auch weitaus attraktivere Verehrer gehabt.

Einem großartigen Stammbaum, aber gewiss auch teuren Cremes war es zu verdanken, dass Lady Mowgrays alabasterfarbene Haut kaum Falten zeigte. Nur ihr Hals verriet, dass sie die 40 bereits überschritten hatte.

Von Lady Christabel hatte Maud des Öfteren gehört, wie sehr sie es bedauerte, nicht die auffallend hellgrauen Augen und das hellbraune Haar ihrer Mutter geerbt zu haben. Maud hingegen, ganz loyale Zofe, betrachtete Lady Christabel als die schönste der Damen Mowgray.

»Gulliver.« Lady Mowgray sprach Maud immer mit ihrem Nachnamen an, was diese nicht mochte, obwohl es üblich war. »Sie haben erlebt, wie schwer meine sensible Tochter das tragische Unglück der Titanic nimmt.«

Wusste sie von Nicholas Fleeth und das war ein Versuch, Maud auszuhorchen?

»Gewiss, Mylady.« Innerlich wappnete Maud sich gegen die Vorwürfe, die wahrscheinlich auf sie einprasseln würden. Ob es ihr gelänge, sich aus der Bredouille zu reden?

»Heute wurde die Liste der Überlebenden veröffentlicht«, sprach Lady Mowgray mit leiser Stimme weiter. Lady Dahlia legte ihr die Hand auf die Schulter. »Es sind entsetzlich viele Menschen unserer Kreise unter den Opfern.«

»Das tut mir leid.« Maud bemühte sich um einen mitfühlenden Tonfall, aber sie konnte nur an die Zahlen denken, von denen sie gehört hatte. Daran, wie viele Menschen der zweiten und dritten Klasse elendig ertrunken waren, während sich die reichen Passagiere in die wenigen Rettungsboote geflüchtet hatten.

»Was meinen Sie, Gulliver, sollten wir Christabel davon erzählen?«

»Mylady?« Maud sah überrascht auf. Bisher hatte die Dame des Hauses sie noch nie um ihre Meinung gebeten.

»Was meine Mutter meint«, stieß Lady Dahlia ungnädig hervor. »Sie kennen meine Schwester gewiss besser als wir. Bringen Sie ihr die schlimme Nachricht schonend bei.«

»Hier.« Lady Mowgray reichte ihr ein Papier, das offiziell aussah. »Ich werde meine Tochter in einer halben Stunde aufsuchen.«

»Gewiss, Mylady.« Maud knickste noch einmal, bevor sie sich auf den schweren Gang begab.

Nachdem sie die Tür hinter sich geschlossen hatte, faltete sie sofort das Schreiben auf und suchte nach dem einen Namen, der für Lady Christabel alles bedeutete. Hölle und Hinkebein! Selbst beim dritten Lesen konnte Maud ihn nicht finden. Wie ärgerlich und feige, dass Lady Mowgray ihr die traurige Aufgabe überlassen hatte. So lange sie auch überlegte, Maud wollte nichts einfallen, wie sie Lady Christabel die Nachricht schonend beibringen konnte.

Langsam, als wäre sie um dreißig Jahre gealtert, schlich sie die braune Holztreppe hoch, die zu den oberen Stockwerken führte. An der Wand hingen dicht an dicht Gemälde, die männliche und weibliche Vorfahren der Mowgrays zeigten. Selbst wenn Sonnenlicht durch die Fenster fiel, wirkten die Bilder dunkel und bedrohlich. Maud kam es immer vor, als würden die Ahnen der Mowgrays sie beurteilen und für unwürdig befinden.

Vor Lady Christabels Tür angekommen, hielt Maud an. Ihrer Erfahrung nach gab es keinen leichten Weg, schlimme Neuigkeiten zu überbringen. Es half nichts, um den heißen Brei herumzureden. Am besten würde es sein, ohne falsche Rücksichtnahme die bittere Wahrheit auszusprechen. Sie konnte nur hoffen, dass Lady Christabel die Botin nicht für die Nachricht verantwortlich machte.

Maud atmete einmal tief durch, bevor sie klopfte und ins

Zimmer trat. Wie jedes Mal erfreute sie sich an der sanften Schönheit des Zimmers, das viel freundlicher wirkte als der dunkle Flur. Zarte Blautöne dominierten Lady Christabels Räume, und ihre Fröhlichkeit passte gar nicht zu unglücklichen Nachrichten, die Maud überbringen musste. Die Vorhänge schimmerten wie das Meer an einem sonnigen Vormittag, die Tapete war von einem sanften Himmelblau. Auf die Tagesdecke des mit einem dunklen Holzrahmen umgebenen Bettes waren Hortensien, Vergissmeinnicht und Himmelsschlüssel eingestickt.

Den einzigen Farbklecks bildete ein rot gemusterter Läufer, auf dem der dunkelbraune Frisiertisch stand. Ein Kleiderschrank und eine Kommode aus dem gleichen Holz enthielten Lady Christabels Garderobe. Alles wirkte wie immer – bis auf Lady Christabel, die auf ihrem Bett lag und Maud den Rücken zuwandte. Ihre Schultern bebten vom Schluchzen.

»Sie wissen es schon?« Maud sprach so sanft, wie es ihr möglich war. »Lady Christabel, möchten Sie einen Tee?«

Als sie Mauds Stimme hörte, drehte ihre Ladyschaft sich um und setzte sich auf. Ihre Augen waren rot verquollen, ebenso wie ihre Nase. Die Haare sahen aus, als hätte ein Vogel darin sein Nest gebaut.

»Ich will keinen Tee. Ich will sterben!« Die Stimme von Lady Christabel zitterte. »Er ist dabei. Nicholas gehört zu den …«

Sie konnte die furchtbare Wahrheit nicht aussprechen, aber Maud verstand sie auch so. Lady Christabels geheime Liebe war dem Unglück der »Titanic« zum Opfer gefallen, so wie mehr als 1.700 Menschen. Vor ihr auf dem Ankleidetisch lag »The Times« von heute, in der alle Toten des Schiffsunglücks aufgelistet waren. Daran, die aktuellen Zeitungen zu verbergen, hatte Lady Mowgray nicht gedacht.

Mauds Herz wurde schwer, es erschien ihr unfassbar, dass der so lebendige junge Mann niemals von seiner Reise zurückkehren würde. Wie so viele andere arme Seelen.

»Oh Maud, was soll ich nur machen?« Lady Christabel verzog das Gesicht zu einer Grimasse. Eine einsame Träne rollte ihre Wange herunter, was sie nicht einmal zu bemerken schien. »Ich kann nicht einfach vorgeben, alles wäre gut. Ich will nicht auf den Ball gehen.«

»Wollen Sie Ihren Eltern etwa von Nicholas erzählen?« Panik schoss in Maud hoch. Bestimmt würden sich der Earl und die Viscountess of Waldeford nach dem ersten Schock fragen, wie es ihrer Tochter gelungen war, einen Journalisten kennenzulernen. Sicher bedurfte es keiner großen Denkleistung, um auf Maud als Schuldige zu kommen.

»Selbstverständlich werde ich darüber schweigen.« Selbst in ihrer Trauer konnte Lady Christabel arrogant klingen. »Ich will mir nicht anhören, was meine Eltern Böses über Nicholas sagen würden.«

»Sie werden darüber hinwegkommen«, sagte Maud weich. »Eines Tages.«

Die Lüge kam ihr glatt über die Lippen. Obwohl sie Patrick vor drei Jahren verloren hatte, kam kein anderer Mann für sie infrage.

»Das verstehst du nicht.« Lady Christabels Blick begegnete Mauds. »Du hast niemals jemanden so sehr geliebt wie ich Nicholas.«

Was wissen Sie schon, dachte Maud. *Wie kommt es nur, dass die Herrschaft meint, wir Menschen unten haben kein eigenes Leben? Ich könnte ihr erzählen, was die Liebe aus einem macht, aber sie würde es mir nicht glauben, einfach weil sie sich nicht vorstellen kann, die gute alte Maud hätte ein Leben vor dem Dasein als Zofe gehabt. Ein Leben, von dem ich jeden Tag fürchte, dass es mich einholt.*

Kapitel 4

»Verschwinde, Maud, ich will allein sein. Mir geht es nicht gut«, brachte Christabel mit rauer Stimme hervor. Die Tränen hatten sie müde werden lassen und ihrer Stimme einen Klang verliehen, als wäre sie erkältet. Was Christabel nur recht war, denn seit zwei Wochen hütete sie das Bett und gab vor, einen Schwächeanfall erlitten zu haben.

Selbst die Mahlzeiten ließ sie sich ans Bett bringen, um nur ja mit niemandem außer ihrer Zofe reden zu müssen. Ihre Schwester hatte kurz vorbeigeschaut, war allerdings sofort aus dem Zimmer geflüchtet, als Christabel demonstrativ gehustet hatte.

Ihre Mutter kam jeden Tag vorbei und hoffte, Christabel dazu überreden zu können, ihre gesellschaftlichen Verpflichtungen wieder aufzunehmen. Allerdings schien sie nur mit halbem Herzen bei der Sache zu sein. Selbst wenn ihre Mutter geahnt hatte, dass mehr als das übliche Mitgefühl für die Opfer der Katastrophe ihre Tochter niederdrückte, akzeptierte sie deren Trauerphase.

Nur Maud wollte einfach keine Ruhe geben, sondern zwang Christabel dazu, mit ihr zu reden. So auch heute. Obwohl Christabel die Augen fest geschlossen hielt, spürte sie, wie Licht in ihr Zimmer drang, als die Zofe die Vorhänge aufzog. Daher zog Christabel die Decke über den Kopf und hoffte,

Maud damit vertreiben zu können. Das war mehr als deutlich, nicht wahr?

»Maud!«, rief sie empört, nachdem die Decke mit Schwung von ihr heruntergezogen wurde. »Verschwinde! Ich will nicht aufstehen.«

Sie drehte sich zur anderen Seite und wandte ihrer Zofe den Rücken zu. Als sie hörte, wie die Dienstbotin sich räusperte, empfand Christabel ein winziges Triumphgefühl. Zum ersten Mal seit Nicholas' Tod hatte sie sich gegen Maud durchsetzen können.

»Es ist genug!«

Sofort, als sie die Stimme vernahm, setzte Christabel sich auf und öffnete die Augen. Vor ihr, die Bettdecke in den schmalen, eleganten Händen, stand ihre Mutter, die schönen Gesichtszüge im Ärger verzogen.

»Mutter.« Mehr fiel Christabel nicht ein. Noch nie hatte Christabel erlebt, dass Lady Rosalind Vorhänge öffnete wie ein Hausmädchen. Erschrocken schloss Christabel die Augen wie früher, als sie sich vor der Nanny verstecken wollte, indem sie das Gesicht hinter den Händen verborgen hatte.

»Mein Kind.« Rosalind Mowgray berührte die Schulter ihrer Tochter. »Meine Liebe, hier ist eine Einladung für dich.«

»Ich will es nicht wissen.« Christabel öffnete die Augen, um ihre Mutter mitleidheischend anzusehen. »Mutter, wie kannst du an Vergnügen denken, da viele unserer Freunde und Bekannten einen furchtbaren Tod fanden?«

»Es ist genug!« Rosalinds klare Gesichtszüge verhärteten sich. Sie kniff die Lippen zusammen, ein sicheres Zeichen, wie ernst es ihr war. »Ich habe dir lange genug deine Schwäche durchgehen lassen. Du bist eine Mowgray. Wir weichen nicht im Angesicht von Schicksalsschlägen. Egal, wie tief sie uns treffen.«

Christabel schloss wieder die Augen und drehte sich erneut demonstrativ zur Wand. Ob ihre Mutter ahnte, dass sie um einen besonderen Menschen trauerte? Man konnte Lady Rosalinds Worte als allgemeinen Appell begreifen, aber auch als Ansprache für jemanden, dem die große Liebe genommen worden war. Wenn sie sich Rosalind doch nur anvertrauen könnte. Wenn sie ihrer Mutter nur beichten könnte, was für einen furchtbaren Verlust der Untergang der Titanic für sie mit sich gebracht hatte. Das entsetzliche Unglück hatte Christabels Zukunftspläne von einem Augenblick auf den anderen zerstört.

»Schau mich an!« Der Tonfall ihrer Mutter war schneidend. »Du drehst dich nicht weg von mir.«

Selbst in ihrer dumpfen Traurigkeit wagte Christabel es nicht, sich Lady Rosalind zu widersetzen. Langsam, sehr langsam drehte sie sich um und öffnete die Augen. Ihre Mutter hatte sich den Stuhl der Frisierkommode herangezogen und blickte auf ihre Tochter herab, die sich aufsetzte.

»Ich habe ein Frühstück für dich zubereiten lassen.« Rosalind musterte Christabel durchdringend, als wollte sie deren Geheimnisse durchschauen. »Danach wirst du baden und dich ankleiden. Heute Nachmittag werden wir zu Besuchen aufbrechen.«

»Ich habe keinen Hunger und fühle mich immer noch schwach.«

»Du wirst etwas essen und du wirst mich begleiten.«

Einen Moment lang überlegte Christabel, sich ihrer Mutter anzuvertrauen, aber was würde das nützen? Bestenfalls würde

Rosalind sie verstehen und ihr langweilige Besuche ersparen. Allerdings erschien dies Christabel nicht sehr wahrscheinlich.

Schlimmstenfalls – und leider auch viel wahrscheinlicher – würde ihre Mutter sie mit Vorwürfen überschütten, Maud entlassen und Christabel dazu zwingen, möglichst schnell irgendeinen Mann zu heiraten, nur damit sie ihrer Familie ja keinen Skandal brachte. Wie hatte es ihre Mutter hart, aber passend formuliert? Eine Mowgray wusste, was ihre Pflicht war, und handelte demgemäß.

»Gut, Mutter.« Sie seufzte. »In einer Stunde werde ich präsentabel sein.«

Rosalind nickte kurz, erhob sich und ging. Kurze Zeit später öffnete sich die Tür wieder. Maud brachte ein Tablett herein, auf dem sich neben einer Teekanne ein Teller mit Toast, Marmelade, Butter und ein weich gekochtes Ei befanden. Obwohl sie keinen Hunger verspürte, bestrich Christabel mechanisch den Toast mit Butter, bevor sie einen Klecks der Erdbeermarmelade darauf verteilte.

»Geht es Ihnen besser?« Maud öffnete die Fenster, schüttelte die Sofakissen auf und richtete die Bücher auf dem Tischchen neben dem Sofa schnurgerade aus. »Soll ich Ihnen ein Stück Schokoladenkuchen holen? Schokolade tröstet.«

»Nein, nichts kann mich trösten.« Christabel legte den Toast nach einem Bissen zur Seite. Er schmeckte wie Asche. »Lass mich allein. Nein, lass mir erst ein Bad ein.«

»Lady Christabel, schauen Sie. Die Sonne kommt heraus.«

»Das hat keinen Zweck.« Obwohl sie tapfer dagegen ankämpfte, kamen ihr wieder die Tränen. »Ich kann mich an nichts erfreuen, seitdem Nicholas tot ist.«

Konnte ihre Zofe das nicht begreifen? Mit der Titanic war Christabels Zukunft untergegangen. Nie wieder würde sie einen Mann so lieben können wie ihren Nicholas.

»Lady Mowgray hat gesagt, Sie wollen heute Nachmittag Besuche machen.«

»Ich will das nicht, aber meine Mutter ist der Ansicht, ich muss unbedingt unter die Haube.«

»Vielleicht habe ich eine Lösung.« Maud lächelte. »Lady Lavinia hat gestern gefragt, ob Sie sie heute Nachmittag empfangen möchten.«

Ihre Tante Lavinia war für Christabel ein leuchtendes Vorbild, zeigte sie doch, wie glücklich und zufrieden eine unverheiratete Frau sein konnte. Sicher, Tante Lavinia lebte von dem großzügigen Erbe, das ihre Patentante ihr hinterlassen hatte, aber Christabel war sicher, dass ihre Tante einen Weg gefunden hätte, zu Geld zu kommen, sollte das nötig sein.

Ihre Tante war der fröhlichste und zufriedenste Mensch, dem Christabel je begegnet war. Schalk blitzte in den braunen Augen, die vollen Lippen lächelten oft und gern, was zu starken Falten um die Mundwinkel geführt hatte.

»Das sind Zeichen eines langen und fröhlichen Lebens«, pflegte Lavinia zu sagen. »Warum soll man mir das nicht ansehen?«

Obwohl sie fürchtete, Lavinias Fröhlichkeit nicht gewachsen zu sein, wäre der Besuch ihrer Tante gewiss eine wunderbare Ablenkung. Lavinia kannte stets den neuesten Tratsch und fand immer wohlgesetzte Worte, um ihn zu verbreiten.

»Wunderbar.« Christabel stieß einen Seufzer der Erleichterung aus. »So erspare ich mir Besuche gemeinsam mit meiner Mutter. Maud, ich kann den Schmerz nicht ertragen.«

»Es wird weniger. Irgendwann.«

»Woher willst du das wissen?«, zischte Christabel, was ihr gleich darauf furchtbar leidtat. »Entschuldige, das war gemein von mir.«

Manchmal konnte Christabel sich nicht des Eindrucks erwehren, dass sich hinter Mauds dienstbarer Fassade eine überaus spannende Geschichte verbarg. Nicht, dass sich ihre Zofe jemals eine zu große Vertraulichkeit oder gar Frechheit herausgenommen hätte, aber man konnte ihren aufmüpfigen Geist spüren. Christabel redete sich gerne ein, dies sofort erkannt zu haben, weil auch sie diese rebellische Ader besaß.

Manchmal, wenn Maud meinte, von niemandem gesehen zu werden, huschte etwas Dunkles über ihr Gesicht. Nur zu gerne wollte Christabel herausfinden, was dieses Geheimnis war, aber bisher war es ihr nicht gelungen, ihrer Zofe deren Vergangenheit zu entlocken. Obwohl Christabel der Ansicht war, überaus geschickt vorgegangen zu sein. Schließlich hatte sie etliche Detektivromane und verwickelte Geschichten gelesen, die sie zu einer Expertin in Ermittlungen machten. Allerdings hatte Maud diese Romane ebenfalls gelesen und war daher in der Lage, ihr Paroli zu bieten.

Ob Maud wohl jemals jemanden geliebt hat?, fragte sie sich. *Schön genug ist sie ja.*

Christabel musterte ihre Zofe, während diese ihr konzentriert die Haare aufsteckte. Bernstein war das Wort, mit dem sie Maud beschreiben würde, dunkler Bernstein. Angefangen von den rotbraunen Haaren über die etwas dunkleren Augenbrauen bis hin zu den ungewöhnlichen Augen, die je nach Lichteinfall dunkelbraun bis bernsteinhell schimmerten. Selbst

Mauds Sommersprossen, die sie auch im Winter nicht verließen, waren bernsteinfarben. Die Sommersprossen bedeckten die Wangen, die lange, etwas linksgeneigte Nase und verteilten sich um den vollen Mund bis hin zum Kinn.

Erschütternd, wie wenig sie über ihre Zofe wusste. Aber selbst unter Aufbietung ihrer ganzen Fantasie konnte Christabel sich Maud nicht als hoffnungslos Liebende vorstellen. Ihre Dienstbotin stand viel zu sehr mit den Beinen auf dem Boden, als dass sie sich in einer Liebe verlieren würde.

»Was wollen Sie heute anziehen?«, fragte Maud, als hätte Christabel sie nicht gerade eben böse angefaucht. Wo lernte das Personal nur, alles hinzunehmen und zu schlucken, ohne sich zu wehren?

»Maud, ich ertrage es nicht, mein Leben in London weiterzuführen, als wäre nichts geschehen.« Christabel trank einen Schluck Tee, der für sie nach nichts schmeckte. »Vielleicht sollte ich nach Lentune Hall zurückkehren.«

Ja, das erschien ihr eine gute Idee. Christabel hatte sich auf dem Landsitz immer wohler gefühlt als in London. In der vertrauten Umgebung von Lentune Hall würde sie trauern und möglicherweise heilen können. Dort konnte sie ihre Tage auf dem Pferderücken verbringen und bei einsamen Ritten durch die Wälder an ihre verlorene Liebe denken.

»Dort sind nur wenige Dienstboten, die Zimmer sind alle eingedeckt. Es wird sein wie ein Geisterhaus.«

»Ach, Maud. Was soll ich denn sonst machen? In London erinnert mich alles an Nicholas.«

»Allein in der letzten Woche haben Sie drei Einladungen für Landpartys erhalten.« Maud ging zu dem runden Tischchen, auf dem Christabel ihre Korrespondenz aufbewahrte. »Vielleicht sollten Sie eine davon annehmen?«

»Lange Tage mit oberflächlichen Gesprächen, dem Beobachten von Affären und Intrigen.« Christabel rieb sich die Nase. »Ja, das könnte mich ablenken. Wer hat uns geschrieben?«

»Der Earl of Guilwicke lädt nach Greenwood Park ein.«

»Zu weit weg. Da sind wir fast einen Tag für Anreise und Abreise unterwegs.«

»Dann ist hier eine Karte von den Seydons aus Wentworth Castle.«

»Das ist näher, aber beim letzten Besuch ist mir Reginald nicht von der Seite gewichen. Das kann ich jetzt nicht ertragen.« Christabel seufzte. »Aller guten Dinge sind drei.«

»Die Willmingtons bitten Sie, nach Ashburn Abbey zu kommen.«

»Wirklich? Warum weilen sie nicht weiter in London?« Christabel setzte sich auf. »Die Saison ist doch noch nicht vorbei. Ich habe nichts darüber gehört, dass Unity sich verlobt hat.«

Zum ersten Mal seit der schrecklichen Nachricht empfand sie ein anderes Gefühl als Traurigkeit. Langsam wuchs die Neugier, warum sie der Earl und die Countess of Aylesgrave überraschend einluden. Ob es an der Begegnung mit Lucian im vergangenen November lag?

Als sie sich an die Kundgebung der Suffragetten erinnerte, überfiel sie wieder Traurigkeit. Denn neben der unerfreulichen Begegnung mit dem jüngsten Sohn der Willmingtons hatte der Tag ihr Nicholas geschenkt. Als erneut Tränen in ihre Augen traten, suchte Christabel nach etwas, das sie ablenken konnte.

»Ich war noch nie bei ihnen.« Verstohlen wischte sie sich die Träne ab, die ihre Wange hinabkullerte. »Das ist die erste Einladung, die ich von ihnen erhalte.«

Seltsam, dass Christabel bisher niemals eine Landparty auf dem Herrensitz besucht hatte, gehörten die Willmingtons und ihre Familie doch zum Landadel, bei dem gegenseitige Besuche zum guten Ton gehörten.

»Wann sollen wir dort sein?« Christabel griff nach einem weiteren Toast. Mit der Ablenkung kam ihr Hunger. »Habe ich passende Kleidung für einen Aufenthalt auf dem Land?«

»Am kommenden Wochenende.« Maud las die Einladung. »Sie hätten bis gestern eine Antwort erteilen sollen.«

»Da wir nur zu zweit anreisen werden, nehmen sie das hoffentlich nicht eng.« Christabel schwang die Beine aus dem Bett. »Maud, bring mir mein Briefpapier und lass mir dann ein Bad ein.«

Die bange Frage, ob Lucian Willmington sich an den Protestmarsch erinnerte, schob sie erst einmal beiseite. Er würde sie gewiss nicht vor seiner Familie bloßstellen, denn schließlich war sie ein Gast.

KAPITEL 5

Während ihre Ladyschaft sich nur Gedanken darüber machen musste, was sie auf Ashburn Abbey tragen wollte, oblag es Maud, sich um die Garderobe zu kümmern und die Reise zu planen. Sie würden den Zug nehmen, weil Lord Mowgray das Automobil benötigte. Maud war das nur recht, denn ihr behagte die Vorstellung, Stunden in dem engen Gefährt zu sitzen, beileibe nicht.

Nun blieb ihr nur noch, sich von ihren Freundinnen zu verabschieden, bevor sie sich mit einer überraschend gut gelaunten Lady Christabel auf die Reise begeben würde.

»Mach Lentune Hall keine Schande, Maud.« Jessamine Eggerton, die Hausdame, beugte sich vor, um Maud ins Ohr zu flüstern. »Selbst wenn der Butler dort unseren Mr Rowe in den Schatten stellt, bemühe dich, höflich zu bleiben.«

»Es wird mir schwerfallen.« Maud stieß einen Seufzer aus. »Ich verstehe nicht, wie Sie mit ihm zurechtkommen.«

»Harold hat seine guten Seiten.« Mrs Eggerton lächelte, was ihr kantiges Gesicht weicher werden ließ. Die Hausdame von Lentune Hall war keine klassische Schönheit. Ihr Gesicht war zu kantig, die Nase zu groß, der Mund zu schmallippig und die Augen von einem langweiligen Braun. Ihr eher biederes Äußeres machte sie durch viel Energie und eine überraschend tiefe Stimme wett.

»Maud, lass unsere Lady nicht warten«, mischte sich die Köchin ein. »Sonst überlegt sie es sich noch anders.«

Selbstverständlich hatten die Dienstboten mitbekommen, wie sehr Christabel Mowgray in den vergangenen Wochen gelitten hatte. Maud war sicher, dass sie alle sich ihre Gedanken darüber gemacht hatten, aber sie ihr gegenüber nicht äußerten.

Als Zofe war sie weder Fisch noch Fleisch. Für die Hausmädchen galt sie als obere Dienstbotin und wurde daher nicht in deren Klatsch und Tratsch eingebunden. Für die oberen Dienstboten war sie immer noch ein Hausmädchen, das den Aufstieg geschafft hatte, aber nicht wirklich zu ihnen gehörte. Manchmal fühlte sie sich einsam, obwohl Mrs Eggerton und Mrs Cramton wirklich freundlich zu ihr waren.

»Wenn dir ein neues Gericht unterkommt, vergiss nicht, dir das Rezept geben zu lassen.« Die Köchin drohte Maud spielerisch mit dem Finger. »Ich werde Lady Christabel ebenfalls danach fragen. Also vergiss es bloß nicht.«

Die runde Frau mit den ergrauten Haaren zog Maud in eine Umarmung. Maud konnte den Geruch erschnuppern, der die Köchin stets begleitete: Bratfett, frisch gebackenes Brot und karamellisierter Zucker. Sofort fing ihr Magen an zu knurren, obwohl sie gerade erst gegessen hatte.

»Wehe, dir schmeckt dort etwas besser als hier.« Nellie Cramton verengte die ohnehin kleinen grünen Augen. Tiefe Tränensäcke zeugten von einem Leben voll harter Arbeit. »Das betrachte ich als Verrat.«

»Niemand kann sich mit Ihren Leckereien messen«, antwortete Maud im Brustton der Überzeugung. Als Kind hatte sie Hunger gekannt und wusste daher die regelmäßigen

Mahlzeiten zu schätzen. Inzwischen hatte sie auch gelernt, die Kochkunst von Nellie Cramton zu würdigen. »Ich muss los.«

Als sie durch die große Halle eilte, schlug die Standuhr elfmal. Obwohl es den Dienstboten untersagt war, im Haus zu rennen, schürzte Maud ihre Röcke und sprang die breite Treppe hoch. Sie klopfte einmal, bevor sie die Tür zu Lady Christabels Zimmer aufriss.

»Kommen Sie, Mylady.« An ihrem Tonfall merkte man, dass Maud langsam die Geduld verlor. »Wenn wir uns nicht beeilen, verpassen wir den Zug.«

»Meinst du nicht, ich sollte das zitronengelbe Kleid mitnehmen? Es schmeichelt meinem Teint.«

»Aber es lässt Ihre Haare stumpf aussehen«, würgte Maud jegliche weitere Diskussion ab. »Der Chauffeur wartet.«

Endlich schloss ihre Ladyschaft die Schranktür und folgte ihr die Treppe hinab, durch die große Eingangshalle bis zur Tür.

Dort wartete Rowe, der es sich nicht nehmen ließ, sich von Lady Christabel zu verabschieden und Maud mit einem Blick zu bedenken, in den er seine ganze Abneigung legte.

»Ich wünsche Ihnen eine gute Reise.« Egal, wie sehr er sich um eine saubere Aussprache bemühte, seinen Akzent aus Nordengland konnte Maud erkennen.

»Danke, Rowe. Bitte grüßen Sie meine Eltern.«

Lady und Lord Mowgray hatten gesellschaftliche Verpflichtungen, sodass sie sich bereits gestern von ihrer ältesten Tochter verabschiedet hatten.

»Gewiss.« Rowe verbeugte sich dermaßen steif, dass Maud ihn am liebten geschubst hätte. Der Butler öffnete die Tür. Auf dem breiten Kiesweg wartete bereits der schwarze Wagen.

»Lady Christabel. Maud.« Rupert Kendall, der junge Chauffeur, lächelte sie schüchtern an. »Ausnehmend schönes Wetter heute.«

Maud verkniff sich ein Lächeln. Es war nur allzu deutlich, dass der schlaksige Junge in Lady Christabel verschossen war. Jedes Mal, wenn er das Wort an sie richtete, liefen seine leicht abstehenden Ohren rot an. Da seine Haare einen Rotstich hatten, fiel dies umso mehr auf.

Maud mochte den Jungen, der besser mit Automobilen als mit Menschen zurechtkam. Sie hoffte, dass sich eines der Hausmädchen die Mühe machte, den wunderbaren Mann hinter dem ungelenken Äußeren und den zögerlichen Gesten zu entdecken. Mehrfach hatte Maud schon die Hausmädchen Gladys und Enid auf Ruperts ungewöhnlich schöne grüne Augen aufmerksam gemacht, bisher jedoch ohne den gewünschten Erfolg.

Und Lucy-Anne, die Küchenhilfe, war noch schüchterner und ungelenker als Rupert. Bei ihr brauchte Maud es gar nicht erst zu versuchen.

»Ich … ich wünsche Ihnen eine wunderbare Reise.« Rupert hatte es sich nicht nehmen lassen, ihnen die Koffer bis ins Abteil zu tragen, obwohl Lady Christabel einen Gepäckträger heranwinken wollte.

»Beeil dich, der Zug fährt gleich los,« musste Maud sagen, obwohl er ihr leidtat, wie er Lady Christabel aus hundetreuen Augen anschmachtete.

Auf den bequemen Sitzen der ersten Klasse ließ es sich wunderbar reisen. Maud holte ihr Buch aus der Tasche und lehnte sich zurück, als der Zug ruckelnd anfuhr. Aus dem

Augenwinkel sah sie, wie er den Bahnhof verließ. Da stand sie auf und stellte sich ans Fenster, um London langsam an sich vorbeiziehen zu sehen.

»Weck mich, wenn wir angekommen sind.« Lady Christabel schloss die Augen. Auch wenn Maud nicht glaubte, dass sie schlief, genoss sie es, in Ruhe aus dem Fenster zu schauen und die sanften grünen Hügel zu betrachten. Sicher, die Landschaft war hübsch, aber Maud fühlte sich in der Stadt einfach wohler.

~

Nach einer langen, ereignislosen Fahrt erreichten sie endlich den Bahnhof von Chippenham. Nachdem Maud Lady Christabel geweckt hatte, suchte sie einen Gepäckträger, der ihre Koffer sicher aus dem Abteil bugsierte. Nur wenige Menschen waren mit ihnen ausgestiegen. Maud hielt Ausschau nach einer Kutsche oder einem Automobil, das sie abholen sollte. Zielsicher kam ein Mann, dessen dunkle Uniform und Mütze ihn als Chauffeur auswiesen, auf sie beide zu.

»Myladys.« Er tippte sich an die Mütze und griff nach ihren Koffern. Schwungvoll, als wögen diese gar nichts, pfefferte er sie auf den Wagen. »Leonard Arnold. Ich bin der Chauffeur von Ashburn Abbey.«

Obwohl sein Tonfall beflissen und höflich war, spielte ein freches Grinsen um seinen Mund. Seine dunklen Augen musterten Maud von oben bis unten und das Grinsen vertiefte sich. *Was für ein unverschämter Kerl!*, dachte sie, fühlte sich allerdings ein wenig geschmeichelt von seiner Aufmerksamkeit.

»Bitte sehr.« Leonard Arnold öffnete die Tür des Wagens. »Stoßen Sie sich nicht den Kopf.«

Lady Christabel kletterte elegant ins Innere und wehrte die Bemühungen des Chauffeurs ab, ihr behilflich zu sein. Maud hingegen nahm die ihr angebotene Hand, die er ein wenig zu lange hielt. Gute Chauffeure gab es wenige, sodass diese Kerle sich gern ein paar Frechheiten erlaubten, bis auf Rupert natürlich. Obwohl sie eigentlich nur bessere Kutscher waren.

Den Willmingtons muss es gut gehen, wenn sie sich ein Automobil leisten können, überlegte Maud. Da Lady Christabel weiterhin schwieg, blieb ihr nichts anderes übrig, als erneut aus dem Fenster zu schauen. Die Felder und Weiden, auf denen schwarzbunte Kühe standen, zogen an ihnen vorüber. Auch wenn Leonard Arnold ein frecher Kerl war, musste Maud ihm zugestehen, dass er das Ungetüm sicher fuhr.

»Wir sind bald da«, unterbrach er das Schweigen. »Ist ein Prachtbau.«

Weder Maud noch ihre Ladyschaft würdigten ihn einer Antwort. Die Auffahrt zum Herrenhaus zog sich endlos lang hin. Ein Sandweg führte leicht bergab, umrahmt von einem schmalen Stück Rasen, das von einer dunkelgrünen Eibenhecke begrenzt wurde. Hinter den sorgsam gestutzten Pflanzen erstreckte sich ein Mischwald aus Laub- und Nadelbäumen.

Endlich kam das Haus in Sicht, ein gewaltiger Klotz aus hellem Sandstein mit Vorsprüngen und Erkern, in dem selbst Lentune Hall zweimal Platz gefunden hätte.

Was wohl Lady Christabel durch den Kopf ging, fragte sich Maud, während sie selbst überlegte, was sie auf Ashburn Abbey erwartete.

Höchstwahrscheinlich bekäme sie es mit einem mürrischen Butler zu tun, der sich für den Stellvertreter des Lords hielt. Wenn sie großes Pech hätte, gäbe es eine ungnädige Hausdame, deren Blick nichts entging. Außerdem rechnete sie mit einer arroganten Zofe, einer übel gelaunten Köchin und natürlich dem wichtigtuerischen Leibdiener des Hausherrn. Dazu würde sich ein Sammelsurium der niederen Dienstboten gesellen: Hausmädchen, Lakaien, Küchenhilfen.

Woher sie das wusste? Weil es in jedem Haus, das Lady Christabel besucht hatte, bisher so gewesen war. Dank ihrer Reisen hatte Maud die Freundlichkeit der Hausdame und der Köchin von Lentune Hall schätzen gelernt. Bisher jedoch hatte sie keinen Butler getroffen, der es mit Rowe aufnehmen konnte.

Als der Chauffeur bremste, konzentrierte Maud ihre Aufmerksamkeit auf das Haus. Eine gewaltige Eichentür, über der das Familienwappen hing, war verschlossen und öffnete sich, nachdem der Chauffeur die Klingel betätigt hatte. Die Tür ging so schnell auf, als hätte der Butler bereits auf ihre Ankunft gewartet. Er sah ihnen gelassen entgegen, während sie aus dem Wagen stiegen.

»Willkommen auf Ashburn Abbey. Mein Name ist Marmaduke Trowbridge.« Er neigte den Kopf. »Falls Sie Fragen haben, stehe ich Ihnen selbstverständlich zur Verfügung.«

Während er Lady Christabel gegenüber äußerst servil schien, musterte er Maud kritisch.

Der Blick genügte Maud, um zu ahnen, dass Trowbridge, der Butler von Ashburn Abbey, und sie wohl keine Freunde werden würden. Er betrachtete sie, als wüsste er von Mauds

Vergangenheit, die niemals vermuten ließ, dass sie einmal die Zofe einer Lady einer der ältesten und geachtetsten Familien Englands sein würde.

Butler schauen immer so von oben herab. Ich muss aufhören, mir einzureden, jemand wüsste von Patrick und mir. Maud straffte die Schultern und erwiderte den prüfenden Blick des Butlers, was diesen nur noch kritischer dreinblicken ließ.

Was für ein wichtigtuerisches Wiesel! Bisher war Maud davon ausgegangen, dass es keinen schlimmeren Butler als Howard Rowe geben konnte, nun schien sie eines Besseren belehrt zu werden. Was konnte man schon erwarten von einem Mann, den die Eltern mit dem furchtbaren Namen Marmaduke geschlagen hatten? Wahrscheinlich war er das Gespött seiner Dorfschule gewesen. Bestimmt hatten die anderen Kinder ihn Marmelade oder Ähnliches genannt. Das allerdings gab ihm nicht das Recht, sie dermaßen von oben herab zu behandeln.

»Mylady möchte sich gern frisch machen. Es war eine anstrengende Fahrt hierher.«

Trowbridge zuckte zusammen, als hätte Maud ihm eine Ohrfeige verpasst. Ihre Worte warfen ihm verklausuliert vor, er käme seinen Aufgaben nicht nach und würde das Wohl der Gäste vernachlässigen.

»Selbstverständlich.« Der Butler verbeugte sich steif. Mit einem Fingerzeig winkte er einen Lakaien heran, der Lady Christabels Koffer ergriff. »Simon wird Sie auf Ihr Zimmer bringen.«

Dann wandte er sich Maud zu. »Wenn Sie mir folgen würden. Ich stelle Ihnen die anderen Dienstboten vor.«

Maud sandte einen hilfesuchenden Blick zu ihrer Lady, den

diese jedoch nicht bemerkte. Daher konnte Maud nur zusehen, wie Lady Christabel dem jungen Mann die große Treppe hinauffolgte. Mit einem künstlichen Lächeln wandte Maud sich an den Butler. »Ich freue mich, dass Sie mir die Räume Downstairs und meine Kammer zeigen.«

»Ich weiß nicht, wie Sie es auf Lentune Hall halten, aber auf Ashburn Abbey gehört es nicht zu den Aufgaben eines Butlers, einer Zofe ihr Zimmer zu präsentieren.«

Erstick an deinem Pomp, dachte Maud, die Trowbridge aufmerksam beobachtete. Ihrer Erfahrung nach ließen sich bei jedem Menschen Schwächen entdecken. Man musste nur wissen, wann und wie man zu suchen hatte. Bei Männern wie dem Butler ging es meist darum, die Kontrolle zu behalten und jedem in ihrer Umgebung ihren Willen aufzuzwingen. Menschen wie Trowbridge hassten nichts so sehr wie eine Störung ihrer Regeln und Abläufe. Nun, damit würde Maud gewiss arbeiten können.

»Ich stelle Sie der Hausdame vor, die sie in unsere Abläufe einweihen wird. Hier auf Ashburn Abbey haben wir klare Hausregeln.«

»Aha.«

»Es ist Ihnen hoffentlich bewusst, was für eine Ehre es ist, auf Ashburn Abbey zu weilen. Die Willmingtons sind eine der ältesten Familien des Landes.«

In dem Stil redete er den ganzen Weg zum Dienstbotentrakt auf Maud ein, die ab und zu zustimmend brummte. Trowbridges kurze Nase zuckte jedes Mal, wenn er die Worte »Ashburn Abbey« aussprach, was Maud an den Märzhasen aus »Alice im Wunderland« erinnerte.

Wenn man ihm zuhörte, konnte man meinen, man wäre im Paradies angekommen. Allerdings hatte Maud in ihrem Leben eines gewiss gelernt: Je mehr Menschen von etwas schwärmten, desto weniger stimmte es.

Ob der angespannte Mund Marmaduke Trowbridges wohl lächeln könnte?, fragte sie sich, während sie seinem Sermon lauschte. Als spürte der Butler, dass Mauds Gedanken abschweiften, fixierte er sie mit einem strengen Blick aus verengten graublauen Augen. Sie wich ihm aus und starrte auf die Falten an seiner Nasenwurzel.

Endlich hatten sie die Küche erreicht. Wie sie es erwartet hatte, war auch auf Ashburn Abbey hier das Herzstück Downstairs. Erstaunlich, wie sehr sich die Küchen der Herrenhäuser ähnelten. Auch hier gab es hohe, dunkle Decken, die sich über einem gewaltigen Arbeitstisch aus dunklem Holz spannten. Ein enormer Herd, auf dem ein Topf stand, nahm die eine Wand ein, an der anderen befand sich der Spülstein, wo ein mageres Mädchen eine dreckige Pfanne schrubbte. Große gusseiserne Pfannen und Töpfe stapelten sich in einem Holzregal an der dritten Wand. Die Hitze des Herdes schlug Maud entgegen, nachdem sie die Tür zur Küche geöffnet hatte.

»Tür zu«, erklang ein Flüstern. »Sonst fällt mir der Hefeteig zusammen.«

Nie und nimmer ist das eine Köchin, dachte Maud, als Trowbridge ihr Harriet Pratt vorstellte. Die hochgewachsene, schlanke blonde Frau wirkte wie eine Hausdame, die alles überwachte und dafür sorgte, dass der Haushalt reibungslos funktionierte. Köchinnen hatten, jedenfalls nach Mauds

Erfahrung und Meinung, rundliche Frauen zu sein, die gern einmal die Stimme erhoben, wenn es nicht nach ihren Wünschen lief.

Harriet Pratts Stimme hingegen war so leise, dass Maud sich anstrengen musste, um zu verstehen, was die Köchin ihr sagte.

»Ihnen wird es hier gefallen«, sagte Mrs Pratt. »Auf jeden Fall müssen Sie sich die Gärten anschauen. Wir haben seltene Pflanzen aus der ganzen Welt hier.«

Ihr Tonfall war so stolz, als hätte sie Büsche und Bäume höchstpersönlich nach Ashburn Abbey geholt.

»Gewiss«, antwortete Maud, deren Begeisterung für Gärten und Pflanzen sich in Grenzen hielt.

»Sie sollten sich auf jeden Fall den violetten Ginster und unseren Rhododendron ansehen.«

»Sie kennen sich aber gut aus.« Maud konnte keinen einzigen Baum mit Namen nennen.

»Mein Ehemann, Gott habe ihn selig, war Gärtner.« Resolut wandte die Köchin sich ab. »Ich muss mich ums Abendessen kümmern. Flossie zeigt Ihnen Ihr Zimmer.«

Kapitel 6

Nun war sie also das erste Mal auf Ashburn Abbey, dachte Christabel, während sie dem Lakaien durch das Herrenhaus folgte. Obwohl ihre Familie und die Willmingtons seit Langem miteinander bekannt waren, war Christabel bisher nicht auf den Herrensitz in Wiltshire eingeladen worden.

Die Vorfahren des jetzigen Earl of Aylesgrave hatten ein überaus prächtiges Gebäude erschaffen. Allerdings hatten sie wohl einen Hang zur Großmannssucht gehabt, was sich in der immens langen Auffahrt des imposanten Landsitzes gezeigt hatte.

Die Pracht, die sich von außen zeigte, setzte sich im Inneren fort. Eine dunkle Holztreppe mit durchbrochenem Geländer führte zu einem gewaltigen Fenster, durch das heute Sonnenlicht fiel und die weite Halle in einen goldenen Schimmer tauchte. Das Licht erleuchtete die hohen Bögen aus weißem Marmor und betonte die goldfarbigen Details. Obwohl Christabel in den vergangenen Jahren einige eindrucksvolle Herrenhäuser besucht hatte, musste sie eingestehen, dass Ashburn Abbey überaus spektakulär war.

Ihr Weg führte durch einen langen Gang. Die üblichen Porträts vornehm und leicht blasiert aussehender Ladys und Gentlemen hingen mit geringem Abstand unter einer umlaufenden Stuckverzierung. Christabel fragte sich allerdings, was der Sinn war, Gemälde dermaßen weit über Kopfhöhe aufzuhängen. Möglicherweise wollte man so die Besucher dazu bringen, den Kopf ehrerbietig in den Nacken zu legen, wenn man zu den Vorfahren aufschaute.

»Möchten Sie die ›Long Gallery‹ sehen, Mylady?«, fragte der junge Bedienstete. »Sie ist mehr als 50 Meter lang.«

Stolz klang aus seiner Stimme, als hätte er selbst den Raum gebaut.

»Danke, aber ich möchte mich erst einmal erfrischen.« Um ehrlich zu sein, interessierte Christabel sich nicht sehr für Architektur. Vor allem nicht für solche, die dazu gedacht war, Gäste und die Nachwelt zu beeindrucken.

»Wie Sie wünschen.« Sichtlich enttäuscht führte der Lakai sie durch eine weitere, allerdings kleine Halle bis in einen langen Flur, von dem etliche dunkelbraune Eichentüren abgingen.

»Hier schlafen die Gäste und der junge Mr Willmington, wenn er uns mit seinem Besuch beehrt.«

Christabel ersparte sich eine Antwort und schaute sich stattdessen um. Das dunkle Holz des Bodens glänzte wie frisch poliert. Auch die Wände waren bis zur halben Höhe mit tiefbrauner Eiche getäfelt. Die Tapete darüber musste wohl neu sein, denn sie zeigte ein fröhliches florales Muster, wie es in den letzten Jahren modisch geworden war. Die Blumen wirkten so lebensecht und bunt, dass sie selbst den grimmigen Porträts etwas Freundliches verliehen.

Ich bin gespannt, wie mein Zimmer aussieht. Und ich sollte Mutter vorschlagen, die Tapeten auf Lentune Hall ebenfalls auszutauschen.

Die Ritterrüstung allerdings, die neben einer Tür stand,

wirkte sehr martialisch und erinnerte an Kriege, die lange vorbei waren. Eine ungewöhnliche Dekoration für den Gästeflur. Hoffentlich war ihr nicht das Zimmer direkt neben dem metallischen Gesellen zugedacht. Zum Glück ging Simon an dem Ritter vorbei und blieb zwei Türen davon entfernt stehen.

»Hier sind wir.« Der junge Mann stellte ihre Koffer ab, um die Tür zu öffnen. »Ich hoffe, es wird Ihnen zusagen.«

Er lächelte sie an. Der Junge war auf eine schlichte Weise gut aussehend, ohne allerdings einen besonderen Eindruck zu hinterlassen. Vielleicht kam er bei den Hausmädchen mit seinem Landburschen-Charme an, auf Christabel wirkte er überhaupt nicht. Niemals wieder würde sie einen Mann wie Nicholas finden. Traurigkeit drohte sie zu überkommen, aber vor einem Dienstboten wollte Christabel sich nicht gehen lassen.

»Soll ich Ihnen Ihre Zofe schicken?« Der Lakai legte den Kopf fragend schief. »Die Herrschaft und die anderen Gäste werden sich gegen fünf zum Tee im Salon treffen.«

Er hatte die Koffer auf die bunt gemusterte Tagesdecke gelegt, aber selbstverständlich nicht geöffnet. Wo käme man denn hin, wenn ein männlicher Bediensteter die Unterwäsche einer Lady sähe? Christabel senkte den Kopf, weil sie sich bei der Vorstellung eines Lächelns nicht erwehren konnte.

Als sie den Blick hob, wartete der Lakai immer noch regungslos auf ihre Antwort. Das Personal auf Ashburn Abbey schien sorgfältig ausgewählt und geschult zu sein. Sie hatte nichts anderes erwartet, nachdem sie den Butler gesehen hatte. Obwohl sie sich äußerlich unterschieden, ähnelte Trowbridge Rowe, den Christabel seit ihrer Kindheit kannte. Beide Männer führten gewiss den Haushalt mit eiserner Faust und sorgten dafür, dass nichts den reibungslosen Ablauf eines herrschaftlichen Anwesens störte.

»Ja. Danke.« Sie nickte ihm zu und wartete, bis er den Raum verlassen hatte. Nun, wo sie endlich allein war, konnte Christabel sich das Zimmer, das man ihr zur Verfügung gestellt hatte, in Ruhe ansehen. Größe und Ausstattung eines Gästezimmers sagten sehr viel aus über die Wertschätzung, die ein Gast genoss. Gegen ihre Absicht war Christabel beeindruckt.

Sie mochte den Raum sofort.

Als Erstes fiel ihr der breite Kamin ins Auge, der von einer weißen Marmorumrandung eingefasst war. Obwohl es ein warmer Tag war, brannte dort ein Feuer. Christabels Blick glitt weiter, hin zu den bodentiefen Fenstern. Die schweren gelben Vorhänge waren aufgezogen und gewährten einen Blick in die berühmten Gärten von Ashburn Abbey. Der Raum war bis zur halben Höhe mit einem hellen Holz vertäfelt, an das sich hellgelbe Tapeten anschlossen, die mit Blumen übersät waren. Glockenblumen, wie Christabel sofort erkannte. Deren helles Blau fand sich im Bezug der beiden Stühle und des breiten Sessels wieder, der vor dem Kamin stand. Ein schwerer dunkelbrauner Eichenschrank und ein breites Bett, versteckt unter einer Tagesdecke, waren auf Gäste eingerichtet. Eine große Frisierkommode und das Himmelbett mit seinen weiß-gelb gestreiften Vorhängen gab dem Zimmer einen weiblichen Anstrich; es wirkte hell und einladend. Eine weiß gestrichene Tür führte ins Badezimmer. Hier würde sie es aushalten können.

Sie war froh, dass in ihrem Zimmer keine weiteren Porträts ernst dreinblickender Willmingtons hingen, sondern

Landschaftsbilder in harmonischen Pastelltönen. Direkt über dem Kamin war ein gewaltiges Gemälde des Herrenhauses angebracht. Seine Patina war dunkel und die Ölfarbe zeigte Risse. Sie nahm sich Zeit, es zu studieren. Obwohl Ashburn Abbey als beeindruckendes Beispiel der Architektur zur Zeit Königin Elisabeths galt, fand Christabel das sandfarbene Gebäude überladen und verschnörkelt. Sie mochte das schlichte Äußere von Lentune Hall deutlich lieber als die vielen Ecken und Erker und Vorbauten, die Ashburn Abbey charakterisierten. Das Herrenhaus erinnerte in seiner gewaltigen Größe und durch die beiden vorspringenden Flügel an eine Kathedrale.

»Alles hier soll Gäste beeindrucken. Ich hätte von den Willmingtons mehr Understatement erwartet«, dachte sie halblaut. »Warum eigentlich? Lucian ist wahrlich kein Beispiel eines englischen Gentlemans.«

Obwohl ihre Eltern sich bemühten, dass Christabel nur wenig Klatsch und Tratsch hörte, ließ es sich nicht vermeiden, während der nachmittäglichen Besuche die neuesten Skandale zu erfahren. Von Lucian Willmington hieß es, er hätte mehreren Frauen die Ehe versprochen, ohne sich an seinen Antrag zu halten. Dunkel erinnerte sie sich außerdem an Gerüchte über einen Wettschwindel beim Pferderennen. Christabel war dem jüngsten Sohn der Familie nur wenige Male begegnet, aber sie hatte nie sein Interesse gefunden. Zu ihrem Glück, wie sie meinte.

Nun hatte sie genug gesehen und wollte sich frisch machen. Wo Maud nur blieb?

Christabel ließ sich auf den Sessel fallen und griff nach einer der Zeitschriften, die auf dem Tisch lagen. Gelangweilt blätterte sie durch die Seiten, ohne deren Inhalt wahrzunehmen. Endlich klopfte es an der Tür und sie sprang auf.

Warum hat so eine Schönheit wie Maud keinen Verehrer? Allzu gern hätte sie Maud gefragt, ob es in deren Leben je einen Mann gegeben hatte, nach dem sie sich verzehrte. Doch Neugier auf das Leben ihrer Zofe schickte sich nicht für eine Lady. Ganz zu schweigen davon, dass Maud sich wahrscheinlich verschließen würde wie eine Auster, sollte Christabel sie jemals etwas Persönliches fragen. Manchmal erschien es Christabel überaus seltsam, wie viel Maud von ihrem Leben wusste, während ihr das Leben der Zofe gänzlich verschlossen war.

So ist es eben. Die Dienstboten leben ihr Leben, wir unseres.

»Wo ist deine Kammer?«, fragte sie Maud stattdessen. »Haben Sie dich unter das Dach verfrachtet?«

Als Zofe hatte Maud ein Anrecht auf ein besseres Zimmer als die Hausmädchen, aber oft behandelte man die Dienstboten der Gäste wie die des Hauses und steckte sie in winzige Kammern unter dem Dach, die im Sommer elend heiß und im Winter eisig kalt waren. Und sie bedeuteten weite Wege für eine Zofe, aber Maud hatte sich niemals beschwert. Daher fragte Christabel nach, denn sie sah es als ihre Aufgabe an, Maud eine angemessene Unterkunft zu sichern.

»Nur drei Türen weiter.« Maud zog eine Grimasse. »Trowbridge hätte mir das gleich zeigen können.«

Mehr musste sie nicht sagen. Wie Christabel befürchtet hatte, hielt Maud wenig von dem Butler Ashburn Abbeys.

»Die Klügere gibt nach«, sagte sie daher und lächelte.

»Deshalb regiert Dummheit die Welt«, antwortete Maud mit dem Bonmot von Marie von Ebner-Eschenbach. »Machen Sie sich keine Sorgen. Ich werde brav sein.«

Ein letzter Handgriff und Christabel war präsentabel für den Tee. Sie erhob sich und verließ den Raum, in der sicheren Gewissheit, dass Maud sich um alles kümmern würde. Ihre Zofe hatte ihr den Weg zum grünen Salon, in dem der Tee gereicht wurde, beschrieben.

Der Raum weckte in Christabel Erinnerungen an die Pferderennen in Ascot und Epsom: sehr viel Grün und mittendrin prachtvoll gekleidete Menschen. Lindgrüne Tapeten hatten dem Raum wohl seinen Namen gegeben. Warum man allerdings das Sofa und die unbequem wirkenden Stühle mit den hohen Lehnen ebenfalls mit einem grün schimmernden Stoff bezogen hatte, konnte sie nicht verstehen. Selbst die Vasen mit frischen Frühlingsblumen schafften es nicht, dem Zimmer Leben einzuhauchen. Nur zwei Personen waren außer ihr anwesend. Hatte der Lakai nicht gesagt, die Familie und die Gäste würden sie erwarten?

»Lord Willmington.« Christabel nickte dem Mann zu, der neben dem Kamin stand, eine Tasse Tee in den Händen. Bieder und langweilig – das war Christabel durch den Kopf gegangen, als sie Dunstan Willmington das erste Mal auf einem Ball gesehen hatte. Bisher hatte der Erbe von Ashburn Abbey ihr keinen Anlass gegeben, ihre Meinung zu revidieren. Selbst beim besten Willen konnte sie sich nicht daran erinnern, worüber sie sich mit ihm unterhalten hatte.

Sein Äußeres spiegelte dies wider – jedenfalls kam es ihr

so vor. Sein Gesicht war dermaßen durchschnittlich, kaum gesehen, schon wieder vergessen. Blonde Haare, blaue Augen, dunkelblonde Brauen, eine unauffällige Nase und ein ebenso bieder wirkender Mund. Nichts, aber auch wirklich nichts in Dunstans Gesicht ließ es hervorstechen. Christabel fühlte sich versucht, ihm zu raten, sich eine Narbe zuzulegen, damit er erinnerungswürdig wurde.

»Lady Christabel. Ich hoffe, Sie hatten eine angenehme Anreise.« Er deutete auf die Frau, die auf einem der Stühle saß und mit einer silbernen Gabel ein Kuchenstück zerteilte. »Meine Frau Georgina. Ich glaube, Sie haben sich noch nicht getroffen?«

»Sehr erfreut.« Christabel nickte ihr zu und nahm auf dem Stuhl ihr gegenüber Platz. »Was für ein prachtvolles Anwesen.«

Während sie plauderte, musterte sie unauffällig die Dame des Hauses. Wie war es dem Langweiler Dunstan nur gelungen, die ätherische Schönheit Georgina für sich zu gewinnen? Christabel, in der sicheren Gewissheit ihrer Attraktivität, war in der Lage, neidlos das gute Aussehen anderer Frauen zu würdigen. Und bei Georgina Willmington gab es viel zu würdigen.

Sicherlich war Dunstans Ehefrau keine klassische Schönheit – dafür waren ihre Augen und ihr Mund zu groß, aber sie war auffallend. Georginas Augen glänzten in einem eisigen Blau, das durch ihre brünetten Haare noch betont wurde. Die Wangenknochen stachen hervor und ließen sie zierlich und nahezu mager wirken. Auf jeden Fall war Georgina Willmington eine Frau, die Aufmerksamkeit auf sich zog, was ihr gewiss bewusst war, so hochmütig wie sie dreinschaute. Sie erwiderte Christabels Nicken, aber ging nicht auf ihre Plauderei ein, sondern überließ ihrem Ehemann das Wort.

»Meine Eltern und meine Geschwister lassen sich entschuldigen«, sagte Dunstan Willmington, als das Schweigen unangenehm zu werden begann. »Sie werden erst zum Dinner eintreffen. Haben Sie unsere Gärten schon gesehen?«

Selbstverständlich nicht, ich bin eben erst angekommen, fühlte Christabel sich versucht zu antworten. Aber ein solcher Verstoß gegen die guten Sitten wäre gewiss ihrer Mutter zu Ohren gekommen und den Ärger war es nicht wert.

»Leider nicht. Ich hoffe, nach dem Tee noch etwas Zeit dafür zu finden.« Christabel wählte ein winziges Stück Kuchen und bedauerte, nicht allein zu sein. Alle Gebäckstücke sahen ausnehmend schmackhaft aus, aber als Lady durfte sie nur wenig davon kosten.

»Sie sollten sich beeilen, es soll regnen«, mischte sich Georgina Willmington überraschend ein. Ihr Tonfall klang zornig, was Christabel nur zu gut verstand. Wäre sie mit diesem Ehemann geschlagen, würde sie ähnlich verkniffen schauen wie Georgina.

Kapitel 7

»Gulliver? Sie sind doch Gulliver?«

Maud blieb stehen, als sie die hohe, etwas krächzende Stimme hörte. Gern hätte sie vorgegeben, die Worte nicht vernommen zu haben, aber dafür war die andere Frau zu nahe. Also blieb Maud nichts übrig, als sich umzudrehen und künstlich zu lächeln.

»Ja, die bin ich. Und Sie sind?« Eigentlich musste sie diese Frage nicht stellen, zu offensichtlich war, wer sie angesprochen hatte. Und da war sie also, die typische Zofe: eine hagere Frau mit verkniffener Miene und wunderbar gelegtem Haar von einem ausgeblichenen Blond. Für Maud sahen die meisten Zofen aus, als hätte der Dienst für ihre Ladys ihnen Jugend und Lebendigkeit entzogen. Auch bei diesem Exemplar einer oberen Dienstbotin wirkten die Mundwinkel, als hätte sie gerade eine Zitrone gelutscht. Wenn diese schlecht gelaunten Damen sich nicht gerade über die niederen Dienstboten echauffierten, dann brüsteten sie sich mit den Vorzügen ihrer Ladys, als wären sie deren Mütter.

»Marjorie Ramsbury. Ich bin die Zofe von Lady Willmington.« Es klang, als wäre sie die Dienstbotin der Königin. »Da Lady Unity und Lady Beryl ohne eigenes Personal angereist sind …«, die Zofe machte eine Pause, mit der sie wohl ihre deutliche Missbilligung über so eine Unverfrorenheit ausdrücken wollte, »… obliegt es uns, den Damen zu Diensten zu sein. Da ich Lady Willmingtons Zofe bin, werde ich mich um Lady Unity kümmern.«

Marjorie Ramsbury hielt sich sehr gerade und war so hochgewachsen, dass es ihr möglich war, auf nahezu alle anderen herabzuschauen, was sie gewiss auch tat. Jedes Mal, wenn sie einer dieser verhärmten Dienstbotinnen begegnete, fragte Maud sich, ob sie in fünf oder zehn Jahren ebenfalls so aussehen würde.

An und für sich war es Maud gleich, welche der Ladys sie betreuen sollte, aber Miss Ramsburys befehlshaberischer Tonfall weckte sofort ihren Eigensinn.

»Ich muss das mit Lady Mowgray besprechen«, antwortete Maud in dem nasalsten Tonfall, der ihr möglich war. »Ich werde später auf Sie zukommen und Ihnen die Entscheidung mitteilen.«

Damit ließ sie Marjorie Ramsbury stehen und sputete sich, zu Lady Christabel zu gelangen, die ihren Tee gewiss beendet hatte.

»Wie gefällt es dir auf Ashburn Abbey, Maud?« Bereits am Tonfall, mit dem Lady Christabel die Frage stellte, konnte Maud erkennen, wie wenig es ihr selbst gefiel. »Hat sich die Reise wenigstens für dich gelohnt?«

»Ist es wirklich so schlimm hier?« Warum sollte sie ihre Ladyschaft damit behelligen, wie seltsam die Dienstboten ihr vorgekommen waren? »Immerhin werden Sie ausreiten können, wenn das Wetter sich hält.«

»*Immerhin* werde ich Ablenkung von Nicholas bekommen.« Lady Christabels Tonfall klang, als wäre sie dem Weinen nah. Auch ihre Augen glänzten verdächtig.

»Lassen Sie uns den Garten anschauen«, versuchte Maud, sie abzulenken. »Ashburn Abbey ist berühmt für seine exotischen Pflanzen.«

»Warum nicht?« Möglicherweise war Lady Christabels Gartenleidenschaft stärker, als Maud vermutet hatte. »Dann komm, bevor es dunkel wird.«

~

Eine Steintreppe mit neun Stufen führte auf einen breiten Kiesweg, der sich vor einem gewaltigen Steinbrunnen teilte. Am Ende der Treppe standen zwei in Form geschnittene Bäume. Als Stadtkind wusste Maud nicht, wie die Pflanzen hießen. Weitere von ihnen, ebenso in Form gezwungen, standen auf dem Rasen, den sie hinter dem Brunnen sah. Unendlich weit erstreckte sich die Grünfläche. Langsam schlenderte Maud neben ihrer Ladyschaft den Weg entlang und genoss die Wärme der Sonnenstrahlen auf ihrer Haut. Das Knirschen der Schuhe auf dem Kiesweg war das einzige Geräusch, das die Stille störte. Auf Lentune Hall war es nie so ruhig. Gab es auf Ashburn Abbey kein Nutzvieh?

Hinter dem Brunnen erstreckte sich der Pfad hin zu einer weiteren Treppe. Ob es da wohl noch einen Brunnen gab und noch eine Treppe, die wiederum zu einem Brunnen führte, wie in einem Spiegelkabinett?

»Wir sollten umkehren.« Auch wenn Maud es genoss, einen Nachmittag ohne Arbeit verbringen zu können, hatte sie im Blick, welche Aufgaben auf sie warteten. Denn es war bald Zeit zum Abendessen und Maud musste ihrer Ladyschaft beim Umkleiden helfen.

»Lass uns den Brunnen anschauen.« Lady Christabel ging unbarmherzig weiter. »Er soll auf Entwürfen von Sir Charles Barry basieren.«

»Meinetwegen könnte der König persönlich ihn gestaltet haben«, murmelte Maud, leise genug, dass ihre Herrschaft die Worte nicht verstünde, aber den Protest bemerken musste.

»Ach, stell dich nicht so an. Es ist nicht mehr so weit.«

Maud erkannte, dass sie die Strategie wechseln musste, wollte sie einem weiteren Spaziergang entgehen.

»Was für ein wunderschöner Garten«, heuchelte sie daher Interesse. Sie war nun einmal ein Stadtkind und würde jederzeit den schönsten Garten gegen den Ruß und Gestank Londons eintauschen.

»Wollen wir uns nicht auf eine Bank setzen und den Augenblick genießen?«

»Nein. Ich will zum Brunnen.« Kaum hatte Lady Christabel ausgesprochen, blieb sie stehen, nur um Maud dann in die Büsche zu zerren.

»Vorsicht. Das Gestrüpp hat Dornen«, maulte Maud, nachdem sie sich von der Überraschung erholt hatte. »Ich denke, Sie wollten unbedingt den Brunnen sehen?«

»Sei still« zischte Lady Christabel und ihre Finger krallten sich in Mauds Oberarm. »Da am Brunnen ist Lucian Willmington. Dem will ich nicht begegnen. Es reicht, wenn ich ihn heute Abend ertragen muss.«

»Wenn Sie ihn so hassen, warum sind wir dann hier?«

»Darf ich dich daran erinnern, dass es dein Vorschlag war?«

Bevor Maud antworten konnte, legte Lady Christabel den Finger an die Lippen und beobachtete konzentriert, was Mr

Willmington am Brunnen tat. Schließlich winkte sie Maud zu sich heran.

»Ich kann es nicht genau erkennen. Schau du, was er tut.«

Maud beugte sich etwas vor und erspähte, wie der junge Lord die Lippen bewegte.

»Jetzt werden wir erfahren, ob du wirklich neun Leben hast«, wiederholte sie mit leiser Stimme, was er gesagt hatte. »Was zur Hölle soll das bedeuten?«

»Maud!«, zischte Lady Christabel. »Du sollst nicht fluchen. Und woher weißt du, was er gesagt hat?«

»Ich kann Lippen lesen.« Hoffentlich fragte Lady Christabel nicht nach, sondern konzentrierte sich wieder auf das Geschehen am Brunnen. »Da, sehen Sie.«

Wie erhofft, fragte Lady Christabel nicht weiter, sondern verengte die Augen ein wenig mehr, um herauszufinden, was Mr Willmington vorhatte. Auch Maud beobachtete mit angehaltenem Atem, wie er in die Tasche fasste, etwas herausholte und in den Brunnen warf. Dann drehte er sich um und schlenderte gelassen davon.

»War das wirklich …?« Lady Christabel versagte die Stimme.

»Schnell, wir müssen es retten.« Ohne die Antwort ihrer Ladyschaft abzuwarten, lief Maud los. Sie hob die Röcke, damit sie schneller am Brunnen war. Wenn sie sich nicht getäuscht hatte, kam es auf jede Sekunde an.

Am Rand des Brunnens blieb sie stehen. In der Mitte des Runds plätscherte ein dünnes Rinnsal, was Maud enttäuschte. Bei dem gewaltigen Ausmaß des Brunnens hätte sie eine himmelhohe Fontäne erwartet. Sie verengte die Augen, denn

Seerosenblätter bedeckten die Oberfläche, sodass sie kaum etwas anderes sehen konnte.

Da! Sie hatte recht gehabt. Für einen Moment fürchtete sie, zu spät gekommen zu sein. Denn die Wasseroberfläche des Brunnens war glatt, nicht einmal ein leichtes Kräuseln verriet, dass hier etwas hineingeworfen worden war. Erschrocken zog Maud die Hand zum Mund.

In dem Augenblick durchbrach ein pelziger Kopf die Wasseroberfläche. Panisch paddelten winzige Pfoten.

»Keine Angst, Kleines, ich rette dich.«

Maud streckte sich über den steinernen Rand des Brunnens, aber es gelang ihr nicht, das schneeweiße Kätzchen zu erreichen. Da platschte es neben ihr, Wasser schwappte über den Rand und bespritzte Mauds Gesicht und ihre Kleidung.

Lady Christabel watete durch den Brunnen, dessen Wasser ihr bis zur Hüfte ging. Mit sicherer Hand ergriff sie das Kätzchen und reichte es Maud.

»Schnell, trockne es mit deinem Kleid ab.«

Wenig elegant kletterte Lady Christabel aus dem Wasser und schüttelte sich wie ein Hund.

»Wie können Sie so etwas Verrücktes nur tun?« Maud schüttelte den Kopf. »Sie holen sich den Tod. Schnell, wir müssen zum Haus zurück.«

»Lebt das Kleine noch?« Mit den Händen streifte Lady Christabel Wasser aus ihrem Rock, bevor sie ihn auswrang. »Konnte ich es retten?«

»So klein ist er gar nicht.« Inzwischen hatte Maud das Kätzchen abgerubbelt und sich genauer angeschaut. »Es ist ein Kater, wohl um die acht Wochen alt.«

»Woher weißt du das?«

Hölle und Hinkebein! Ich muss aufpassen, nicht zu viel zu verraten.

»Ich bin auf einem Bauernhof aufgewachsen. Da gibt es ständig Kätzchen.«

Das war nicht vollkommen gelogen, aber auch nicht ganz die Wahrheit, doch es würde reichen, um Lady Christabels Frage zufriedenstellend zu beantworten.

»Nun kommen Sie schon. Wenn Sie sich eine Erkältung einfangen, wird Ihre Mutter mir das nie verzeihen.« Eine praktische Frage tauchte auf. »Was wird aus dem Kater?«

»Hierlassen können wir ihn nicht. Nicht, solange Lucian da ist. Was für ein Unhold!«

»Ich fürchte, die Willmingtons werden nicht erfreut sein, wenn Sie ihn mit in Ihr Zimmer nehmen.«

Wahrscheinlich hatte der Kater Flöhe. Außerdem hatte Maud bereits drei große Jagdhunde entdeckt, die frei im Haus herumliefen. Für die wäre das Katerchen eine gefundene Beute.

»Du nimmst ihn mit in deine Kammer.« Lady Christabel, die inzwischen vor Kälte zitterte, lächelte. »Ich rede deswegen mit der Hausdame.«

»Das könnte klappen«, sagte Maud nach einem Moment des Nachdenkens. »Dienstboten sind seltsame Wünsche von Gästen gewöhnt.«

~

Obwohl Maud sich ärgerte, damit Miss Ramsburys Befehl zu folgen, befand sie sich auf dem Weg zu Lady Beryls Zimmer.

»Glaub mir, es ist bestimmt schwieriger, die Tochter des Hauses zufriedenzustellen als deren Freundin, auch wenn ich keine von beiden kenne«, hatte Lady Christabel zu ihr gesagt.

Nachdem sie geklopft hatte, wartete Maud auf die Aufforderung, einzutreten. Neugierig sah sie sich dann in den Räumlichkeiten um. Beryl Banfours Zimmer war deutlich kleiner als das von Lady Christabel und spärlicher möbliert. Sie schien als Gast weniger Bedeutung zu haben als Mauds Ladyschaft.

Allerdings erregte ein Einrichtungsgegenstand sofort Mauds Aufmerksamkeit. Vor dem Bett aus gedrechseltem dunkelbraunem Holz stand eine Truhe in derselben Farbe, auf der zwei schmale Regale jeweils zehn Bücher hielten. Eilig streifte ihr Blick die Titel: Auf der linken Seite entdeckte sie neben der Bibel eine Sammlung von Märchen sowie »Father Brown«-Kurzgeschichten von Gilbert K. Chesterton. Daneben standen leichte Romane zur Unterhaltung für Damen wie »Der kleine Lord« und »Der geheime Garten« von Frances Hodgson Burnett.

Die Auswahl auf der rechten Seite war überraschender: neben »Zuleika Dobson« von Max Beerbohm, das Maud begonnen, aber nicht beendet hatte, und »Ethan Frome« von Edith Wharton stand »Moving the Mountain« von Charlotte Perkins Gilman.

»Haben Sie die Bücher ausgewählt oder hat jemand sie für Sie hingestellt?«, fragte Maud, nachdem sie begonnen hatte, die dunklen Haare der rundlichen Lady zu bürsten.

Ein erstaunter Blick Beryl Banfours traf sie über den Spiegel. Maud lächelte arglos und hätte sich ohrfeigen können, weil sie eine Frage gestellt hatte, die unpassend für eine Zofe erschien.

»Das Zeug links war bereits hier, alle Bücher auf der rechten Seite habe ich mir aus der Bibliothek geholt.«

»Sind Sie zum ersten Mal auf Ashburn Abbey?«, plauderte Maud weiter, wie es sich für eine Zofe schickte.

»Nein, Unity war so freundlich, mich mehrfach einzuladen.« Lady Beryls Ohren liefen rot an. »Kennen Sie die Familie?«

»Wir sind das erste Mal hier. Bisher habe ich nur Mr. Willmington einmal gesehen.«

»Ist Lucian nicht ein ausnehmend attraktiver Mann?« Nun waren auch Lady Beryls Wangen gerötet. Was die junge Dame wohl davon halten würde, dass der von ihr verehrte Mann hilflose Kätzchen in Brunnen ertränkte?

Kapitel 8

Nachdem der Gong zum dritten Mal ertönt war, machte Christabel sich auf den Weg zum grünen Salon, in dem sich die Gäste versammelten, bevor sie gemeinsam in der Reihenfolge ihrer Wichtigkeit zum Dinner gingen. Der Lakai begrüßte sie mit einem höflichen Nicken, bevor er ihr die Tür öffnete.

Christabel wappnete sich, um Lucian Willmington entgegenzutreten. Während sie sich umgezogen hatte, hatte sie sich eine Strategie überlegt, wie sie mit ihm umgehen wollte. Kein Gentleman durfte so eine heimtückische Tat begehen, ohne dafür Rechenschaft ablegen zu müssen. Gewiss, die Jagd gehörte zu den bevorzugten Beschäftigungen der adligen Herren, etwas, das Christabel zwar nicht mochte, aber tolerieren konnte. Doch eine Jagd mit Regeln und Vorschriften war etwas anderes, als ein hilfloses Jungtier zu ertränken.

Ihr Blick glitt durch den Raum. Obwohl sie vor Zorn über Lucians Schandtat innerlich kochte, lächelte Christabel jeden an, der sich im Salon versammelt hatte und auf das Abendessen wartete. Honora Willmington stand bei zwei weiteren Gästen, die wohl erst nachmittags eingetroffen waren. In ihrer Jugend hatte sie sicher reihenweise Verehrer gehabt. Selbst heute war Lady Willmington noch eine überaus bezaubernde Frau. Ihre brünetten Haare zeigten keine Spur von Grau, um die tiefbraunen Augen hatte sie nur winzige Fältchen. Honora

Willmington lächelte selten, vielleicht weil sie Falten vorbeugen wollte oder weil es wenig Erfreuliches in ihrer Ehe mit Percy Willmington gab.

Eine der jungen Frauen ähnelte Lady Willmington sehr und war bestimmt deren Tochter. Christabel erinnerte sich dunkel an Unity, die sie bei einigen Besuchen und Festen getroffen hatte. Unity saß elegant auf einem zierlichen Sessel, während die andere Frau danebenstand, als wäre sie ihre Bedienstete. Das versprach ein interessantes Abendessen zu werden. Langsam gewann Christabel wieder etwas Spaß an dem gesellschaftlichen Spiel, dem sie sich in den vergangenen Monaten entzogen hatte. Mit schlechtem Gewissen bemerkte sie, dass sie heute kaum an Nicholas gedacht hatte.

»Lady Christabel, Sie kennen meine Tochter Unity und ihre Freundin Beryl Banfour?« Honora Willmington entpuppte sich als perfekte Gastgeberin, die dafür sorgte, dass Christabel nicht allein und verloren im Zimmer stehen musste. »Die beiden sind passionierte Reiterinnen. Sie auch, wenn ich mich richtig erinnere.«

»Leider finde ich in London während der Saison viel zu wenig Gelegenheit.« Christabel nickte den beiden Frauen zu. »Aber auf unserem Landsitz Lentune Hall sitze ich jeden Tag im Sattel.«

»Dann sollten wir morgen früh gemeinsam ausreiten.« Unity Willmington lächelte Christabel süßlich an. Unity war auffallend attraktiv mit ihren hellbraunen Locken und den großen graublauen Augen. Ihr Teint war einfach perfekt – und das hatte sie wohl einmal zu oft zu hören bekommen, denn immer wieder fuhr sie sich mit der Hand durchs Gesicht, als wollte sie Aufmerksamkeit darauf lenken.

Beryl Banfours Rundlichkeit hingegen entsprach so gar nicht dem Idealbild einer Lady. Christabel hegte den Verdacht, dass Unity sich die unbeholfene, unauffällige Beryl nur aus dem Grund zur Freundin gewählt hatte, damit sie diese mit ihrer Schönheit überstrahlen konnte.

Beryl stand etwas vornübergebeugt, als wollte sie möglichst wenig Platz in Anspruch nehmen. Auf den ersten Blick sah man nur ihr rundliches Gesicht und ihre aus dem Korsett quellenden Formen. Auf den zweiten Blick jedoch – und Christabel pflegte immer genau hinzusehen – bemerkte man die zarte Haut, deren Blässe in auffallendem Kontrast zu den schweren braunen Haaren stand. Beryls tiefbraune Augen waren etwas zu klein und drohten unter den dichten, buschigen Brauen zu verschwinden. Die Stupsnase war so zart, dass sie zu einem anderen Gesicht zu gehören schien. Die vollen Lippen hingegen würden sicher Aufmerksamkeit auf sich ziehen, sollten sie lächeln. Aber bisher schaute Beryl eher verkrampft, als wäre es ihr unangenehm, unter Fremden zu sein.

»Haben Sie ein eigenes Pferd?«, wandte Christabel sich an das Mädchen, das ihr Mitgefühl hervorrief. »Reiten Sie auch Jagden?«

»Oh nein«, wehrte Beryl ab. Kurz huschte ein Lächeln über ihr Gesicht, das jedoch sofort verschwand, als hätte man sie bei einer Unschicklichkeit ertappt. »Ich springe zwar für mein Leben gern, aber mir tut der arme Fuchs leid.«

»Mir auch.« Christabel lächelte voller Wärme und hätte sich gern länger mit Beryl Banfour unterhalten, doch Unity Willmington konnte das nicht zulassen.

»Füchse müssen gejagt werden. Es sind Schädlinge«, erklärte

sie in einem Tonfall, der deutlich machte, dass sie keinen Widerspruch duldete.

Natürlich reizte das Christabel erst recht, obwohl es gegen die guten Sitten verstieß, sich mit seinem Gastgeber zu streiten. Glücklicherweise öffnete sich die Tür und ein älterer Mann trat ein.

»Papa.« Unity Willmington sprang auf und lief zu ihm. »Ich fürchtete schon, du hättest wieder zu viel zu tun.«

»Für meine Tochter und so wunderbare Gäste habe ich immer Zeit.« Er lächelte voller Wärme in die Runde. »Herzlich willkommen auf Ashburn Abbey. Ich hoffe, wir werden eine wunderbare Zeit miteinander verbringen.«

Von seinem Vater hat Lucian die dunklen Haare und die blasse Gesichtsfarbe nicht geerbt, dachte Christabel als Erstes. Lord Percy Willmingtons Haar wurde langsam grau, aber noch war genügend vom ursprünglichen Braun zu sehen. Dunkelblaue Augen prägten sein sonnengebräuntes Gesicht. Die Nase war gerade, die Lippen extrem schmal, die Oberlippe kaum mehr als ein Strich. Das Alter des Herrn von Ashburn Abbey zeigte sich in den tiefen Falten auf der Stirn und um die Mundwinkel sowie an seinem zurückweichenden Haupthaar. Trotzdem war Lord Percy ein anziehender Mann, was den Gerüchten zufolge viele Ladys in London zu schätzen wussten.

Seine Stimme war überraschend sanft, man konnte sich kaum vorstellen, dass er sie je erhob. Trotzdem hatte Christabel den Eindruck, dass er eine natürliche Autorität ausstrahlte.

»Wo sind Dunstan und Lucian?« Obwohl Lord Willmington ruhig wirkte, klang sein Tonfall schärfer und seine Frau zuckte zusammen. »Haben Sie den Gong nicht gehört?«

Christabel fiel auf, dass er Georgina nicht erwähnte, was sie verwunderte. In dem Moment ging die Tür auf und Dunstan und Georgina traten ein.

»Entschuldigung.« Die Spannung zwischen dem Ehepaar war mit den Händen greifbar. Während Dunstans Gesicht dunkel vor Zorn war, sah Georgina aus, als wollte sie gleich in Tränen ausbrechen. Sie rannte förmlich auf die Gruppe um Christabel zu, als wollte sie ihrem Ehemann entkommen.

Neugierig blickte Christabel ihr entgegen, doch Georgina erreichte sie nicht. Denn in diesem Augenblick öffnete sich die Tür erneut und Lucian trat ein. Sofort blieb Dunstans Frau stehen und drehte sich um. Christabel erspähte einen Ausdruck unglaublicher Sehnsucht auf ihrem Gesicht, bevor Georgina ihr den Rücken zudrehte.

Erneut wallte Zorn in Christabel auf, aber sie wollte den richtigen Moment abwarten, um Lucian mit seiner Tat zu konfrontieren. Daher lächelte sie gequält, als er sich zu Beryl Banfour und ihr gesellte.

»Nun, liebe Lady Christabel, ich sehe, Sie sind heute nicht auf dem Kreuzzug für das Frauenwahlrecht.«

Die Unverschämtheit seiner Begrüßung raubte ihr die Sprache. Christabel konnte ihn nur anstarren und wünschte sich, schlagfertiger zu sein. Lucian schien das nicht zu stören, er wandte sich zu Beryl Banfour und seinem Bruder um.

Sein Tonfall klang gelangweilt, häufig antwortete er nur gerade so knapp, wie es die Höflichkeit zuließ. Christabel hielt ihn für einen arroganten Pinsel und war äußerst verwundert gewesen, wie fasziniert die anderen Debütantinnen in London von ihm gewesen waren. Was reizte eine hübsche, einigermaßen kluge Frau bloß an einem Mann, der nur sich selbst lieben konnte?

Vielleicht würde sie hier und heute einer Antwort auf diese Frage näherkommen, denn es war nicht zu übersehen, dass die arme Beryl Banfour in Lucian verliebt war. Christabel war gespannt auf Violet Keat, Lucians Verlobte, die ebenfalls zum Abendessen erwartet wurde. Das hatte Beryl ihr eben erzählt, mit einem traurigen Unterton in der Stimme.

Als sich die Tür ein weiteres Mal öffnete, erwartete Christabel daher Lucians Verlobte zu sehen. Stattdessen platzte ein Mann herein. Christabel war sehr überrascht, ihn auf Ashburn Abbey zu treffen, aber sie lächelte ihm entgegen. »Ernest, was für ein unerwartetes Vergnügen. Wir haben uns entsetzlich lange nicht mehr gesehen.«

Obwohl sie sich wirklich freute, einem ihrer ältesten Freunde zu begegnen, verspürte sie einen Anflug von Ärger. Die Anwesenheit des unverheirateten Ernest erklärte, warum Christabels Eltern sofort damit einverstanden gewesen waren, ihre Tochter nur in Begleitung der Zofe nach Ashburn Abbey reisen zu lassen. Was für ein durchsichtiges Manöver! Was würde ihre Mutter sich wohl als Nächstes einfallen lassen? Würde sie Christabel mit einem Schild »Zu verheiraten« auf die Oxford Street stellen oder sie möglicherweise in der Zeitung inserieren?

»Einen Penny für deine Gedanken.« Ernest beugte sich zu ihr herab. »Man kann dir auf dem Gesicht ablesen, dass es etwas Unverschämtes ist.«

»Als ob ich je etwas dächte, was meine Mutter nicht gutheißen würde.«

»Du weißt, ich wünschte mir, dich besser zu kennen.«

Christabel schätzte Ernest Pemborough als Freund und fand es immer noch irritierend, wenn er versuchte, mit ihr zu flirten. Die Leichtigkeit und das Frivole, das einem guten Flirt innewohnte, passten leider gar nicht zu dem guten Ernest, dessen Art seinem Namen alle Ehre machte. Der schlanke hochgewachsene junge Mann sah immer so aus, als würde er gewichtige Themen wälzen, was er auch tat. Christabels Freundschaft hatte Ernest bei ihrer ersten Begegnung vor drei Jahren gewonnen, als er sie um ihre Meinung zu Shackletons Antarktisexpedition fragte, anstatt mit ihr über die Jagd, Ascot oder die Eröffnung von Selfridges zu sprechen.

In seinem langen, aristokratischen Gesicht zogen die grauen Augen alle Aufmerksamkeit auf sich.

Augen wie ein Nebeltag in London hatte eine von Christabels Freundinnen sie einmal beschrieben, was sie sehr verwundert hatte, erschien ihr diese Beschreibung viel zu romantisch für den guten alten Ernest. Damals hatte sie zum ersten Mal bemerkt, welches Interesse ihr Freund bei den Debütantinnen erregte. Daraufhin versuchte sie, Ernest mit anderen Augen zu sehen, aber es wollte ihr nicht gelingen. Für sie blieb er ein Freund, zu unterschiedlich war seine bedächtige, ruhige Art gegenüber ihrer Impulsivität.

Dabei war er wirklich gut aussehend, auf diese seriöse Weise. Ein hageres Gesicht, eine gerade Nase und ein voller Mund, der nicht so recht zu Ernests Wesen passen wollte. Die braunen Haare blichen im Sommer etwas aus und manchmal verirrten sich vorwitzige Sommersprossen auf seine Wangen.

»Ich weiß nicht, wie es Ihnen geht, aber mein Magen

wird gleich knurren.« Mit jovialer Freundlichkeit forderte der Gastgeber sie auf, sich in das Speisezimmer zu begeben. Dort erwartete sie eine junge Frau, die Honora mit »Liebe Violet« begrüßte.

Violet Keat war ein hübsches Mädchen mit klarer Haut, welligen hellbraunen Haaren und sanften braunen Augen. Ihre Stimme klang melodisch, allerdings sehr leise. Niemals hätte Christabel sich so ein zartes, sanftes Mädchen an Lucian Willmingtons Seite vorgestellt. Was zog den eitlen und hinterhältigen Lucian wohl zu einer jungen Frau, die gänzlich unverdorben und naiv wirkte? Christabel wollte sich nicht vorstellen, was ihn motivierte. Etwas Gutes war es sicher nicht. War es der gesellschaftliche Aufstieg, denn Violet war die Tochter eines Duke?

Wenn man sie gefragt hätte, wie Lucian Willmingtons Verlobte wohl aussähe, hätte sie auf eine ätherische Schönheit wie Georgina getippt.

Das Speisezimmer war, wie alles auf Ashburn Abbey, beeindruckend. Ein großer Kronleuchter hing über der sorgfältig gedeckten Tafel.

Ob die Willmingtons immer so elegant speisten oder ob es das wappengeschmückte Silberbesteck nur für Ernest und sie gab, fragte sich Christabel, nachdem sie ihren Platz eingenommen hatte. Mit kundigem Blick erkannte sie das Tafelgeschirr als Royal Crown Derby. Der schmale Goldrand war unverwechselbar.

Freundlicherweise hatte Honora Willmington ihr Ernest als Tischherrn zugeteilt, sodass Christabel sich gut unterhalten konnte. Allerdings gab es noch etwas, was ihr auf der Seele brannte und was sie ansprechen wollte, auch wenn es sicher kein Thema für eine Konversation beim Abendessen war. Doch Christabel konnte und wollte Lucian Willmington nicht einfach davonkommen lassen.

Während sie wartete, beobachtete sie die Menschen um sich herum. Honora Willmington fing ihren Blick ein und nickte ihr freundlich zu. Christabel gelang ihr einfach nicht, die Herrin des Hauses zu mögen. Möglicherweise lag es daran, wie sehr Honora ihren jüngsten Sohn vergötterte, obwohl Lucian schlicht und ergreifend ein wahres Ekel war. Dunstan und Unity erfuhren bei Tisch nur wenig Aufmerksamkeit von ihrer Mutter, während sie jedes Wort, das Lucian von sich gab, mit einem Lächeln belohnte.

»Nun, mein lieber Ernest«, Lucian erhob sein Glas, »wie überaus erfreulich, dass Sie endlich einmal meiner Einladung nachgekommen sind.«

Täuschte sich Christabel oder verbarg sich etwas Düsteres, Böses hinter den belanglos dahingesagten Worten? Während sie vorgab, den Fisch zu zerteilen, beobachtete sie Lucian aus gesenkten Augenlidern. Ja, ein süffisantes Lächeln umspielte dessen schmale Lippen. Was Christabel jedoch viel mehr verwunderte, war Ernests Reaktion, nachdem Lucian ihn angesprochen hatte. Ihr Tischnachbar umklammerte das Fischmesser so fest, dass es gewiss brechen musste. Sanft legte sie ihm ihre Finger auf den Unterarm. Erst versteifte er sich, dann jedoch wandte er sich ihr zu. Ein kleines Lächeln umspielte seine Lippen, als er ihr dankbar zunickte.

So sehr es sie reizte, Lucian auf das Kätzchen anzusprechen, so sehr erschien es ihr im Augenblick unpassend. Daher flötete sie mit ihrer besten Höhere-Töchter-Stimme: »Wie ungewöhnlich. Auch ich weile das erste Mal hier. Ein überaus prächtiges Haus.«

»Warum spricht es niemand aus?«, fragte Unity Willmington barsch. »Alle wundern sich gewiss, warum wir hier und nicht in London sind.«

»Unity!« Den Tonfall von Lady Willmington kannte Christabel nur zu gut von ihrer Mutter. Rosalind Mowgray nutzte diese Stimmlage, wenn sie ihre Tochter zur Ordnung rufen wollte. »Wir sind bei Tisch.«

»Deshalb darf niemand erfahren, dass Lord Howards-Copper unsere Verlobung gelöst hat?« Klirrend warf Unity ihr Besteck auf den Teller. Mit so viel Wut, dass der Fisch auf das weiß gestärkte Tischtuch spritzte. »Dass mein Bruder mir die Chance auf eine wunderbare Verbindung verdorben hat. Ihr seid alle solche Heuchler.«

Mit diesen Worten sprang sie auf und stürmte aus dem Raum. Die Zurückbleibenden schwiegen einen Moment betreten, bevor Beryl Banfour und Violet Keat gleichzeitig etwas über das milde Wetter sagten. Dankbar griff Lady Willmington das Thema auf und sprach über die blühenden Bäume und Sträucher ihres Gartens.

»Weißt du mehr darüber?«, flüsterte Christabel Ernest zu. In London hatte sie weder davon erfahren, dass Unity Willmington sich verlobt hatte, noch davon, dass diese Verlobung gelöst worden war.

Ernest schüttelte den Kopf. Aber er schien nicht bei der Sache, sondern starrte Lucian Willmington hasserfüllt an, was dieser mit einem bissigen Lächeln quittierte. Man musste nicht sensibel oder medial begabt sein, um zu bemerken, wie viel unterschwellige Spannung bei diesem Abendessen herrschte. Christabel fröstelte, obwohl eine behagliche Wärme von dem Kaminfeuer ausging. War jetzt wirklich der richtige Moment, das Kätzchen anzusprechen? Nein, entschied sie. Es gehörte sich nicht, Öl ins Feuer zu gießen. Andererseits wollte sie nichts lieber, als Lucian Willmington dieses arrogante Lächeln aus dem Gesicht zu wischen.

»Was haben Sie heute unternommen, Lady Christabel?« Honora Willmington widmete ihr einen Moment ihrer Aufmerksamkeit. »Hatten Sie schon Gelegenheit, einen Spaziergang in unserem Garten zu machen? Ich muss eingestehen, ich bin sehr stolz auf das, was unsere Gärtner dort leisten.«

»Meine Zofe und ich waren heute beim Brunnen spazieren.« Lady Christabel bemühte sich um einen fröhlichen Plauderton. Lucian sollte keinen Verdacht schöpfen, bevor sie ihn mit seiner Tat konfrontierte. »Dort wurden wir Zeugen von etwas sehr Unangenehmen.«

Lucian hob den Kopf. Sie hätte erwartet, dass er ertappt oder erschrocken schauen würde, stattdessen grinste er sie siegesgewiss an. Als wüsste er etwas, von dem sie nichts ahnte.

»Lucian, warum hast du das Kätzchen in den Brunnen geschleudert?« Christabels klare Stimme übertönte alle Gespräche, die schlagartig verstummten. Alle Gesichter wandten sich ihr zu und dann Lucian, der weiterhin lächelte.

»Lucian hat sicher gemeint, das Beste für das Tier zu tun«, ergriff Honora Willmington für ihn Partei. »Ohne Mutter würde es nur elend verhungern.«

Wie konnte die Frau nur dermaßen verblendet sein?

Christabel biss sich auf die Lippe, um nicht vor Zorn herauszuplatzen. Man musste sich nur Lucians hämisches Grinsen ansehen und konnte sofort erkennen, dass es ihm gewiss nicht um das Wohl des Kätzchens gegangen war.

»Es tut mir leid.« Christabel erhob sich. »Mich plagen furchtbare Kopfschmerzen.«

Mit diesen Menschen wollte sie nicht länger an einem Tisch sitzen. Möglicherweise hatte Nicholas, der wütende Pamphlete gegen die Sattheit der Landhausbesitzer geschrieben hatte, einen stärkeren Einfluss auf sie, als sie gedacht hatte. Heute kamen ihr die Regeln und Sitten verlogen vor. Sie dienten nur dazu, Ignoranz und Boshaftigkeit zu übertünchen.

KAPITEL 9

Selbst nach den Jahren als Dienstbotin hatte sich Maud nicht an das alberne Ritual des Essens der Dienerschaft gewöhnen können. Ihr kam es vor, als versuchten die Dienstboten, die Mahlzeiten ihrer Herrschaften nachzuahmen. Wie Kinder, die sich als Erwachsene verkleideten. Selbstverständlich legte Trowbridge großen Wert darauf, dass die Rangordnung eingehalten wurde, wenn sie vom Speiseraum in das Dienstbotenzimmer gingen, in dem Käse und Dessert serviert wurden. Ebenso selbstverständlich fühlte Maud sich versucht, seine Ordnung zu stören, einfach, weil der Butler so borniert und engstirnig war. Doch brav nahm sie den ihr zugewiesenen Platz ein, weil sie Lady Christabel keinen Ärger machen wollte.

Außerdem fand sie die Hausdame, Eunice Stanhoop, angenehmer als befürchtet, obwohl sie so gar nicht Mauds Vorstellungen einer Hausdame entsprach. Bisher hatte sie auch in keinem der Haushalte, die Lady Christabel und sie besucht hatten, eine dermaßen junge und auffallend schöne Frau getroffen, die dem Haushalt vorstand.

Selbst das langweilige schwarze Kleid konnte nicht verbergen, wie wohlgerundet Mrs Stanhoop war. Obwohl ihr Gesicht zu breit und die Oberlippe sehr schmal war, zog ihr Gesicht sofort die Aufmerksamkeit auf sich. Es waren die hellgrauen Augen, die äußerst kritisch, aber auch lebendig blickten. Lange, dunkle Wimpern gaben ihnen den passenden Rahmen.

»Wir werden in den kommenden Tagen gemeinsam Hand in Hand arbeiten müssen, um unsere Gäste zu versorgen.« Eunice Stanhoops Stimme klang dunkel und angenehm. »Ich verlasse mich darauf, dass alles reibungslos läuft.«

»Selbstverständlich«, »Gewiss« und ähnliche Antworten machten deutlich, dass ihr Wort Gewicht hatte.

Während sie sich ihrem Essen widmete, ließ Maud ihren Blick unauffällig wandern bis zum Platz ganz unten am Tisch. Hier saß Dora Mullens, die Küchenhilfe, die gewiss eine interessante Geschichte zu erzählen hatte.

Bestimmt kam es oft vor, dass Lieferanten oder Gäste wie sie Dora Mullens für die Köchin hielten. Die Küchenhilfe war eigentlich viel zu alt für diese Tätigkeit. Dora war wohl Mitte vierzig, eine rundliche Frau mit erdbeerblonden Haaren und kräftigen Händen, die gut zupacken konnten.

Ihre kleinen Augen von einem verwaschenen Braun versanken in dem runden Gesicht. Zwei tiefe Falten zogen sich von der Nase an den Mundwinkeln entlang, als hätte die Küchenhilfe großen Kummer erfahren.

Neugierig fragte sich Maud, warum Dora es nicht zu einer höheren Stellung gebracht hatte. Zuerst hatte Maud gedacht, die Küchenhilfe wäre ein einfaches Gemüt, weil sie sich aus den Gesprächen bei Tisch gänzlich fernhielt. Aber je mehr sie Dora beobachtete, desto sicherer wurde sie, dass diese ein dunkles Geheimnis verbarg.

»Vielen Dank für das wunderbare Essen.« Maud erhob sich,

nachdem Trowbridge die Mahlzeit für beendet erklärt hatte. »Gute Nacht.«

Nachdem sie das erste Abendessen auf Ashburn Abbey eingenommen hatte, musste Maud zugeben, dass Mrs Pratt zwar nicht wie eine Köchin aussah, aber ähnlich schmackhaft kochte wie Nellie Cramton. Ein Gedanke, der Maud vorkam wie ein Sakrileg.

Die Reise und der anstrengende Tag forderten ihren Tribut und sie unterdrückte ein Gähnen. Nicht zu vergessen den Kater, der in ihrem Zimmer wartete und sich hoffentlich gut benommen hatte.

»Ich weiß schon von dem Tier«, hatte Mrs Stanhoop mit einem Lächeln gesagt. »Harriet weiß auch Bescheid und wird etwas Futter für die Katze zusammenpacken.«

Mit einem Tablett, auf dem eine Schale voll gutem Schabefleisch stand, begab sich Maud in ihr Zimmer. Der schneeweiße Kater stürzte sich auf das Fleisch, als wäre er verhungert.

»Langsam, Kleiner. Sonst brichst du es nur wieder aus.« Während Maud darauf wartete, dass Lady Christabel sie zu sich rief, spielte sie mit dem Kater. Der Kleine schien das unfreiwillige Bad gesund überstanden zu haben.

Früher als erwartet, schrillte die Klingel und rief Maud zu ihrer Ladyschaft.

»Ich habe Kopfschmerzen und will nicht über den Abend reden.« Mit diesen Worten empfing Lady Christabel ihre Zofe. »Hilf mir beim Auskleiden. Ich gehe gleich ins Bett.«

Wenn ihre Ladyschaft in dieser Stimmung war, würde Maud kein Wort aus ihr herausbringen, auch wenn es sie noch so sehr reizte zu erfahren, was deren Unmut hervorgerufen hatte.

»Geht es dem Kater gut?«, fragte Lady Christabel nach einer langen Zeit des Schweigens. »Ich habe mit der Hausdame gesprochen.«

»Es ist eine Katze«, musste Maud eingestehen. »Ich habe mich geirrt.«

»Sie braucht einen Namen, aber das hat Zeit bis morgen.« Abrupt stand Lady Christabel auf und ging zu ihrem Bett.

»Soll ich Ihnen einen Tee oder ein Glas Kakao bringen?«

»Nein, ich möchte nur schlafen. Gute Nacht.«

Da Lady Christabel sich früh zurückgezogen hatte, blieb Maud Zeit, sich den Büchern zu widmen, die sie nach Ashburn Abbey mitgebracht hatte. Denn es war nicht sicher gewesen, ob ihr als Dienstbotin Zugang zur Bibliothek gewährt worden wäre. Und sie hatte nicht wissen können, ob sie auf Ashburn Abbey die Bücher finden würde, die sie bevorzugte. Ihrer Erfahrung nach sagten die Bücher, die Menschen lasen, viel über deren Charakter aus. So wie Lady Christabel, die Detektivgeschichten verschlang, um der Langeweile ihres Lebens wenigstens für kurze Zeit entkommen zu können.

»Was sagt meine Wahl über mich aus?«, murmelte Maud, als sie versuchte, eine Entscheidung zwischen »Peter Pan« und »Dr. Jekyll und Mr Hyde« zu treffen. »Ich verliere mich gern in fantastischen Geschichten.«

Obwohl Dr. Jekylls Geschichte sie mehr reizte als die des Jungen, der nicht erwachsen werden wollte, entschied sie sich für »Peter Pan«. Die erste Nacht in einem fremden Haus wollte sie auf keinen Fall von einem Arzt träumen, dessen Persönlichkeit sich spaltete, auch wenn Lady Christabel ihr die Geschichte sehr ans Herz gelegt hatte. Obwohl Maud ihrer Ladyschaft auf ewig dankbar sein würde, weil diese ihr das Lesen beigebracht hatte, teilte sie nicht deren Vorlieben. Lady Christabel verschlang Detektiv- und Kriminalgeschichten, mit denen Maud wenig anfangen konnte. Möglicherweise hatte sie bereits zu viel Elend und Verbrechen gesehen, sodass sie sich beim Lesen lieber in fantastische Welten flüchtete.

Außerdem empfand Maud Sherlock Holmes als einen arroganten Pinsel, der den armen Dr. Watson herablassend belehrte. So aufmerksam, wie der große Detektiv dargestellt wurde, konnte ein Mensch gar nicht sein. Das wusste Maud aus eigener Erfahrung. Da widmete sie ihre Zeit doch lieber Feen und Elfen und Piraten.

Ihre Augen brannten vor Müdigkeit und es fiel ihr immer schwerer, im flackernden Licht der Lampe die Buchstaben zu erkennen, aber die Geschichte fesselte sie so sehr, dass sie immer wieder eine Seite umblätterte.

»Morgen mehr.« Maud gähnte ausgiebig. Mit einem Seufzen legte sie das Buch zur Seite auf den Nachttisch, bevor sie das Licht löschte. Das Bett war viel härter als das, in dem sie auf Lentune Hall schlief. Außerdem war es schmaler: Ihre Knie und Ellenbogen standen über den Holzrahmen hinaus. Maud drehte sich von einer Seite auf die andere, ohne eine angenehme Schlafposition zu finden. Ein leises Geräusch sagte ihr, dass die Katze zu ihr aufs Bett gesprungen war und sich neben ihrem Knie einkuschelte.

Wie immer in einem neuen Haus konnte Maud nicht in

den Schlaf finden. Die Ruhe auf dem Land sagte ihr nicht zu. Sie vermisste die Geräusche der Stadt: das Wiehern der Kutschpferde, übertönt von den Motoren der Automobile und Busse, die die Kutschen zu verdrängen schienen. Die Stille hier kam ihr unnatürlich vor, man wagte es selbst kaum, etwas zu sagen, um die Ruhe nicht zu stören.

Trotzdem dämmerte sie langsam in den Schlaf, aus dem sie unsanft geweckt wurde, als ein markerschütternder Schrei ertönte. In ihrer Panik tastete Maud nach Patrick. Enttäuschung durchfuhr sie, nachdem sie wach genug war, um zu erkennen, dass sie allein war. Seit Jahren schon. Obwohl viel Zeit vergangen war, konnte sie ihren Ehemann einfach nicht vergessen. Manchmal wünschte sie, sie könnte Lady Christabel davon erzählen, könnte sie davor warnen, wie viel Leid die Liebe mit sich brachte.

Aber natürlich schickte es sich für eine Zofe nicht, ihre Lady mit diesen Gedanken zu behelligen. Maud seufzte und versuchte zu ergründen, woher der Schrei gekommen war, als sie einen weiteren vernahm. Ihre Finger tasteten nach dem Gaslicht, während ihre Gedanken sich überschlugen. War es das Kätzchen? Hatte das kleine Tier Schmerzen? Nein, der Schrei hatte menschlich geklungen. War Lady Christabel etwas geschehen? Auf diesem Flur schliefen nur wenige Gäste. Mauds Finger zitterten, aber endlich gelang es ihr, die Kammer zu erleuchten. Das Licht spiegelte sich in den großen Augen des Kätzchens, das sie anschaute und gähnte. Obwohl Mauds Herz raste, musste sie lächeln. Sie strich dem Tierchen über den Kopf, bevor sie ihren Morgenmantel überwarf. Es war ein edles Stück aus dunkelblauer Seide, das Lady Christabel ihr zu Weihnachten geschenkt hatte. Maud schlang einen Knoten in den Gürtel, richtete ihre Haare und trat vor die Tür ihres Zimmers.

Dort wartete bereits eine Gestalt auf dem dunklen Flur, der durch Lampen nur schwach erhellt wurde. Maud zuckte zusammen. Auf den zweiten Blick erkannte sie Lady Christabel, die von einem Bein aufs andere trat. Ihr Haar war aufgelöst, der Morgenmantel nur halb geschlossen, als hätte sie es sehr eilig gehabt, aufzubrechen.

»Lady Christabel. Zum Glück ist Ihnen nichts passiert.«

»Da bist du endlich. Allein wollte ich dort nicht hin.«

»Wie sehen Sie nur aus, Mylady?« Maud schüttelte den Kopf, während sie den Morgenmantel richtete. »Haben Sie den Schrei auch gehört?«

»Selbstverständlich.« Lady Christabel schauderte sichtlich. »Wo kam das her? Was hat das nur zu bedeuten?«

Fast, als sollte es eine Antwort auf ihre Frage sein, erklang der Schrei erneut. Maud und ihre Lady wechselten einen Blick, bevor sie in Richtung des panischen Rufs eilten. Sie waren nicht die Ersten, die reagiert hatten, denn vor der Tür eines Zimmers stand bereits Lord Pemborough. Trowbridge eilte von der anderen Seite herbei, die Haare zerzaust, der gesteppte Morgenmantel saß schief.

Als sie aufeinandertrafen, nickten sie einander zu und verharrten einen Augenblick, unschlüssig, was zu tun war. Da ertönte wieder das Kreischen, hoch und voller Panik.

»Öffnen Sie!«, Lord Pemborough schlug die Faust gegen das Holz. »Um Himmels willen, öffnen Sie!«

Auch wenn die Tür verschlossen blieb, verstummte immerhin der Schrei. Während sie gemeinsam warteten, kam es

Maud vor, als hielten sie alle den Atem an. Langsam, sehr langsam drehte sich ein Schlüssel im Schloss. Noch bedächtiger öffnete sich die Tür einen Spalt. Beinahe erwartete Maud, dass ein kreischendes Quietschen ertönen würde, der Düsternis der Lage angemessen. Stattdessen steckte eine bleiche Frau ihren Kopf heraus, die Augen geweitet und voller Tränen, die zarten Gesichtszüge von Angst gezeichnet. Erst auf den zweiten Blick erkannte Maud sie als die Verlobte von Mr Willmington.

Was macht sie hier? Ich bin mir sicher, sie wohnt in dem Zimmer zwischen Miss Banfour und Lady Christabel. Kaum hatte sie den Gedanken gefasst, schüttelte Maud innerlich den Kopf. Es musste an der Müdigkeit liegen, dass sie dermaßen begriffsstutzig war. Schließlich war es nicht ihr erstes Wochenende auf dem Land. Auch auf Lentune Hall hatten die Dienstboten gern darüber getratscht, welcher Gast nachts wessen Zimmer aufgesucht hatte.

»Lucian«, stieß Lady Violet schluchzend hervor und öffnete die Tür etwas weiter. »Er … er ist tot.«

Sie verdrehte die Augen und sank in sich zusammen. Hätte Lord Pemborough nicht einen schnellen Schritt nach vorn gemacht, um die junge Frau aufzufangen, wäre sie sicher ohnmächtig zu Boden gesunken. All das nahm Maud aus dem Augenwinkel wahr, während sie in einer Mischung aus Faszination und Grauen auf das Bett starrte.

Woran immer auch Mr Willmington gestorben war, es war kein leichter Tod gewesen. Seine eleganten Gesichtszüge waren in Agonie verzerrt, in seinem Todeskampf hatte er die schwere Bettdecke zu Boden geworfen, was einen Blick auf seinen verkrampften Körper ermöglichte. Blicklos starrten seine Augen zur Decke.

Maud wandte sich von ihm ab und schaute sich im Zimmer um. Es sah aus, als hätte ein Berserker darin gewütet. Ein Stuhl war umgeworfen, mehrere Bücher lagen auf dem Boden verstreut. Eines von ihnen hatte den Rücken gebrochen. Auf dem Nachttisch stand ein Glas, in dem sich ein Rest einer dunklen Flüssigkeit befand.

Das müssen wir aufheben und untersuchen lassen. Falls Mr Willmington vergiftet wurde, kann das der wichtige Beweis sein. Hölle und Hinkebein, ich klinge bereits wie ein Held aus Lady Christabels Geschichten.

Bevor sie handeln konnte, spürte Maud einen scharfen Schmerz in ihrem Unterarm und sah dorthin. Lady Christabel hatte ihre Hand auf Mauds Arm gelegt und krallte sich nun hinein. Ihre Augen waren vor Panik geweitet, ihr Mund halb offen, als hätte sie etwas sagen wollen, was ihr nun entfallen war.

»Kommen Sie, Mylady.« Sanft löste Maud die Umklammerung. »Ich bringe Sie zurück in Ihr Zimmer.«

»Bitte bleiben Sie hier, Gulliver. Du bitte auch, Christabel«, sagte Lord Pemborough, der bleich, aber gefasst aussah. »Wir müssen Lady Violet beistehen.«

Etwas hilflos starrte er auf das regungslose Bündel in seinen Armen. Auch auf Lady Christabels Gesicht lag ein Ausdruck von Entsetzen. Sie blickte Maud an, als wüsste diese, was man in einer derartigen Lage zu tun hätte.

Bevor Maud irgendetwas unternehmen konnte, drängte sich Trowbridge an ihr vorbei. Der muskatartige Geruch eines Haaröls stieg Maud in die Nase.

»Mylord, bitte setzen Sie Lady Violet hier hin.« Mit befehlsgewohnter Stimme zeigte der Butler, dass er wohl schon mehrere Krisen überstanden hatte. Er hob einen Stuhl mit bunt gemusterter Sitzfläche auf und stellte ihn vor Lord Pemborough. »Vorsichtig.«

Maud empfand fast etwas wie widerwillige Bewunderung für den Butler, der die Maßnahmen ergriff, die nötig waren. Nur an die Beweissicherung dachte er gewiss nicht. Also versuchte Maud, sich an Lady Keat vorbeizuschieben, um an das Glas zu gelangen. Doch Trowbridge stand ihr im Weg. Der Butler schluckte einmal, bevor er die Bettdecke vom Boden hob und über den Leichnam warf. Dabei stieß er mit der Hüfte gegen den kleinen Nachtschrank. So heftig, dass das Wasserglas, das darauf gestanden hatte, zu Boden fiel. Die braune Flüssigkeit ergoss sich auf den schweren roten Teppich, in dem sie versickerte.

Ob noch etwas zu retten ist?, ging Maud durch den Kopf. *Das werden die Hausmädchen hassen*, war ihr zweiter Gedanke. Nur zu gut erinnerte sie sich daran, wie oft sie auf Händen und Knien versucht hatte, Flecken aus Teppichen zu schrubben. Wie oft sie die Ladys und Gentlemen für ihre Unachtsamkeit verflucht hatte, die so viel Arbeit für die Dienstboten mit sich brachte.

Der Butler hingegen widmete dem Glas nicht einmal einen Blick, sondern wandte sich zur Tür.

»Wir … wir müssen … ich muss es Seiner Lordschaft sagen. Und den Doktor holen lassen«, flüsterte er schließlich. Trowbridges Gesicht hatte einen ungesunden Grünton angenommen, seine Stimme klang rau. »Jemand muss Miss Ramsbury wecken, damit sie Lady Willmington …«

Anscheinend fielen ihm keine passenden Worte ein, was

Maud nur zu gut verstehen konnte. Wie sollte man einer Mutter mitteilen, dass ihr Sohn vor ihr gestorben war?

Auf dem Flur zog er seinen Morgenmantel gerade und strich sich mit den Händen die Haare glatt. Er wollte wohl seiner Lordschaft nicht unordentlich gegenübertreten. Auch wenn sie Trowbridge nicht mochte, beneidete Maud ihn nicht um die Aufgabe, seinem Dienstherrn etwas dermaßen Entsetzliches mitteilen zu müssen.

Ein leiser Klagelaut, der beinahe klang wie ein Miauen, lenkte ihre Aufmerksamkeit auf Lady Violet. Inzwischen hatte die junge Frau ihr Bewusstsein wiedergewonnen. Orientierungslos sah sie sich im Zimmer um, bis ihr Blick auf das Bett fiel. Erneut stieß sie einen entsetzlichen Schrei aus und sprang auf. Doch ihre Beine trugen sie nicht und sie fiel wieder zurück auf den Stuhl.

Kapitel 10

Auf den ersten Blick hatte Christabel erkannt, was in diesem Raum geschehen war und ebenso, was hier hatte vonstattengehen sollen. Violet Keat hatte den Besuch auf Ashburn Abbey für ein Stelldichein mit ihrem Verlobten nutzen wollen und sich im Schutz der Nacht in sein Zimmer geschlichen. Allerdings war das Rendezvous nicht mit Liebe zu Ende gegangen, sondern mit dem Tod von Lucian.

Kein Wunder, dass Violets Schreie alle aufgeweckt hatten, deren Schlafräume sich in diesem Teil des Hauses befanden. Auch der Schrei, den die junge Frau eben ausgestoßen hatte, war markerschütternd gewesen. Nun allerdings herrschte Stille, was beinahe noch erschreckender war als die Schreie.

Immer wieder hatte Christabel von drückendem Schweigen gelesen, aber hier und heute erlebte sie das erste Mal, wie furchtbar sich Lautlosigkeit anfühlte. Sie zog ihren Morgenmantel enger um sich und fröstelte. Daher traf sie das nächste Geschehen vollkommen unerwartet.

»Oh, meine liebe Christabel!« Mit einem Schluchzer sprang Violet Keat auf und warf sich ihr plötzlich in die Arme, als wären sie beste Freundinnen und sich nicht erst heute zum ersten Mal begegnet. »Lucian ist tot.«

Christabel, überrascht von einer derartigen Zurschaustellung von Gefühlen, sah Maud hilfesuchend an. Ihre Zofe zuckte mit den Schultern und blickte sich im Raum um, als wollte sie sich alles einprägen. Also musste Christabel allein mit der Situation fertig werden. Sanft strich sie Violet Keat, die sich schluchzend an sie klammerte, über die Schulter.

»Oh nein, dort liegt die Liebe meines Lebens.« Violet Keats Tränen tropften auf Christabels Schulter. »Ich will auch sterben.«

Fieberhaft überlegte Christabel, was sie tun könnte. Als Erstes erschien es ihr angebracht, Lucians Verlobte zu beruhigen. Daher drehte Christabel die schluchzende Frau etwas zur Seite, damit sie nicht weiter auf das Bett mit der Leiche starren musste. So redegewandt Christabel sonst war, ihr wollten keine tröstenden Worte einfallen. Mit Plattitüden wie »Alles wird gut« wagte sie der weinenden Violet nicht zu kommen.

Ihr Blick fiel auf Ernest Pemborough, der ihn erwiderte, bevor er hilflos die Hände hob. Sein Verhalten enttäuschte sie, sie hatte erwartet, dass er – ähnlich wie der Butler – das Heft in die Hand nähme und alles regelte. Stattdessen starrte er nur erschüttert vor sich hin.

Während sie unbeholfen Violet Keats Schulter tätschelte, suchte Christabel nach Anzeichen, die verrieten, was im Einzelnen hier geschehen war. Jemand, der so jung und aktiv gewesen war wie Lucian Willmington, starb nicht plötzlich an einem Herzschlag oder etwas Ähnlichem. Christabel ging im Kopf durch, was sie über Lucian und seine Familie wusste. Bisher war niemand von ihnen jung verstorben, eher das Gegenteil war der Fall: Die Willmingtons wurden legendär alt, falls sie nicht durch Unfälle oder Kriege den Tod fanden.

Konnte es ein Unfall gewesen sein? Könnte er vielleicht

betrunken gestürzt sein? Immerhin hatte er beim Abendessen dem Wein sehr stark zugesprochen.

Nein, auf keinen Fall. Denn Lucian lag in seinem Bett, die Decke war verrutscht, als hätte er versucht, aufzustehen, und einen schrecklichen Todeskampf geführt. Obwohl sie es nicht wollte, wanderte ihr Blick immer wieder in Richtung des Bettes. Dankenswerterweise hatte Trowbridge die Decke über Lucians Körper gezogen, was den entsetzlichen Anblick etwas abmilderte.

Moment, dachte sie, *einen Tatort sollte man nicht verändern. Aber dafür ist es nun zu spät. Trotzdem sollte ich versuchen, mir möglichst viel einzuprägen.*

Nun musste Christabel dafür sorgen, dass die Ermittlungen nicht weiter erschwert würden und sie konnte mit der einzigen Zeugin sprechen. Denn genau das tat man in den Detektivgeschichten, die sie so liebte.

»War Lucian bereits tot, als Sie ihn gefunden haben?« Als Christabel die direkte Frage stellte, sah Ernest sie erschüttert an. Wahrscheinlich erwartete er, dass sie weinte oder in Ohnmacht fiel, nicht jedoch etwas so Delikates ansprach.

Violet Keats Hals und Wangen liefen rot an. Sie blickte zu Boden und hörte auf zu schluchzen.

»Bitte sagen Sie uns die Wahrheit.« Christabel strich ihr erneut sanft über den Rücken. »Wir alle verstehen, dass Sie und Lucian etwas Zeit für sich haben wollten.«

Die Lüge ging ihr glatt über die Lippen. Beim besten Willen konnte sie weder nachvollziehen, was die junge Frau an Lucian Willmington gefunden hatte, noch, warum sie ihren guten Ruf riskierte, indem sie sich ihm vor der Hochzeit hingab.

»Lucian …« Violet Keat leckte sich die Lippen. »Ihm … es ging ihm nicht gut. Er klagte über Leibschmerzen.«

»Und?«, flüsterte Christabel mit drängender Stimme. Hoffentlich hielt Ernest den Mund und spielte sich nicht als Ritter auf, der die Jungfrau in Nöten beschützen wollte. »Seien Sie stark. Für Lucian.«

Ernest räusperte sich, woraufhin Christabel ihm einen bösen Blick sandte. Zu seinem und ihrem Glück schwieg er.

»Auf einmal redete Lucian ohne Punkt und Komma, dann warf er mit den Büchern.« Violet Keats klare Gesichtszüge verzerrten sich bei der Erinnerung. »Er antwortete nicht auf meine Frage, ob es ihm gut gehe.«

Nun brach sie wieder in Tränen aus. Auch wenn Christabel sich wünschte, der jungen Frau ihre Trauer zu lassen, musste sie erst die Wahrheit erfahren.

»Hat er etwas gegessen oder getrunken?«

Erneut errötete Violet Keat.

»Wein beim Abendessen. Sehr viel Wein.« Sie schniefte. Ritterlich reichte Ernest ihr ein Taschentuch. »Ich dachte, seine schlechte Stimmung ließe sich darauf zurückführen. Bis er plötzlich das Bewusstsein verlor.«

Erneut starrte sie vor sich hin, was in Christabel den Wunsch weckte, ihr etwas Tröstendes zu sagen. Aber sie wusste aus bitterer, eigener Erfahrung, dass es nichts gab, was die Trauer mildern konnte.

»Ich … ich hätte gleich Hilfe holen müssen.« Violet Keat stieß einen Schrei aus, voller Schmerz und Schuld. »Vielleicht hätte man ihn retten können.«

»Wir sollten hier nichts mehr verändern«, sagte Christabel,

nachdem sie durch kräftiges Räuspern ihre Stimme wiedergefunden hatte. »Noch wissen wir nicht, was geschehen ist.«

»Was meinen Sie?« Violets Stimme klang hoch und nahezu hysterisch. Sie löste sich aus Christabels Armen. »Mein geliebter Lucian ist tot. Mehr muss man nicht wissen.«

»Leider doch.« Christabel überlegte, wie sie freundliche Worte finden konnte, aber ihr wollte nichts einfallen. »Lucian ist zu jung für einen natürlichen Tod.«

»Du denkst doch nicht …?« Ernest warf ihr einen Blick zu, eine Mischung aus Entsetzen und langsamem Begreifen. »Nein, das kann nicht sein.«

»Was soll das bedeuten?« Violet Keat sah von ihr zu Ernest, sichtliches Unverständnis zeichnete sich auf ihrem hübschen Gesicht ab. »Was soll das heißen? Sagen Sie es endlich.«

Wie zu erwarten war, stahl Ernest sich auch jetzt aus der Verantwortung und überließ den unangenehmen Teil Christabel. Sie funkelte ihn wütend an, was er nicht zu bemerken schien.

»Es tut mir leid.« Christabel holte tief Luft. »Aber ich fürchte, Lucian ist ermordet worden.«

»Wie können Sie so etwas sagen?«, kreischte Violet Keat mit einer Stimme, um die eine Banshee sie beneidet hätte. »Alle Menschen lieben Lucian. Niemand wünscht seinen Tod.«

Meinte sie das wirklich ernst? Hatte Lucians Verlobte beim Abendessen nicht mitbekommen, wie viel Spannung unter den Anwesenden geherrscht hatte? Dachte sie ernsthaft, jemand, der hilflose Kätzchen ertränkte, war ein guter Mensch?

Im Angesicht einer derartigen Naivität drohte Christabel die Fassung zu verlieren. Sie biss sich auf die Lippen, damit sie nicht etwas sagte, was sie später bereuen würde. Nachdem sie leise bis zehn gezählt hatte, sagte sie schließlich: »Das mag sein, aber wir müssen vom Schlimmsten ausgehen.«

»Und wir sollten das Zimmer verlassen.« Wie immer bewahrte Maud einen kühlen Kopf. »Falls es ein Mord war, müssen wir alles hinterlassen, wie es ist. Für Scotland Yard.«

»Die Polizei?« Ernests Gesicht wurde noch blasser. »Das wird nicht nötig sein.«

Christabel sah ihm förmlich an, wie er sich den Skandal ausmalte, der Ashburn Abbey heimsuchen würde. Und Ernest würde in die Affäre einbezogen werden, nur weil er das Pech hatte, zur falschen Zeit hier zu weilen. Für jemanden wie ihn, der politische Ambitionen hegte, wäre jede Verbindung mit einem Mord und der Polizei eine furchtbare Schädigung seines guten Namens.

Denn die Presse würde Scotland Yard folgen und alle Geheimnisse ans Licht zerren. Tiefe Traurigkeit überfiel Christabel, der Gedanke an die schreibende Zunft rief ihr sofort das Bild Nicholas' vor Augen. Für ihn wäre es sicher ein gefundenes Fressen gewesen: ein junger Landadeliger, seine Verlobte, ein geheimnisumwitterter Tod.

Ihr kamen die Tränen, was ihr einen mitfühlenden Blick von Ernest einbrachte. Er hob die Hand, als wollte er ihre Schulter berühren, doch verharrte mitten in der Bewegung. Das war ihr nur recht, denn Mitgefühl hätte sie nicht ertragen. Christabel schloss für einen Moment die Augen, bevor sie die Tränen zurückdrängte und Befehle erteilte.

»Maud hat recht. Wir müssen den Raum verlassen«, brachte sie schließlich hervor. Wenn sie sich auf das konzentrierte, was vor ihrer Nase geschah, konnte sie Nicholas vielleicht für kurze Zeit wieder vergessen. »Solange wir nicht wissen, was geschehen ist, müssen wir mit dem Schlimmsten rechnen.«

»Nein!«, heulte Violet auf. »Ich werde Lucian nicht verlassen. Ich liebe ihn.«

»Kommen Sie.« Sanft schob Christabel die junge Frau zurück, um sie dann ebenso vorsichtig am Oberarm aus dem Zimmer zu führen. Niemals hätte sie damit gerechnet, dass Violet sich losreißen würde. Mit einem lauten Schrei stürzte sie zurück in das Zimmer und warf sich über die verhüllte Leiche Lucians auf das Bett. Eine Geste, die Christabel als melodramatisch empfand, obwohl sie das Leid der jungen Frau nachempfinden konnte.

Erneut sandte Christabel einen hilfesuchenden Blick zu Ernest, den dieser wieder mit einem Schulterzucken beantwortete.

»Tu etwas!«, formulierte sie stumm, aber er gab vor, ihren Befehl nicht verstanden zu haben. Also blieb es an Christabel, Violet vorsichtig an den Schultern zu berühren und sie mit sanfter Gewalt von Lucian zu lösen.

»Nein! Lassen Sie mich! Ich will bei ihm bleiben«, schrie die junge Frau unter Schluchzen. »Er ist mein Leben.«

»Mäßigen Sie sich!« Obwohl mit leiser Stimme gesprochen, verfehlten die Worte ihre Wirkung nicht. Lord Willmingtons Autorität verlieh ihm die Kraft, auch mit dieser furchtbaren Situation fertigzuwerden. »Was ist geschehen?«

»Wir hörten Lady Violets Schreie«, erklärte Trowbridge, der im Schatten seines Dienstherrn stand. »Master Lucian war bereits tot.«

»Hat jemand es meiner Frau mitgeteilt?« Christabel konnte nicht sagen, welche Gefühle den Earl of Aylesgrave bewegten. Zu stark war dessen Contenance. »Ist der Arzt benachrichtigt?«

Sie war unschlüssig, ob sie Lord Willmington für seinen kühlen Kopf und die vernünftigen Fragen bewundern oder ob sie über seine Gefühlskälte erschrecken sollte. Bevor sie eine Entscheidung treffen konnte, erklang ein verhaltener Schrei, gefolgt von einem wütenden: »Lassen Sie mich los, Sie dummes Weib. Ich will zu meinem Sohn.«

Lord Willmington zuckte zusammen, als bereitete ihm die offensichtliche Trauerbekundung seiner Frau körperliche Schmerzen. Auch Christabel war überrascht davon, wie sehr sich Lady Willmington gehen ließ. Ihre Haare hingen wirr um ihren Kopf und schienen ein Eigenleben zu führen. Im Licht der Lampe warfen sie einen Schatten, der Christabel an die Medusa erinnerte. Sie schüttelte sich, um ihre Gedanken wieder auf die aktuelle Situation zu richten.

Inzwischen war Lucians Mutter ans Bett getreten und stieß Violet Keat grob zur Seite. Dann verhielten ihre Finger einen Moment über der Decke, unter der sich der Körper abzeichnete, bevor sie darüberstrich. Bevor jemand reagieren konnte, krallte sie ihre Decke in den Stoff, um ihn vom Kopf ihres Sohnes zu ziehen.

»Honora, bitte.« Lord Willmington flüsterte die Worte, aber sie waren deutlich zu verstehen. Er nahm seine Frau an den Schultern und zerrte sie vom Bett weg. »Komm mit mir. Behalte unseren Sohn in Erinnerung, wie du ihn zuletzt gesehen hast.«

»Was verstehst du davon?« Zorn und Bitterkeit ließen ihre

Stimme rau klingen. »Ich muss mich mit eigenen Augen davon überzeugen, dass mein geliebtes Kind nicht mehr unter uns weilt.«

Christabel spürte, wie sich ihre Schulterblätter verkrampften. Wie immer, wenn ihr etwas äußerst unangenehm war. Unschlüssig trat sie von einem Bein auf das andere. Sollte sie den Willmingtons in ihrer Trauer beistehen oder die Familie lieber allein Abschied nehmen lassen?

Lord Willmington nahm ihr die Entscheidung ab. »Ramsbury!«, rief er. »Herrgott noch mal, wo steckt das Weib?«

»Mylord?« Lady Willmingtons Zofe trat ins Zimmer, als hätte sie nur darauf gewartet, dass jemand sie herbeizitierte. »Womit kann ich zu Diensten sein?«

»Kümmern Sie sich um meine Frau.« Er drehte sich zu Christabel, Maud, Violet und Ernest um. »Bitte lassen Sie uns allein.«

Auch wenn Christabels gute Erziehung ihr anriet, den Mund zu halten, konnte sie nicht schweigen.

»Mylord, verzeihen Sie, aber wir müssen Scotland Yard benachrichtigen.«

»Was?« Lord Willmingtons Gesicht lief rot an. »Ich dulde keine Polizisten aus London in meinem Haus. Wenn etwas zu klären ist, kann das unser Dorfpolizist tun.«

Lass es. Es ist nicht der richtige Zeitpunkt für diese Diskussion, versuchte Christabel sich zur Vernunft zu rufen, aber die Worte ließen sich nicht zurückhalten.

»Wenn … falls es ein Mord war, brauchen wir den Yard.«

»Wer sollte meinen wunderbaren Jungen töten?«, heulte Lady Willmington auf.

»Was reden Sie für einen Blödsinn?« Nun verlor Lord Willmington die Contenance. »Ich schiebe Ihre Überspanntheit auf das furchtbare Ereignis.«

»Ich bin nicht …«, begann Christabel, aber dann spürte sie Mauds Hand auf ihrem Arm. Ihre Zofe schüttelte den Kopf, bevor sie Christabel zu sich heranzog.

»Nun verlassen Sie bitte das Zimmer.« Lord Willmington presste die Lippen zusammen. »Ich werde es abschließen, bis … bis der Arzt die Todesursache meines Sohnes geklärt hat.«

»Nein! Nein! Ich will bei Lucian bleiben«, hörte Christabel Lady Willmington mit sich überschlagender Stimme schreien, als sie gemeinsam mit Maud das Zimmer verließ. Vor der Tür stand Violet Keat und sah entsetzlich verloren aus.

»Ramsbury, bitte bringen Sie Lady Violet auf ihr Zimmer und bleiben bei ihr, bis sie eingeschlafen ist.« Wenn sie sonst schon nichts tun konnte, wollte Christabel wenigstens Lucians Verlobter helfen. Die Familie schien sich keinen Deut um Violet Keat zu scheren.

Kapitel 11

Obwohl Maud viele trauernde Menschen erlebt hatte, war sie erschüttert von der Intensität, mit der Lady Willmington um ihren toten Sohn klagte. Anscheinend hatte sie ihre ganze Mutterliebe auf den Jüngsten konzentriert, sodass sein Tod sie entsetzlich mitnahm.

»Die arme Lady Honora leidet schrecklich«, flüsterte Lady Christabel schließlich. »Ich … ich fühle mich scheußlich, weil es mir um Lucian nicht leidtut.«

»Man soll über Tote nichts Schlechtes sagen«, antwortete Maud ebenso leise, denn man konnte nicht wissen, ob es nicht heimliche Lauscher gab, »doch Mr Willmington war kein guter Mensch.«

»Aber war er dermaßen schlecht, dass jemand seinen Tod wollte?« Lady Christabel blieb stehen. Sie zitterte am ganzen Körper. »Maud, dann leben wir mit einem Mörder unter einem Dach.«

»Lassen Sie uns abwarten, was der Doktor sagt«, versuchte Maud, ihre Herrschaft zu beruhigen, obwohl ihr bei diesem Gedanken auch mulmig wurde. »Vielleicht war Mr Willmington krank und wir wissen das nicht.«

»Was kann so ein Landarzt schon herausfinden?« Lady Christabel kräuselte die Lippen voller Verachtung. »Außerdem wird er nur das auf den Totenschein schreiben, was Lord Willmington verlangt.«

»Warten Sie es ab.« Obwohl Maud ihrer Ladyschaft zustimmte, wollte sie kein Öl ins Feuer gießen. Wer konnte schon sagen, was Lady Christabel anstellen würde? »Morgen wissen wir mehr.«

Dafür werde ich sorgen. Aber das muss ich allein unternehmen. Sie würde dabei nur stören.

»Lord Willmington wird sich weigern, Scotland Yard zu holen.« Lady Christabel schob die Unterlippe vor. »Alles nur wegen seines guten Rufs. Man darf keinen Mörder davonkommen lassen.«

»Die Familie wird wissen wollen, was Mr Willmington geschehen ist«, wiegelte Maud ab, obwohl sie keineswegs davon überzeugt war.

»Von Ernest bin ich enttäuscht.« Dieser plötzliche Themen- und Stimmungswandel war so typisch für Lady Christabel, dass Maud nicht einmal aufhorchte. »Trowbridge hat die Situation besser im Griff gehabt als er.«

Das erinnerte Maud an das Glas, dessen Inhalt leider in den Teppich versickert war. Zu ärgerlich, dass sie es nicht rechtzeitig hatte retten können.

»Die wenigsten Menschen können mit dem Tod gut umgehen«, antwortete Maud in dem salbungsvollen Ton, der ihr früher gute Dienste geleistet hatte. »Lord Pemborough wirkte sehr aufgewühlt.«

Warum hat ihn der Tod von Mr Willmington so mitgenommen?, überlegte sie. *Schließlich kannten die beiden Gentlemen einander kaum, oder?* Das war eine Frage, der sie nachgehen würde.

»Wahrscheinlich hast du recht. Meinst du, ich könnte einen

heißen Kakao bekommen?« Lady Christabel blieb vor ihrer Zimmertür stehen. »Oder ist das unangemessen?«

»Die Dienerschaft würde Ihnen sicher ein Getränk bringen …«

»Ich habe es verstanden. Es ist unangemessen.« Ein kleines Lächeln zeigte sich auf Lady Christabels Gesicht. »Gute Nacht, Maud.«

Trotz ihres vorgeblichen Muts war Lady Christabel weiß wie eine Wand und ihre Hand zitterte, als sie nach der Türklinke griff.

»Soll ich Ihnen noch etwas Gesellschaft leisten?«, fragte Maud. »Wahrscheinlich sind Sie zu aufgeregt, um gleich wieder einzuschlafen.«

»Ja, nein, danke.« Lady Christabel atmete tief ein. »Ich möchte lieber allein sein.«

»Falls etwas ist, ich bin noch wach.«

Maud wartete, bis Lady Christabel ihre Zimmertür hinter sich geschlossen hatte, bevor sie sich auf den Weg zu ihrer Kammer machte. Je näher sie dem Raum kam, desto zögernder wurden ihre Schritte. Obwohl sie selbst es vorgeschlagen hatte, brachte Maud es nicht über sich, das Zimmer des Toten verschlossen zu lassen. Zu vieles erschien ihr verdächtig, zu sehr teilte sie Lady Christabels Befürchtungen, dass die Familie versuchen würde, alles zu vertuschen.

Ihr Misstrauen hatte begonnen, nachdem Trowbridge seinen Stolperer vorgetäuscht hatte, um absichtlich das Glas umzustoßen.

Das habe ich genau gesehen. Es braucht einen Trickser, um diese Tricks zu erkennen. Was war in dem Glas, das niemand entdecken soll? Woher wusste Trowbridge davon?

Obwohl sie sich Zeit gelassen hatte, war sie bereits vor ihrer Zimmertür angekommen. Dort zählte sie langsam bis 30, bevor sie sich zurück zu Lucian Willmingtons Zimmer schlich. Hoffentlich hatte die Familie sich im Salon versammelt und wartete nicht in Mr Willmingtons Schlafzimmer auf das Eintreffen des Doktors.

Hölle und Hinkebein! Den Arzt hatte sie beinahe vergessen. Wenn sie etwas herausfinden wollte, musste sie sich beeilen. Sie konnte nur in dem Zimmer herumschnüffeln, bis der Doktor auf Ashburn Abbey ankam. Allzu lange würde es gewiss nicht dauern, aus dem kleinen Ort hierher zu kommen. Andererseits musste erst ein Lakai ins Dorf geschickt werden, der Doktor musste geweckt werden und sich auf den Weg begeben. Ein wenig Zeit blieb ihr also.

Bin ich wahnsinnig? Warum kann ich mich nicht aus der ganzen Sache raushalten? Mr Willmington war wirklich kein Mensch, um den es schade ist.

Obwohl sie sich das mehrfach gesagt hatte, konnte Maud einfach nicht anders. Noch immer verfolgte sie das Gefühl, für ihre Vergangenheit büßen und für Gerechtigkeit sorgen zu müssen. Seitdem sie Patrick aus ihrem Leben verbannt hatte, hatte sie alles getan, um vergangenes Unrecht wiedergutzumachen. Und ein größeres Unrecht als Mord gab es gewiss nicht.

An der Tür von Mr Willmingtons Zimmer angekommen, schlich sie sich in eine Ecke, die im Schatten lag. Hier lauschte sie und beobachtete den Flur, obwohl ihr die Zeit auf den Nägeln brannte. Doch eines hatte sie in ihrem früheren Leben gelernt: Ungeduld war ein schlechter Ratgeber.

Nachdem sie sich sicher sein konnte, auf niemanden zu

treffen, ging sie vor dem Türschloss in die Knie. Es gab sofort nach, nachdem sie ein wenig mit einer Haarnadel darin herumgestochert hatte. Bevor sie die Tür öffnete, lauschte sie aufmerksam. Das einzige Geräusch, das zu hören war, war der Schlag ihres Herzens. Ihr war nur zu bewusst, was geschehen würde, sollte jemand sie ertappen. Selbst mit viel Fantasie gab es keine glaubwürdige Erklärung, warum sie sich im Zimmer des Toten befand.

Mauds Hand verhielt über der Türklinke. Noch konnte sie zurück, aber ihr Gerechtigkeitssinn ließ ihr keine Ruhe. Ebenso wie Lady Christabel konnte sie es nicht ertragen, sollte hier eine böse Tat vertuscht werden. Und es sah ganz danach aus. So, wie Lord Willmington sich verhalten hatte, würde er alles tun, um den guten Namen der Familie zu schützen. Selbst, wenn dadurch ein Mörder davonkäme. Das konnte Maud nicht zulassen.

Nachdem sie durch die Tür geschlüpft war, entzündete Maud die Öllampe. Im Schein ihres flackernden Lichts wirkte der Tote bedrohlich, obwohl jemand wieder die Decke über sein Gesicht und seinen Körper gelegt hatte. Auch wenn sie sich vor Toten nicht fürchtete, spürte Maud einen Schauder, der ihr über den Rücken lief. In ihrem Leben hatte sie viele Leichen gesehen, aber Lucian Willmington war der Erste, der voraussichtlich ermordet worden war. Nun musste sie nur den Beweis dafür finden.

Möglicherweise habe ich zu viele von Lady Christabels Detektivgeschichten gelesen. Maud runzelte die Stirn. *Und nun spüre ich überall ein Verbrechen, auch wenn es keines gibt. Nur weil Trowbridge ein Glas umgestoßen hat, erwarte ich einen heimtückischen Mord. Genug. Nachgrübeln kann ich, nachdem ich das Zimmer durchsucht habe.*

Ihr blieb sicher nicht mehr viel Zeit vergönnt, bis jemand aus dem Dorf kam, um sich des Toten anzunehmen. Daher schob sie alle Fragen und Zweifel beiseite und überlegte, welche Hinweise sich für einen Mord finden ließen. Als Erstes nahm sie das Glas vom Nachttisch, das der Butler heruntergestoßen und dann leer wieder dort abgestellt hatte. Möglicherweise ließen sich hier Spuren eines Gifts finden. Falls Mr Willmington vergiftet worden war. Allerdings hatte Maud keine Vorstellung, wie diese Untersuchung durchzuführen war und wer dies unternehmen würde. Aber das würde sich finden. Jetzt galt es, alle Beweise zu sichern.

Was immer auch in dem Glas gewesen war, es musste sich vorher in einer Flasche befunden haben. Und die musste sie entdecken. Vorsichtig öffnete Maud den Nachttisch. Das Quietschen klang entsetzlich laut in ihren Ohren und sie hätte schwören können, dass es das ganze Haus aufweckte. *Tss, tss, wenn das Trowbridge wüsste. In einem gut geführten Haus müssten die Scharniere geölt sein. Auf Lentune Hall gäbe es das nicht.*

Sie kniete sich vor den Nachttisch und leuchtete hinein. Er war leer! Das hätte sie sich denken können, nachdem das Quietschen ertönt war. Wenn der junge Lord etwas in dem Möbel verstaut hätte, hätte er sich gewiss beim Butler über das Geräusch beschwert. Unter dem Bett entdeckte sie etwas Helles und krabbelte darauf zu. Es war ein Teller, den Lucian Willmington wohl während seines Todeskampfes heruntergestoßen hatte. Ein paar Kekskrümel klebten daran, was Maud lächeln ließ. Es war gang und gäbe unter den hohen Herrschaften, einen Teller mit Keksen vor die Tür zu stellen, wenn man sich nächtlichen Besuch erhoffte.

Genug davon. Sie musste sich sputen, wenn sie etwas finden wollte. Wo aber sollte sie suchen?

Allzu viele Gedanken durfte sie nicht auf die Frage verschwenden. Schnell öffnete sie den Schrank, in dem sie nur Kleidungsstücke fand. Anzüge von auserlesener Qualität, gewiss von den besten Schneidern der Savile Row in London. Obwohl sie sich sputen wollte, musste Maud ihre Hände über die wundervollen Stoffe gleiten lassen. Ihre Finger tanzten über Wolle, weich wie Seide, und schoben elegante Jacken zur Seite, aber in dem Schrank fand sich tatsächlich außer Kleidung und Hüten nichts.

Auch der nussbaumfarbene Sekretär brachte ihr nicht das gewünschte Ergebnis. Zwar fand sie einige Briefe, aber von einer Flasche oder einer Tinktur war nichts zu sehen. Da sie es nicht wagte, die Schreiben einzustecken, blätterte Maud sie flüchtig durch. Es waren sechs Liebesbriefe auf edlem Papier, die nach einem schweren Parfüm dufteten. Die Lady, die sie geschrieben hatte, verzehrte sich in Sehnsucht nach Lucian Willmington. Leider hatte sie ihren Namen nicht unter ihre Liebesschwüre gesetzt.

Auch der siebte Brief war nur mit einem unleserlichen Kürzel unterzeichnet. Das Schreiben enthielt so viel Wut und Hass, dass es Maud mulmig wurde. Allerdings hatte der Verfasser darauf verzichtet, die Ursache seines Zorns zu benennen.

Wie ärgerlich. Jemand, der so hasserfüllte Briefe schreibt, ist sicher auch eines Mordes fähig. Was hat Mr Willmington nur angestellt, um jemanden derart zu verärgern? Das werde ich wohl nie erfahren.

Maud stieß ein Seufzen aus: Sollte alles umsonst gewesen sein? Sah sie ein Verbrechen, wo es keines gab? Wenn sie weiter so trödelte, gäbe es bald nur einen Skandal: nämlich den, die Zofe von Lady Christabel beim Schnüffeln im Zimmer eines Toten erwischt zu haben. Gewiss würde man ihr unterstellen, etwas stehlen zu wollen. Niemals würde man ihr glauben, dass sie einen Mord aufdecken wollte.

Nein, das stimmte nicht: Lady Christabel würde ihr möglicherweise glauben, aber das würde Maud nicht retten.

Blieb ihr noch Zeit, um sich im Bad umzusehen? Ein wenig scheute Maud davor zurück, in das Privateste eines Menschen einzudringen, aber Mr Willmington würde es ohnehin nicht mehr stören. Im Schein der Lampe wirkten die alltäglichen Gegenstände bedrohlich. Die Löwentatzen der Badewanne sahen aus, als wollten sie gleich auf Maud zuspringen. Plötzlich sah sie sich einer Gestalt gegenüber. Mühsam unterdrückte sie einen Schrei. Erst auf den zweiten Blick erkannte sie, sich vor ihrem Spiegelbild gefürchtet zu haben.

Noch fünf Minuten, dann verschwinde ich, bevor ich vor Schreck tot umfalle.

Auch im Bad fand sich nichts Besonderes, nur die üblichen Utensilien, die ein Gentleman benötigte, um sich zu pflegen.

Gerade, als sie enttäuscht die Suche aufgeben und zurück in ihr Zimmer eilen wollte, fiel Mauds Blick auf eine unauffällige braune Flasche, ein Apothekerbehältnis. Welche Krankheit mochte den jungen Mann geplagt haben, der ausgesehen hatte wie das Urbild eines sportlichen, gesunden Landedelmannes? Jedenfalls bis zu seinem überraschenden Tod.

Sie hob das Glas und drehte es, damit sie das Etikett erkennen konnte. Obwohl es pietätlos war, musste Maud kichern. »Spanische Fliege« – war Lucian Willmington nicht zu jung für ein Mittel, das die Männlichkeit stärken sollte? Ob seine Verlobte geahnt hatte, was sie in dieser Nacht erwartet hätte, wäre er nicht überraschend verstorben?

»Hölle und Hinkebein! Wie kann ich nur so dumm sein?«, stieß sie einen kurzen Fluch aus. Ihr Herz raste, ihre Gedanken überschlugen sich. Eilig steckte sie das Fläschchen in ihre Tasche und schlich sich aus dem Raum.

Immer wieder blieb sie stehen und lauschte, weil sie meinte, Schritte hinter sich gehört zu haben. Doch es war wohl nur die Angst davor, ertappt zu werden, die ihr einen Streich spielte. Wo blieben denn der Arzt und der Dorfpolizist?

Endlich hatte sie ihr Zimmer erreicht, glücklicherweise unentdeckt. Nachdem sie die Tür hinter sich geschlossen hatte, atmete Maud tief aus. Nun, da sie sich in Sicherheit fühlte, begann ihr Herz zu rasen und ihre Finger zu zittern. Nicht auszudenken, wenn man sie entdeckt hätte. Sie konnte nur hoffen, dass ihre Funde es wirklich wert waren. Vorsichtig stellte sie beides auf den runden Holztisch, der Wasserflecken und Schrammen aufwies.

»Mau?« Das namenlose Kätzchen streckte sich und hüpfte auf den Tisch. Neugierig schnupperte es am Glas und an der Flasche, bis Maud es aufnahm und auf den Boden setzte.

»Lass das lieber. Beides könnte dich gewiss umbringen.«

KAPITEL 12

Christabel kam es vor, als hätte sie kein Auge zugetan. Nachdem sie aus Lucians Zimmer zurückgekehrt war, hatte sie vor Aufregung gezittert. Um sich zu beruhigen, hatte sie ihr Journal aus der Hutschachtel geholt, in der sie es vor den neugierigen Augen ihrer Schwester versteckte. Selbst wenn sie ohne Dahlia verreiste, behielt Christabel diese Angewohnheit bei. Ausnahmsweise half es ihr nicht, sich ihre Sorgen und Überlegungen von der Seele zu schreiben. Lesen wollte sie ebenfalls nicht. Sich von einem fiktiven Mord unterhalten zu lassen, erschien ihr pietätlos angesichts eines realen Verbrechens. Daher hatte sie sich ins Bett gelegt, ins Dunkel gestarrt und ihre Gedanken wandern lassen.

Als ein Klopfen sie auffahren ließ, erkannte Christabel, dass sie irgendwann zwischen Mitternacht und Morgengrauen eingeschlafen sein musste. Sie fühlte sich wie gerädert und hoffte, dass Maud ihr das Frühstück ans Bett brachte. Die Vorstellung, möglicherweise mit einem Mörder zu frühstücken, erschien ihr absurd.

Doch statt einer Mahlzeit brachte ihre Zofe Aufregung und Hektik mit sich. Maud lief förmlich durchs Zimmer und zerrte mit so viel Kraft an den Vorhängen, dass Christabel fürchtete, diese würden zu Boden fallen.

»Maud!«, sagte sie scharf, was sicher der Übermüdung geschuldet war. »Warum bist du nur so zappelig?«

»Mylady. Ich muss Ihnen etwas sagen. Etwas Unglaubliches.«

Bisher hatte Christabel ihre Zofe nie so aufgeregt erlebt. Maud, die sonst tadellos gekleidet und frisiert war, sah aus, als wäre sie direkt aus dem Bett gefallen. Lange Strähnen ihres rotbraunen Haares hatten sich aus der Frisur gelöst und umrahmten ihr Gesicht. Das Kleid saß schief und war falsch geknöpft. Was konnte Maud nur in so eine heillose Kopflosigkeit gebracht haben?

»Mach es nicht so spannend. Und kleide dich erst einmal ordentlich.« Normalerweise legte Christabel weniger Wert auf Etikette und Äußerlichkeiten, aber in einem Trauerhaus erschien es ihr unangemessen, sich derart gehen zu lassen. »Wie sehen deine Kleidung und deine Frisur aus? Du hast Ringe unter den Augen, als hättest du nicht geschlafen.«

»Das habe ich auch nicht. Ich habe etwas Unfassbares in Mr Willmingtons Zimmer entdeckt.«

»In Lucians Zimmer?« Sie musste sich verhört haben. Das würde Maud doch nicht wagen, oder? »Wann? Wie?«

Ihre Zofe senkte den Blick. Die Hände spielten an den Knöpfen des Tageskleids. Endlich sah sie auf.

»Ich bin gestern Nacht dorthin zurückgekehrt.«

»Lord Willmington hatte die Zimmertür verschlossen.«

»Das olle Schloss. So eins kann man mit einer Haarnadel öffnen.«

»Woher weißt du so etwas?« Sie sollte wirklich herausfinden, was es mit der Vergangenheit ihrer Zofe auf sich hatte. »Himmel, Maud. Wie bist du auf die Idee gekommen, Lucians Zimmer zu durchsuchen?«

Maud zuckte nur mit den Achseln. »Etwas an seinem Tod erschien mir seltsam.«

»Wenn dich jemand entdeckt hätte!«

»Ich war vorsichtig.«

»Nun rück mit der Sprache heraus.« Christabel verdrehte die Augen, damit Maud endlich auf den Punkt kam.

»Mr Willmingtons Tod war kein Mord, sondern ein Unfall.« Maud nickte bestätigend, als hätte sie etwas Unglaubliches entdeckt.

»Willst du andeuten, Lucian habe aus Versehen Gift getrunken?«, lautete Christabels sarkastisch gemeinte Entgegnung. »Er hat es wohl mit Whiskey verwechselt.«

»Nein.« Ein breites Grinsen, etwas unangemessen angesichts der Situation, erschien auf Mauds Gesicht. Dann senkte sie den Blick. »Er hat zu viel Spanische Fliege benutzt.«

»Spanische Fliege?« Auch wenn ihre Eltern meinten, Christabel wüsste wenig vom Leben, las sie genug, um die Bedeutung des Mittels zu kennen. »Woher willst du das wissen?«

»Hier.« Triumphierend griff Maud in ihre Tasche und holte ein tiefbraunes Fläschchen hervor, das sie Christabel in die Hand drückte.

»Lucian Willmington. Dass er so etwas braucht, habe ich nicht erwartet.« Christabel schüttelte den Kopf. Dann jedoch wurde sie sich der Ernsthaftigkeit des Fundes bewusst. »Um Himmels willen. Ich muss mich bei der Familie für meine Anschuldigung entschuldigen.«

Wie entsetzlich peinlich. Da hatte Christabel von Mord gesprochen, während es sich nur um eine überaus delikate Überdosis gehandelt hatte. Wie sollte sie den Willmingtons diesen Fauxpas erklären? Oh, wie sollte sie der Familie von Mauds Fundstück berichten?

»Maud, da hast du uns etwas eingebrockt.« Christabel überlegte fieberhaft. »Wenn wir das Fläschchen jemandem zeigen, müssen wir zugeben, was du getan hast. Sollten wir es verschweigen, gilt Lucians Tod womöglich als Mord.«

Maud schaute zu Boden, sie wirkte wie das Bild einer gekränkten Unschuld, die sie gewiss nicht war.

»Ich hatte Sorge, dass Trowbridge alle Beweise vernichtet.«

»Wie kommst du darauf? Als Butler will er bestimmt nicht die Polizei im Haus haben.«

Undenkbar, was für ein Skandal damit verbunden wäre. Nicht nur für die Willmingtons, auch für alle Gäste, die das Pech hatten, am Todestag hier zu weilen. Ihre Eltern würden Christabel nie verzeihen, sollte sie Teil eines derartigen Eklats werden. Allerdings würden sie es ihr ebenfalls übel nehmen, sollte herauskommen, was ihre Zofe angestellt hatte. Was war das Vernünftigste, was sie tun konnte? Als wäre sie je von Vernunft geleitet worden.

»Trowbridge hat das Glas absichtlich heruntergestoßen«, beharrte Maud. »Ich habe es gesehen.«

»Warum sollte er das tun? Er ist gestolpert, als er Lucians Leiche zudecken wollte.«

»Warum er das getan hat, weiß ich nicht. Aber ich erkenne ein gefälschtes Stolpern, wenn ich es sehe.« Maud schob das Kinn trotzig vor. »Das Glas habe ich auch mitgenommen. Zur Sicherheit.«

»War darin noch Flüssigkeit enthalten?«

»Leider nein.« Maud schüttelte den Kopf. »Vielleicht hat es auch nichts zu bedeuten. Vielleicht ist nur Spanische Fliege darin.«

»Oder es gab doch einen Mord.« Musste sie sich schämen, weil sie darauf beharrte? »Maud, verpacke das Glas bruchsicher und sende es an meinen Onkel. Ich werde schnell einen Brief aufsetzen.«

»Gewiss, Mylady.«

»Solange ich schreibe, hol mir bitte Tee und Toast.«

»Gewiss, Mylady.«

Obwohl Maud lächelte, war Christabel sich nicht sicher, ob ihre Zofe sie nicht verspottete. Bis gestern war sie überzeugt gewesen, ihre Zofe gut zu kennen. Niemals hätte sie Maud für eine findige Einbrecherin gehalten. Was dieser Besuch wohl noch für Überraschungen mit sich bringen würde?

Lieber Onkel Godfrey,
unter dem Siegel der Verschwiegenheit sende ich Dir dieses Glas
mit der Bitte, seinen verbliebenen Inhalt auf Gifte zu untersuchen.
Bitte frage mich nicht, weshalb, sondern vertraue mir.
Deine Patentochter
Christabel

Sie knickte das Papier in der Mitte, schob es in einen Umschlag, den sie sorgfältig versiegelte. Wo Maud nur blieb? Christabel wippte mit dem Fuß und spielte mit dem Brief. Je mehr Zeit verstrich, desto unsicherer wurde sie. Machte sie nicht nur die Pferde scheu mit ihrem kryptischen Schreiben an ihren Patenonkel? Neugierig, wie Godfrey Riddington war, würde er sich gewiss nicht mit ihrer Bitte zufriedengeben, Stillschweigen zu bewahren.

Am klügsten wäre es, den Brief zu zerreißen, die Spanische

Fliege irgendwie an die Familie zu übergeben und nach London zurückzukehren. Aber wann hatte Christabel sich schon für die vernünftigste Lösung entschieden?

Glücklicherweise klopfte es in diesem Augenblick an der Tür und sie musste ihre Zeit nicht weiter mit Grübeleien vergeuden.

»Was machen wir jetzt?« Maud stellte ein Tablett mit dem ersten Frühstück, bestehend aus Tee, Toast, Butter und Marmelade auf den Tisch. »Wir können meinen Fund nicht verschweigen.«

»Vielleicht hättest du dir das vorher überlegen sollen.« Oh nein, jetzt hörte sich Christabel an wie ihre Mutter. »Erst einmal verpackst du das Glas und schickst es an Sir Godfrey.«

Vorsichtig reichte Christabel ihrer Zofe das Beweisstück. Maud ergriff es mit einem Taschentuch und steckte es ein.

»Wir müssen es der Familie sagen«, überlegte Christabel laut. »Aber wir brauchen eine Ausrede, wie wir an das Fläschchen gekommen sind.«

Nun war es passiert: Sie empfand sich als Mauds Komplizin. Auch wenn es bitter war, sich das einzugestehen, so lebendig wie heute hatte Christabel sich lange nicht mehr gefühlt. Die seltsamen Umstände des Sterbens von Lucian Willmington verdrängten selbst Nicholas' Tod aus ihren Gedanken. Hatte sie ihn überhaupt geliebt, wenn sie ihn so schnell vergaß? Dieser Frage würde sie sich später stellen, jetzt galt es, eine Lösung für das aktuelle Dilemma zu finden.

»Wir sollten mit Trowbridge reden«, entschied Christabel. »Ihn geht es nichts an, wie wir an die Flasche kamen, und er kann es der Familie besser beibringen als wir.«

Zugegeben, es fühlte sich ein wenig an wie eine Ausrede

oder eine Flucht, aber das erschien ihr der beste Kompromiss. Ein Dienstbote, selbst wenn er der Butler war, würde es niemals wagen, einer Lady indiskrete Fragen zu stellen.

»Das wird bestimmt lustig.« Maud kicherte. »Der aufgeblasene Kerl wird sich winden wie ein Aal.«

»Maud!«, rief Christabel sie zur Ordnung, bevor sie nach dem Hausmädchen klingelte, das kurze Zeit darauf ins Zimmer trat.

»Mylady.« Das Mädchen knickste. »Sie wünschen.«

»Bitte senden Sie mir den Butler. Ich habe etwas mit ihm zu besprechen.«

Nachdem das Mädchen die Tür hinter sich geschlossen hatte, wandte Christabel sich an ihre Zofe.

»Am besten überlässt du mir das Gespräch mit Trowbridge.« Christabel streckte die Hand aus. »Bitte gib mir die Flasche.«

Maud zögerte einen Moment, bevor sie Christabel das dunkelbraune Behältnis überreichte.

»Wo Sie so viele Detektivgeschichten lesen, sollten Sie wissen, was für ein wichtiger Beweis das ist.«

»Beweise benötigt man nur, wenn ein Verbrechen geschehen ist.« Himmel, sie hörte sich wirklich herablassend an. »Obwohl dein Weg der falsche war, hast du etwas Wichtiges herausgefunden.«

»Der Zweck heiligt die Mittel, nicht wahr?« Maud grinste verschmitzt. Manchmal fürchtete Christabel, dass sie ihrer Zofe zu viel durchgehen ließ. Aber dafür war Maud unterhaltsamer und loyaler als die Zofe, die ihre Mutter Christabel ursprünglich zugedacht hatte.

Als ein Klopfen an der Tür erklang, schraken Maud und

Christabel zusammen. Dann lachten sie gemeinsam, ein leises Verschwörerinnenlachen.

»Herein.«

»Mylady.« Trowbridge ließ sich nicht anmerken, ob es ihn verwunderte, dass Christabel ihn zu sich gerufen hatte. »Flossie hat mir gesagt, Sie wollten mich sehen.«

»Trowbridge, es handelt sich um eine heikle Angelegenheit, die Sie mit gebührender Diskretion behandeln werden.«

»Selbstverständlich. Sie können sich darauf verlassen, dass ich stets im Sinne von Ashburn Abbey handele.«

Aus dem Augenwinkel sah Christabel, wie Maud die Augen verdrehte.

»Ich habe etwas entdeckt.« Christabel stockte. Wie sollte sie die delikate Angelegenheit nur in Worte kleiden? »Es tut mir leid, dass ich Sie in diese unappetitliche Angelegenheit hineinziehen muss, aber …«

Ach, was. Warum weiter um das Thema herumtanzen. Christabel drehte sich zu ihrer Zofe um und überraschte sie damit, ihr das Fläschchen in die Hand zu drücken.

»Meine Zofe kann Ihnen die Details erklären.«

Maud zog die Hand vor den Mund und gab ein ersticktes Geräusch von sich, das Christabel als unterdrücktes Lachen identifizierte.

»Mr Willmington ist an einer Überdosis hiervon gestorben.« Mit einem vollkommen neutralen Gesichtsausdruck überreichte Maud dem Butler das Gefäß. »Falls Sie nicht wissen, was das ist. Man nennt es Spanische Fliege.«

Wangen und Hals des Butlers liefen kirschrot an. Er öffnete den Mund, aber fand keine Worte. Stattdessen ertönte draußen ein Geräusch wie ein Husten oder ein unterdrücktes Lachen.

Mit zwei schnellen Schritten war Maud an der Tür und riss sie schwungvoll auf. So überraschend, dass das Dienstmädchen, was dort gestanden hatte, ins Zimmer stolperte.

»Flossie!« Trowbridges Hals lief erneut tiefrot an. »Hast du etwa gelauscht?«

»Nein, nein«, wehrte das Mädchen ab, aber die Röte ihrer Wangen und ihr ausweichender Blick straften ihre Worte Lügen. »Mrs Stanhoop hat mich geschickt. Der Bestatter ist angekommen.«

»Verschwinde und wehe, du sagst zu irgendjemandem ein Wort.«

Kapitel 13

Obwohl Maud liebend gern mit Lady Christabel über den sich windenden Trowbridge getratscht hätte, musste sie in die Küche gehen, um dort ein ausgiebiges Frühstück für ihre Ladyschaft zu bestellen. Sicher, für eine unverheiratete Dame schickte es sich nicht, das Frühstück im Bett einzunehmen. Aber angesichts des gestrigen Todesfalls würde sich wohl niemand beschweren.

Als Maud durch den schmalen Gang zur Küche spazierte, hörte sie eine Frauenstimme, die sie als die von Flossie Hasket erkannte.

»Du wirst nicht glauben, was Trowbridge und die junge Lady besprochen haben.«

Maud blieb stehen. Sicher, es gehörte sich nicht, die Gespräche anderer zu belauschen, aber ihre Neugier war größer als ihre Skrupel. Nicht, dass die besonders groß gewesen wären. Außerdem war Flossie gerade von Trowbridge beim Lauschen ertappt worden. Obwohl sie diese gute Ausrede hatte, sah Maud über ihre Schulter. Doch sie war allein auf dem Flur. Geschickt drückte sie sich in eine Nische, um etwas näher an das Gespräch heranzukommen.

»Was denn?« Obwohl Ivy Lovell aussah wie eine Dame, war sie klatschsüchtig wie jedes gute Hausmädchen. »Hast du wieder dein Ohr an der Tür gehabt?«

»Wenn so etwas Schlimmes passiert und uns keiner etwas sagt …« Flossie klang ganz nach gekränkter Unschuld. »Aber wenn du es nicht wissen willst.«

»Hab dich nicht so. Was hatten die beiden zu bereden?«

»Der Tod vom jungen Mr Willmington soll ein Unfall gewesen sein.«

»Ein Unfall? Ist er aus dem Bett gefallen? Getrunken hat er immer reichlich.«

»Viel besser.« Flossie kicherte. Sie genoss es hörbar, eine spannende Geschichte zu erzählen zu haben. »Der junge Lord hat es zu gut gemeint. Mit Spanischer Fliege.«

»Niemals.« Ivy Lovell stieß ein Lachen aus, das eher an ein Schnauben erinnerte. »Wer's glaubt.«

»Doch, doch«, beharrte Flossie. »Lady Christabel hat dafür einen Beweis gefunden.«

»Das gibt einen saftigen Skandal. Für die armen Eltern tut es mir leid.« Wieder erklang das schnaubende Lachen. »Aber …«

»Was? Was weißt du?«

»Nie und nimmer hat er zu viel davon genommen.« Ivys Stimme senkte sich zu einem verschwörerischen Flüstern. »Sein Tod war gewiss kein Unfall.«

Einen Moment haderte Maud mit sich: Sollte sie abwarten, was die Frauen noch zu sagen hatten, oder sollte sie näher treten und sie geradeheraus fragen, was sie meinten? Schritte, die sich näherten, nahmen ihr die Entscheidung ab.

»Warum ist sein Tod kein Unfall?«, fragte sie mit schneidender Stimme. »Was meint ihr damit?«

Maud reckte sich, so hoch sie konnte, damit sie auf die beiden Hausmädchen herabsah. Glücklicherweise zuckten die sofort zusammen. Als untere Dienstboten hatten sie selbstverständlich einen Heidenrespekt vor einer Zofe.

»Nichts. Wir haben nur geredet«, versuchte Flossie, sich aus der Affäre zu ziehen. »Wie man halt so spricht, um sich die Zeit zu vertreiben.«

Auch wenn Maud den leichten Stich eines schlechten Gewissens verspürte, konnte sie nicht umhin, sich zu wundern. Nie zuvor hatte sie einen Haushalt besucht, in dem die Hausmädchen so unattraktiv waren. Sicher, als Teil des unsichtbaren Personals der unteren Dienstboten kam es nicht auf das Aussehen der Hausmädchen an. Aber es fiel einfach auf, dass sie auf Ashburn Abbey deutlich älter waren und anscheinend überhaupt kein Wert auf ihr Äußeres gelegt wurde. Flossie Hasket, das Erste Hausmädchen, erinnerte Maud an ein erstauntes Pferd. Im lang gezogenen Gesicht der Frau fiel besonders ihr Mund auf, einfach weil die arme Flossie einen extremen Überbiss hatte. Es sah aus, als hätte die Oberlippe die Unterlippe gefressen.

Als reichte das allein nicht bereits aus, standen Flossies braune Augen leicht hervor, was ihr einen Ausdruck der ewigen Verwunderung verlieh.

»Wenn ihr mir nicht sofort die Wahrheit sagt, hole ich Trowbridge.« Maud kreuzte verstohlen Zeige- und Mittelfinger der rechten Hand. Hoffentlich waren die Dienstmädchen nicht klug genug, sich daran zu erinnern, wie schlecht sie mit dem Butler auskam. »Den Ärger würde ich euch gern ersparen.«

Sie horchte, aber glücklicherweise waren die Schritte verstummt.

»Das geht Sie nichts an«, antwortete Ivy in frechem Tonfall, aber Maud konnte erkennen, dass es nur ein Scheingefecht war, um ihre Ehre zu retten, bevor sie alles ausplauderte.

Was ist deine Geschichte?, fragte sich Maud, nachdem sie Ivy Lovell kennengelernt hatte. Inzwischen wunderte Maud sich nicht mehr, ein Hausmädchen zu treffen, das sowohl vom Alter als auch von der Wirkung her sehr gut die Hausdame oder eine Zofe hätte sein können. Ivy war etwa fünf Jahre älter als Maud, wirkte jedoch zehn Jahre älter. So würde ich auch ausschauen, wenn Lady Christabel mich nicht aus dem Dasein als untere Dienstbotin gerettet hätte. So sieht man aus, wenn man tagein, tagaus in aller Herrgottsfrühe aufstehen muss, um den Dreck anderer Leute wegzuräumen.

Erneut überkam Maud tiefe Dankbarkeit, dass ihr dieses Schicksal erspart geblieben war. Ein Leben als Zofe war deutlich angenehmer als das eines Hausmädchens.

Obwohl Ivy untersetzt und kleiner war als Maud, wirkte sie größer, weil sie sich übertrieben gerade hielt. Ihre klaren Gesichtszüge waren von Müdigkeit gezeichnet, aber deuteten an, dass die Frau früher ein anderes, ein besseres Leben gehabt hatte.

»Wenn der Tod kein Unfall war, geht es uns alle an.« Nun benutzte Maud ihre Bühnenstimme, mit der sie Umstehende zum Verstummen und Zuhören brachte. »Ich verspreche euch, Trowbridge oder Mrs Stanhoop nichts zu erzählen.«

Die beiden musterten sie skeptisch. Wahrscheinlich waren sie es gewohnt, den oberen Dienstboten nicht über den Weg zu trauen. Schließlich durften sie bei Tisch nicht einmal reden, wenn einer der oberen sie nicht ansprach. Maud setzte ihr bestes Lächeln auf, mit dem sie früher jegliche Skepsis vertrieben hatte. Ihr könnt mir glauben, sagte dieses Lächeln. Ich sage die Wahrheit.

Nachdem die Hausmädchen einen Blick gewechselt hatten, öffnete Flossie schließlich den Mund.

»Einen Unfall hat nur, wer sich mit so was nicht auskennt.« Das Dienstmädchen reckte das Kinn vor, als wollte sie Maud herausfordern. »Und das kann man von Mr Willmington wirklich nicht behaupten.«

»Was? Wieso? Woher willst du das wissen?« Noch nie zuvor war Maud sich so begriffsstutzig vorgekommen. Was wollte Ivy ihr sagen? »Lasst euch nicht jedes Wort aus der Nase ziehen.«

»Ich hab's nur gehört«, verteidigte Ivy sich. »Haben Sie sich nicht gewundert über die Dienstmädchen hier?«

Sicher hatte Maud sich gefragt, warum so ausnehmend unattraktive junge Frauen auf Ashburn Abbey arbeiteten. Üblicherweise wählte der Butler Lakaien und Dienstmädchen nach deren gefälligem Äußeren aus, denn hübsches Personal schmückte das Haus. Aber das konnte sie Flossie und Ivy nicht sagen, ohne die beiden zu beleidigen.

»Ich … also …«, versuchte sie, sich um eine Antwort zu mogeln. »Mir ist aufgefallen, dass ihr alle älter seid als in anderen Häusern.«

»Mrs Stanhoop hat uns erzählt, dass alle schönen Mädchen vor uns Mr Willmington zum Opfer gefallen sind.« Flossie nickte eifrig zu Ivys Worten. »Sadie habe ich noch kennengelernt, bis sie …«

»Sprich.« Maud ließ die Schultern sinken, ebenso ihre Stimme, alles, um das Vertrauen der beiden zu gewinnen. »Eure Geheimnisse sind bei mir sicher.«

»Sadie hat etwas mit Mr Willmington angefangen.« Ivys Ohren liefen rot an. »Sie hat mir nachts erzählt, was er alles mit ihr anstellt.«

Maud und Flossie beugten sich beide neugierig vor.

»Das kann ich nicht aussprechen, das ist zu übel.« Nun waren auch Ivys Wangen gerötet, was sie erstaunlicherweise jünger wirken ließ. »Aber ich erinnere mich noch, wie sie von der Spanischen Fliege erzählte. Weil ich erst dachte, das wär so was wie 'ne Mücke.«

Maud sah zu Boden, um sich das Lachen zu verkneifen. Nun gut, woher sollte ein Mädchen vom Land auch derartige Substanzen kennen.

»Sadie hat mir unter dem Siegel der Verschwiegenheit erzählt, wie gut der junge Lord sich damit und mit anderen Mittelchen auskannte.«

Die Frau hatte Talent als Geschichtenerzählerin, das musste Maud neidlos eingestehen. Das Beste kam zum Schluss, gefolgt von Schweigen.

»Was ist aus Sadie geworden?«, fragte Maud schließlich, denn etwas anderes würde sie von Ivy wohl nicht erfahren.

»Mr Willmington hat behauptet, sie hätte ihm eine Krawattennadel gestohlen.« Empörung klang aus Ivys Tonfall. »Das hätte Sadie niemals gemacht. Er wollte sie nur loswerden.«

Ja, das konnte Maud sich sehr gut vorstellen. Wenn ein Herr ein Dienstmädchen des Diebstahls anklagte, gab es keine weitreichenden Untersuchungen. Ihm wurde geglaubt und das Mädchen wurde entlassen, ohne Referenzen und damit ohne Zukunft. Zorn wallte in ihr hoch, auf Mr Willmington, aber auch auf eine Welt, in der es so ungerecht zuging.

»Ich hab nie wieder von ihr gehört.« Ivy senkte den Kopf.

»Was er mit Jean gemacht hat, ist viel schlimmer«, mischte sich Flossie ein, die wohl auch etwas beitragen wollte. Ihre Worte brachten ihr ein Zischen und einen bösen Blick von Ivy ein.

»Wir müssen jetzt weiterarbeiten, sonst gibt's Ärger.« Ivy stieß dem anderen Dienstmädchen den Ellenbogen in die Seite.

»Einen Moment noch.« Maud richtete ihren Blick auf Flossie, die ihr auswich. »Wer ist Jean?«

»Das geht uns nichts an. Da müssen Sie Dora Mullens fragen«, stieß Ivy hervor, griff nach Flossies Arm und zog sie davon.

Maud blieb verwirrter zurück als zuvor. Was hatte die Küchenhilfe mit der ganzen Sache zu tun? In ihrem Hinterkopf tauchte eine Erinnerung auf, die ihr wichtig vorkam, sich jedoch weigerte, nach vorn zu treten. Maud trommelte mit Zeige- und Mittelfinger gegen ihre Wange, während sie überlegte. Es war wichtig, das wusste sie, und es hatte mit Dora Mullens zu tun. Sie wollte erst mit der Küchenhilfe reden, wenn ihr das Wissen wieder eingefallen war.

Noch immer gegen ihre Wange trommelnd, spazierte sie im Gang auf und ab. Bewegung half beim Denken, das behauptete jedenfalls Lady Christabel.

Worüber habe ich mit Dora gesprochen? Wir haben nur wenige Worte miteinander gewechselt. Hölle und Hinkebein, ich habe einfach zu viele kurze Gespräche in den vergangenen Stunden geführt, um mich an alle zu erinnern.

Gerade, als sie aufgeben wollte, fiel es ihr wieder ein. Sie sah Dora vor sich, mit traurigen Augen und verhärmten Zügen.

»Nach dem Tod meiner Tochter hat mir Harriet die Stelle hier gegeben. Sonst wäre ich verhungert.«

»Das tut mir leid.« Warum hatte Maud auch fragen müssen, weshalb eine Frau in Doras Alter als Küchenmädchen arbeitete? Ihr fiel nichts ein, mit dem sie den hörbaren Schmerz der anderen Frau hätte lindern können.

Bevor sie sich hatte entschuldigen können, hatte Mrs Stanhoop Dora zu sich gerufen.

Ashburn Abbey kam ihr vor wie eine dieser russischen Puppen: Sobald man sie öffnete, kam eine neue heraus, die wieder eine enthielt. Ob sie je herausfinden würde, welches Geheimnis die letzte verbarg?

Kapitel 14

Laut trommelte Regen gegen das Fenster und zerstörte Christabels Plan, den Nachmittag mit einem Ausritt zu verbringen. Allerdings war sie unsicher gewesen, ob es schicklich war, in einem Trauerhaus auszureiten. Obwohl ihre Mutter so viel Wert auf Etikette legte, hatte sie ihrer Tochter für derartige Entscheidungen kein Rüstzeug mitgegeben.

Mit einem Seufzer legte Christabel »Der Fall Leavenworth« zur Seite. Obwohl sie die Detektivgeschichte von Anna Katharine Green liebte und schon mehrfach gelesen hatte, wollte es Inspektor Gryce heute nicht gelingen, ihre Aufmerksamkeit zu fesseln. Christabel stand auf und ging ans Fenster. Durch den Regen sah alles grau und trist aus, genauso, wie sie sich in diesem Moment selbst fühlte. Der Tod von Lucian hatte die Erinnerung an Nicholas aufleben lassen. Warum hatte sie nicht den Mut gehabt, gemeinsam mit ihm auf der Titanic zu reisen?

Möglicherweise hätte sie ihn retten können oder sie wäre heldenhaft gemeinsam mit ihrem Geliebten in den Tod gegangen.

»Nein, das wäre ich nicht«, sagte sie halblaut. »Ich fürchte, ich hätte ein Rettungsboot bestiegen und ihn zurückgelassen. Macht mich das zu einem schlechten Menschen?«

Maud würde bestimmt sagen, dass es vernünftig gewesen wäre. So sehr ich sie schätze, sie wird niemals ermessen können, was wahre Liebe ist und welche Opfer man dafür bringt.

Als hätten ihre Gedanken sie herbeigerufen, stand Maud plötzlich im Zimmer. Christabel schrak zusammen.

»Ich habe dreimal geklopft«, rechtfertigte ihre Zofe sich, bevor Christabel etwas sagen konnte. »Möchten Sie sich zum Tee umkleiden?«

»Ich mag eigentlich keinen Tee mit den anderen einnehmen.« Christabel seufzte. »Aber es muss wohl sein.«

Wie sollte sie der Familie nur gegenübertreten, nachdem sie gestern Nacht furchtbare Anschuldigungen erhoben hatte, die sich im Licht des Tages als Ausgeburt ihrer Fantasie erwiesen?

Christabel setzte sich vor den Spiegel und wartete, dass Maud ihre Haare frisierte. Ihre Zofe war immer noch unkonzentriert. Bereits zweimal hatte sich die Bürste in Christabels Haaren verfangen, was schmerzhaft ziepte.

»Autsch. Was ist mit dir los, Maud? So unaufmerksam bist du sonst nicht.«

»Mylady, Sie haben viel mehr Detektivgeschichten gelesen als ich. Könnte es sein, dass Mr Willmington an etwas anderem gestorben ist als an der Spanischen Fliege?«

»Das werden wir erst erfahren, wenn die Untersuchung des Glases vorliegt.« Christabel versuchte, über den Spiegel den Blick ihrer Zofe einzufangen, aber die gab vor, sich ganz aufs Frisieren zu konzentrieren. »Aber wieso kommst du ausgerechnet jetzt auf die Idee?«

Maud stieß einen Seufzer aus und schaute auf.

»Ich habe ein Gespräch der Dienstmädchen belauscht. Die waren sich sicher, Mr Willmington kannte die richtige Dosis.«

Es brauchte einen Moment, bis die Konsequenzen von Mauds Worten in Christabels Verstand drangen. Erschrocken hielt sie die Hand vor den Mund. Ihr Blick fand den von Maud, die ihr zunickte.

»Dann wäre es wirklich und wahrhaftig Mord.« Christabel verschlug es fast die Sprache. Es war etwas anderes, gemütlich in einem Sessel zu sitzen und über einen Mord zu lesen, als sich plötzlich einem in der Wirklichkeit gegenüber zu sehen. »Wir müssen Scotland Yard nach Ashburn Abbey holen.«

»Und wenn Flossie und Ivy sich geirrt haben?«

Ein gutes Argument. Sollten die Dienstmädchen etwas falsch verstanden haben und Christabel würde erneut »Mord« rufen, nachdem sie gerade erst »peinlicher Unfall« konstatiert hatte, dann würde sie gesellschaftlichen Selbstmord begehen. Die Willmingtons würden ihr den Skandal nie verzeihen, Christabels Familie ebenso wenig.

Aber sie konnte nicht zulassen, dass die Tat ungesühnt blieb, falls es wirklich ein Verbrechen gab. Das widersprach ihrem Naturell. Es musste Gerechtigkeit herrschen.

»Ich werde das nicht mit den Willmingtons besprechen.« Christabels Stimme klang gelassener, als sie sich fühlte. »Sie machen ohnehin schlimme Zeiten durch.«

»Aber wir können nicht nichts tun.« Erneut fuhr ihr Maud so heftig durch die Haare, dass es ziepte. »Entschuldigung.«

Ja, sie hat recht. Wir sind die Einzigen, denen ich vertraue. Ernest hat mich gestern enttäuscht und die Familie …

»Dann müssen wir das in die Hände nehmen und uns als Detektive betätigen.« Ja, das klang nach einer vernünftigen Idee. »Du hörst dich unter den Dienstboten um, ich befrage die anderen Gäste und die Familie. Sehr umsichtig und höflich, natürlich.«

»Viel Zeit bleibt uns nicht.«

Wieder hatte Maud recht. Die Gäste würden bald abreisen, um die Familie in Zeiten der Trauer nicht zu stören. Wahrscheinlich wären alle so höflich wie Christabel und würden die Beerdigung abwarten, bevor sie Ashburn Abbey verließen. Aber sofort danach würden sie ihre Koffer packen und das Weite suchen.

»Wir sollten sofort anfangen, aber …« Erneut sah sie ihre Zofe im Spiegel an. »Trotzdem sollten wir vorsichtig sein. Jemand, der ein Leben nimmt, hegt sicher keine Skrupel, einen weiteren Mord zu begehen.«

Maud nickte nur, scheinbar konzentriert auf die Arbeit des Frisierens.

»Üblicherweise«, dozierte Christabel, »überlegt man, wer Mittel, Gelegenheit und Motiv hat.«

»Und wer ein Alibi hat«, gab Maud zum Besten, denn sie hatte nicht umsonst etliche Kriminalgeschichten gelesen, die ihre Herrschaft ihr ans Herz gelegt hatte. »Allerdings könnte das bei einem Giftmord schwierig werden.«

»Weshalb?« Kaum hatte sie ausgesprochen, fiel Christabel die Antwort ein. »Weil zwischen der Einnahme des Giftes und seiner Wirkung Stunden vergehen können. Also müssen wir uns auf das Motiv konzentrieren.«

»Wen halten Sie eines Mordes für fähig?«, fragte Maud und unterbrach Christabels Nachdenken. »Haben Sie eine Idee, wer ein Motiv haben könnte?«

»Da muss ich intensiver nachdenken.« Christabel griff sich an die Kehle, die sich plötzlich eng anfühlte. Die Vorstellung, dass sie mit einem Mörder an einem Tisch gesessen hatte, versetzte sie in mehr Angst, als sie erwartet hatte. »Lass mich allein.«

Maud nickte nur. Sie steckte die letzte Haarklammer fest, half Christabel, das Kleid anzuziehen, und verließ wortlos den Raum. Allzu gern hätte Christabel gewusst, was ihrer Zofe im Kopf herumging und sich mit Maud weiter über den Mord unterhalten, aber das schickte sich nicht. Warum eigentlich nicht? Ihre Zofe kannte Christabel besser als ihre Mutter. Mit Maud teilte sie Geheimnisse und Wünsche, während sie ihrer Mutter gegenüber immer die brave Tochter spielte.

Ich muss mir einen Plan erstellen, wie ich an die Informationen gelange, die mir bei der Lösung des Falles helfen.

Die drängende Frage, wie ihre Eltern reagieren würden, sollte es Christabel gelingen, den Mordfall zu lösen, schob sie einfach beiseite. Damit würde sie sich beschäftigen, wenn die Zeit gekommen war.

Wo und wie sollte sie beginnen? Eigentlich müsste sie als passionierte Kriminalgeschichtenleserin sich freuen, in einem Mordfall ermitteln zu können. Doch in den Romanen war selten die Rede von trauernden Angehörigen oder von dem Gefühl, das sie nun überfiel: eine entsetzliche Panik. Im Kopf ging sie die Familie und die Gäste durch und weigerte sich, einen von ihnen als Mörder zu verdächtigen. Selbst mit viel Fantasie konnte sie sich Dunstan Willmington oder Beryl Banfour nicht als heimtückische Giftmischer vorstellen.

Wenn ich auf diese Art weitermache, werde ich sehr schnell zu einer Lösung kommen. Jeder ist unschuldig. Allerdings werde ich den Mord an Lucian nicht aufklären. Aber wenn ich ihn aufkläre, könnte ich noch mehr Unglück über die Familie bringen.

Obwohl sie diese Gedanken plagten, holte Christabel ihr Journal heraus. Auf eine der hinteren Seiten schrieb sie eine Tabelle, in der sie alle Anwesenden auflistete. In die weiteren Spalten schrieb sie »Motiv«, »Gelegenheit« und »Alibi«. Sie zögerte einen Augenblick, ob sie wirklich die Namen der Familienangehörigen aufnehmen sollte, denn alles in ihr weigerte sich, daran zu glauben, dass Lord Willmington seinen jüngsten Sohn umgebracht hätte. Ungeachtet der Verfehlungen, die sich Lucian Willmington hatte zuschulden kommen lassen.

»Nein, ich muss wirklich alle auflisten, schließlich handelt es sich um ein Kapitalverbrechen. Da darf ich mich nicht von meinen Gefühlen leiten lassen«, flüsterte sie, während die Feder über das schwere Papier ihres Tagebuchs kratzte. Endlich hatte sie die acht Namen untereinandergeschrieben. Das war einfach, aber nun galt es, Motive zu finden, die so stark waren, dass sie in einem Mord gipfelten. Vor ihrem geistigen Auge ließ Christabel das Abendessen Revue passieren, an dem sie alle anwesend gewesen waren. Nur zu gut erinnerte sie sich an die Blicke, die ihr aufgefallen waren, an all die unterschwelligen Spannungen, die das Dinner zu einer äußerst unerfreulichen Angelegenheit gemacht hatten. Nachdem sie eine Weile gegrübelt hatte, ergänzte sie die Namen um ein paar Bemerkungen.

- Lord Percy Willmington, welchen Grund hätte er, sein Kind zu töten?
- Lady Honora Willmington, liebt ihren Sohn abgöttisch und lässt ihm alles durchgehen.
- Dunstan Willmington, scheint Lucian nicht zu schätzen.

- Georgina Willmington, hat Lucian böse Blicke zugeworfen, aber ihn auch voller Sehnsucht angeschaut.
- Violet Keat, hat den Toten gefunden und scheint am Boden zerstört zu sein.
- Unity Willmington, interessiert sich nur für sich selbst.
- Beryl Banfour, hat Lucian heimlich verliebte Blicke zugeworfen.
- Ernest Pemborough, hatte einen kurzen Wortwechsel mit Lucian.

Als Nächstes sollte ich herausfinden, wer die Gelegenheit hatte, Lucian zu vergiften. Ich kann doch nicht die Gäste und die Familie fragen, wo sie sich zu dessen Todeszeitpunkt aufgehalten haben.

Christabel runzelte die Stirn. So kompliziert hatte sie sich die Ermittlungen nicht vorgestellt. Vielleicht sollte sie die Detektivarbeit doch besser Scotland Yard überlassen. Ihr drehte sich der Magen um bei dem Gedanken, jemandem so nahetreten zu müssen. Kein Wunder, dass die Polizei einen derart schlechten Ruf hatte, denn ihre Arbeit lag darin, tief im Dreck zu wühlen, den man verbergen wollte.

Auf einmal fröstelte es sie, obwohl ihr Zimmer gut geheizt war. Christabel starrte auf die Liste, während ihr immer stärker ins Bewusstsein drang, dass sie Ashburn Abbey mit einem Mörder teilte. Ihre Kehle fühlte sich wie zugeschnürt an.

In ihren geliebten Romanen hatte Christabel nie etwas darüber gelesen, was ein unverhoffter Tod für Folgen nach sich zog. Sollte sie wirklich zum Tee gehen, als wäre nichts geschehen? Die Vorstellung, dort auf jemanden zu treffen, der einem anderen Menschen skrupellos das Leben nahm, behagte ihr nicht. Als ein Knacken ertönte, zuckte sie zusammen.

In ihrem Zimmer allein zu bleiben, erschien ihr ebenfalls keine Alternative. Hier wäre sie hilflos einem Angreifer ausgeliefert.

Christabel sprang auf. Auch wenn sie sich fürchtete, hatte sie sich Maud gegenüber verpflichtet, Nachforschungen anzustellen. Also raffte sie ihren Mut zusammen, streckte den Rücken durch und begab sich zu dem Salon, in dem der Tee gereicht wurde.

Vor der Tür atmete sie tief durch und nickte dem Lakaien zu, der ihren Gruß erwiderte. Zu Christabels Überraschung befand sich noch niemand im Salon, obwohl Sandwiches und Kuchen bereits angerichtet waren und verführerisch dufteten. Christabel klingelte nach einem Hausmädchen und bestellte Tee. Dann fiel ihr Blick auf die alkoholischen Getränke, die auf einem Barwagen standen.

Ja, das wäre das Richtige, um ihre angespannten Nerven zu beruhigen. Ihre Mutter wäre sicher zutiefst erschüttert, sollte sie je erfahren, dass Christabel Sherry zum Tee trank.

»Eine gute Idee.« Beryl Banfour streckte ihren Kopf zur Tür herein. Leise wie ein Geist schlich sie in den Salon. »Gießen Sie mir einen Amontillado ein, bitte? Das Ganze ist ein einziger Albtraum.«

Kapitel 15

Nachdem sie Lady Christabel verlassen hatte, begab sich Maud in die Küche. Sie wollte mit Dora Mullens sprechen, um das Geheimnis zu lüften, das Flossie und Ivy angedeutet hatten. Der Geruch frisch gebackenen Brots stieg ihr in die Nase, so verführerisch, dass ihr Magen knurrte. Ob sie sich wohl ein Stück davon stibitzen konnte?

Leider entdeckte sie Mrs Pratt, die bis zu den Ellenbogen in einem Teig versunken war. Die Porzellanschüssel stand auf dem großen Holztisch, dessen Arbeitsfläche mit Mehl bedeckt war. Anscheinend plante die Köchin, eine große Anzahl von Broten zu backen. Außer ihr war niemand in der Küche. Mrs Pratt walkte und knetete, als hinge ihr Leben davon ab.

»Wo ist Dora?«, fragte Maud. Sie hätte Wetten darauf abgeschlossen, dass jemand von der Herrschaft den jungen Mr Willmington auf dem Gewissen hatte, aber sie hatte Lady Christabel versprochen, auch bei den Dienstboten nachzuforschen. »Ich habe sie heute noch nicht gesehen.«

»Ich habe ihr frei gegeben, damit sie eine kranke Tante besuchen kann.« Mrs Pratt schaute kurz von ihrer Arbeit auf, bevor sie weiter den Teig quälte. Erneut wunderte sich Maud, wie eine Köchin nur so hager sein konnte. »Das kann ein paar Tage dauern.«

Maud sog scharf die Luft ein, aber sie bemühte sich um

einen Gesichtsausdruck, der nicht verriet, was ihr durch den Kopf ging. *Hölle und Hinkebein, wenn das nicht aussieht, als wollte man eine Schuldige aus dem Weg schaffen, dann weiß ich es nicht. Aber warum sollte eine Küchenhilfe einen Adligen töten? Und wie sollte sie ihm ein Gift verabreichen? Gibt es eine abgestandenere Ausrede als eine kranke Verwandte?*

»Lebt die Tante weit von hier?«

»Warum wollen Sie das wissen? Wollen Sie einen Krankenbesuch machen?«

Auf direktem Weg kam Maud nicht weiter. Bevor sie die Köchin ausfragte, musste sie erst deren Vertrauen gewinnen.

»Das Brot duftet verführerisch.« Maud lächelte, um ihr Lob zu unterstreichen. »Mrs Cramton, die Köchin auf Lentune Hall, hat mir aufgetragen, Sie nach Rezepten zu fragen.«

»Eine Küchenmeisterin sollte wissen, wie unhöflich es ist, die Geheimnisse einer anderen erfahren zu wollen.« Mrs Pratt versetzte dem unschuldigen Teig einen heftigen Schlag.

Es würde nicht leicht werden, dieser schlecht gelaunten Frau ein Geheimnis oder ein Lächeln zu entlocken. Wie gut, dass Mrs Cramton ein ganz anderes Kaliber war.

»Oh, ich dachte, es wäre ein Kompliment, wenn man nach Rezepten gefragt wird.«

»Selbst exakt beschriebene Anweisungen sind nur die Hälfte eines gelungenen Mahls.« Mrs Pratt sah Maud an, die Mundwinkel hingen herab. »Erfahrung und Herzblut sind wichtiger als die besten Rezepte. Wenn Ihre Köchin das nicht weiß, kann ich ihr nicht helfen.«

»Darf ich mir eine Scheibe Brot abschneiden? Frisch schmeckt es immer am besten.«

»Wenn es sein muss.« Mrs Pratt deutete mit dem spitzen Kinn nach rechts. »Teller finden sie dort. Butter und Marmelade in der Kammer.«

»Danke.« War es Wunschdenken oder war der Tonfall der Köchin wirklich etwas freundlicher? Maud schnitt sich eine dicke Scheibe des warmen Brotes ab, die sie mit Butter und Orangenmarmelade bestrich. Himmlisch!

»Wissen Sie, was mit Jean geschehen ist?«, fragte sie die Köchin in plauderndem Ton, beobachtete diese aber ganz genau.

»Woher wissen Sie von Doras Tochter?« Mrs Pratt walkte den Teig stärker durch. Die Frau hatte mehr Kraft in ihren sehnigen Armen, als man auf den ersten Blick vermutete.

Maud musste an sich halten, um ihre Überraschung nicht zu verraten. Die Jean, von der Flossie gesprochen hatte, war also die verstorbene Tochter des Küchenmädchens. Wenn das nicht verdächtig war!

»Wer hat Ihnen von ihr erzählt?« Mrs Pratt sandte Maud einen durchdringenden Blick zu, als wollte sie ihre Gedanken lesen. Mit einem lauten Knall prallte der Teig auf die Arbeitsfläche. Die Köchin nahm ein Nudelholz, das ebenfalls mit Mehl bestäubt war, und begann, den Teig auszuwalzen.

»Der Name ist beim Essen gefallen, glaube ich.« An Mrs Pratts Anspannung konnte Maud ablesen, dass sie nicht mehr erfahren, sondern nur Misstrauen säen und unerwünschte Aufmerksamkeit auf sich ziehen würde. »Was bin ich nur für ein gedankenloses Huhn. Eigentlich wollte ich Sie bitten, mir einen Tee und etwas Gebäck für Lady Christabel zu geben.«

»Tee wird im Salon serviert.«

»Lady Christabel fühlt sich nicht wohl und wünscht daher,

ihren Tee in ihrem Zimmer einzunehmen.« Wenn sie wollte, beherrschte Maud die herrschaftliche Sprache. Imitation war schon immer ihre Stärke gewesen. »Ich gedenke nicht, die Wünsche meiner Herrschaft mit Ihnen zu diskutieren.«

»Fragen Sie eins der Hausmädchen«, beschied die Köchin sie barsch. Sie schlug den ausgewalzten Teig übereinander und bearbeitete ihn erneut mit den Fäusten. »Sie sehen doch, wie beschäftigt ich bin.«

»Selbstverständlich«, antwortete Maud, aber innerlich streckte sie der unfreundlichen Frau die Zunge heraus. »Wo finde ich Flossie oder Ivy?«

»Wäsche aufhängen.«

Obwohl Maud sich über Mrs Pratts Unfreundlichkeit ärgerte, freute sie sich andererseits, weil sie nun wohl auf eine vielversprechende Spur gestoßen war. Eilig verließ sie die Küche, um eines der Dienstmädchen zu suchen.

Flossie und Ivy saßen draußen auf einer hölzernen Bank und genossen die Sonnenstrahlen. Als sie bemerkten, wie Maud sich ihnen näherte, sprangen sie auf und hängten Wäsche auf.

»Ich will nicht eure Arbeit kontrollieren«, sagte Maud mit einem kleinen Lächeln. Wieder machte sie sich schmaler, als sie war, um ungefährlich zu wirken. »Lady Christabel hat um Tee und Gebäck gebeten.«

»Jetzt?« Auf Flossies langem Gesicht zeichnete sich Unverständnis für die Launen der Herrschaft ab. »Wir haben schon Sandwiches und Kuchen in den grünen Salon gebracht.«

»Ihr wisst doch, wie Ladys sind.« Maud hob die Schultern und zwinkerte den Mädchen verschwörerisch zu. »Wenn Ihnen etwas in den Kopf kommt, muss unsereins laufen.«

Ein Seufzer und ein kleines Lächeln bestätigten die Gültigkeit ihrer Worte. Obwohl Maud zu den oberen Dienstboten gehörte, war auch sie letztlich vom Wohl ihrer Lady und deren Gutdünken abhängig. So wie die unteren Dienstboten, die ihr Tagewerk zumeist unsichtbar für die Herrschaft verrichteten.

»Flossie, geh du mit ihr. Ich hänge die Wäsche auf.« Ivy beugte sich und hob ein weißes Laken hoch, das sie mühsam über die Wäscheleine warf.

»Kommen Sie.« Flossie eilte voran, als könnte sie es nicht erwarten, der körperlich schweren Arbeit zu entkommen. »Wollen Sie Scones zum Tee oder lieber Erdbeerküchlein?«

»Ähm.« Die Frage traf Maud unvermutet. Sie hätte sich mehr Gedanken über ihre Lüge machen sollen. So nachlässig wäre sie früher nicht gewesen. »Erdbeere wäre wunderbar. Du hattest von Jean Mullens gesprochen. Erzähl mir mehr.«

Flossie blieb so abrupt stehen, dass Maud ihr in die Hacken lief. Daraufhin trat das Hausmädchen einen Schritt nach vorn und wandte sich zu Maud um. Vor Aufregung oder Angst hatte sie ihre Oberlippe hochgezogen, was ihr das Aussehen eines erschreckten Bibers verlieh.

»Mrs Stanhoop hat uns verboten, über Jean zu reden. Weder miteinander und erst recht nicht mit Fremden wie Ihnen.« Abwehrend hob Flossie die Hände. »Ich hätte nicht davon anfangen sollen.«

»Von mir wird sie nichts erfahren. Das verspreche ich dir.«

»Nein, ich darf es nicht. Ich will keinen Ärger.«

Flossie blickte sich suchend um, als erwartete sie die Hausdame hinter der nächsten Ecke. Auf dem Gesicht des Hausmädchens konnte Maud deutlich deren widersprüchliche

Gefühle ablesen. Einerseits wirkte Flossie wie jemand, der gern tratschte; andererseits war es für ein Dienstmädchen natürlich immens schwierig, sich über einen Befehl der Hausdame hinwegzusetzen.

Maud überlegte, welchen Anreiz sie Flossie geben konnte, damit sie über ihren Schatten sprang. Bevor sie allerdings eine Idee gewonnen hatte, erklang Trowbridges helle Stimme: »Flossie, solltest du nicht Wäsche aufhängen, anstatt hier herumzustehen und zu tratschen?«

Das arme Zimmermädchen lief rot an wie eine Erdbeere. Maud wünschte sich, dem herrischen Butler ein paar passende Worte zu entgegnen, aber das hätte ihre Nachforschungen erschwert. Also biss sie sich auf die Zunge und formulierte eine viel zu höfliche Antwort.

»Ich habe Flossie um einen Tee für Lady Christabel gebeten«, griff Maud ein und zog die Schuld auf sich. Ihr gegenüber würde der Butler es nicht wagen, so harsch aufzutreten. »Mrs Pratt hatte keine Zeit, weil sie Brot buk.«

»*Ich* habe Lady Christabel gerade einen Tee in den grünen Salon gebracht.« Trowbridges ohnehin arrogante Miene zeigte eine tiefe Befriedigung darüber, Maud bei einer Pflichtverletzung ertappt zu haben. »Flossie, geh wieder an deine Arbeit.«

»Ja, Mr Trowbridge.« Das Hausmädchen knickste, warf Maud einen entschuldigenden Blick zu und eilte zurück in den Garten.

Maud nahm sich vor, ihr sofort zu folgen, sobald der Butler endlich verschwunden war. Obwohl das Hausmädchen sich geziert hatte, sein Geheimnis zu verraten, war Maud sich sicher, mehr erfahren zu können. Menschen wie Flossie genossen es einfach zu sehr, zu tratschen. Man musste ihnen nur eine Entschuldigung liefern, damit sie guten Gewissens Klatsch verbreiten konnten.

Leider gab es ein Hindernis, das Maud davon abhielt, das Hausmädchen weiter zu befragen. Trowbridge wollte einfach nicht gehen. Gab es auf Ashburn Abbey nicht genug Aufgaben für einen Butler, sodass er seine Zeit damit verbringen konnte, sie von ihren Nachforschungen abzuhalten?

Er sagte kein Wort, sondern musterte sie nur, als wüsste er, was Maud vorhatte. Dieses Spiel konnten zwei spielen. Sie erwiderte seinen Blick und schwieg. Nach einer Weile wurde es ihr allerdings zu dumm und sie überlegte sich eine neue Strategie, wie sie den Butler loswerden konnte.

»Ich werde im Salon schauen, ob Lady Christabel etwas benötigt.« Maud blieb freundlich, obwohl sie dem hochnäsigen Pinsel am liebsten das Lächeln aus dem Gesicht gewischt hätte. »Danke, dass Sie mir Bescheid gegeben haben.«

»Ich begleite Sie.« Der Butler verzog seine schmalen Lippen zur Andeutung eines Lächelns. »Wir wollen doch nicht, dass Sie sich verlaufen.«

Maud erkannte es, wenn sie geschlagen war, und gab nach. Schweigend folgte sie Trowbridge durch die grüne Tür, die den Dienstbotenbereich von dem der Herrschaft trennte. Auch wenn es so aussah, als hätte der Butler gewonnen, schwor sich Maud, dass er sie nur in diesem Scharmützel besiegt hatte. Sie würde einen Weg finden, das Geheimnis um Jean Mullens zu lüften. Jetzt erst recht.

Kapitel 16

»Ernest.« Mit einem Nicken begrüßte Christabel ihren Freund, der sich zum Tee zu ihr und Beryl Banfour in den Salon gesellte. Wegen der zugezogenen Vorhänge wirkte der Raum düster und ungemütlich.

»Ich habe auch schon überlegt, etwas Licht ins Zimmer zu lassen«, sprach Ernest ihre Gedanken aus, was Christabel überraschte. Konnte man ihr wirklich alles vom Gesicht ablesen? »Aber wir müssen die Trauer respektieren.«

»Ich wünschte, ich könnte abreisen«, stieß Beryl Banfour mit überraschender Verve hervor. Ihre Augen glitzerten verdächtig. »Es ist so furchtbar und traurig und entsetzlich.«

Meine Mutter würde der Schlag treffen, sollte ich jemals meine Gefühle dermaßen offen zur Schau stellen. Ich konnte nicht einmal um Nicholas trauern.

Sofort schämte sie sich ihrer bitteren Gedanken und ging zu Beryl. Irgendwie wirkte die junge Frau verändert. Christabel musterte sie aufmerksam. Neben dem Schrecken, dessen Ursache der plötzliche Tod Lucians war, zeichnete sich etwas anderes auf ihrem runden Gesicht ab. Auch wenn es ihr seltsam vorkam, Christabel hätte schwören können, es war Triumph.

»Möchten Sie einen Tee und etwas Gebäck?« Ernest biss herzhaft in einen kleinen Kuchen. »Die Scones sind wirklich hervorragend.«

»Ich habe keinen Hunger«, maulte Beryl Banfour, aber beäugte dennoch den Teller mit appetitlich angerichteten Scones, Erdbeertörtchen und Sandwiches.

Christabel nahm sich Tee und eines der warmen Gebäckstückchen. Als sie es aufschnitt, duftete es verführerisch nach Zucker und warmer Butter. Nachdem sie es mit Clotted Cream und Erdbeermarmelade bestrichen hatte, gönnte sie sich einen Bissen. Genießerisch schloss sie die Augen und spürte die Süße des Scones, die säuerliche Milde der Cream und die frische Frucht der Marmelade. Für einen Augenblick konnte sie alles andere vergessen.

Jedenfalls bis zu dem Moment, in dem sich die Tür öffnete und Dunstan und Georgina Willmington sich zu ihnen gesellten. Christabel verschluckte sich an ihrem Bissen und musste eine Serviette vor den Mund führen, die ihr Husten verbarg. Sie hatte erwartet, dass die Familie sich in der Trauer zurückzog. Wenn sie sich allerdings Dunstans eher ausdruckslose Miene betrachtete, schien Lucians Bruder dessen Tod nicht besonders leidzutun. Georgina hingegen sah aus, als hätte sie in der vergangenen Nacht kein Auge zugemacht. Dunkle Ringe betonten ihre ohnehin großen Augen. Christabel kam es vor, als ob Dunstans Frau lange geweint und ihre Fassung nur mühsam wiedergewonnen hatte.

»Möchten Sie etwas Tee?«, fragte sie daher und hob die Teekanne.

»Haben wir dafür keine Dienstboten?«, entgegnete Dunstan Willmington heftig auf ihr freundlich gemeintes Angebot. »Herrgott, mein Bruder ist gestorben und sofort geht alles vor die Hunde.«

Christabel wechselte einen Blick mit Ernest, der sichtlich schockiert auf diesen Ausbruch reagierte. Georgina hingegen schien nicht einmal zu bemerken, wie sehr ihr Ehemann sich danebenbenommen hatte.

»Also ich bin manchmal froh, wenn keine Dienstboten dabei sind«, flocht Beryl Banfour mit einem nervösen Kichern ein, »dann kann man sich unbeobachtet unterhalten.«

Die junge Frau wirkte noch unsicherer als am Tag ihrer Ankunft. Immer wieder zupfte sie sich die Haut an ihren Fingernägeln ab. Es kam Christabel vor, als würde Dunstan Willmington sie entsetzlich nervös machen.

»Obwohl man manchmal vergisst, dass sie überhaupt da sind, weil wir so an ihre Gegenwart gewöhnt sind«, ging Ernest auf die Ablenkung ein. »Ich nehme gern noch eine Tasse Tee.«

Dunstan Willmington reagierte mit düsterem Schweigen, so dumpf und drückend, dass Christabel es nicht wagte, einfach über Belanglosigkeiten zu plaudern. Ernest hob die Schultern, als sie ihn ansah. Bevor jemand etwas sagen konnte, um die Situation zu entspannen, stürmte Unity Willmington herein.

»Ich halte das nicht mehr aus.« Elegant platzierte sie sich auf das grüne Sofa. »Irgendjemand anders muss sich um Violet kümmern. Ich ertrage ihre Heulerei nicht mehr.«

Obwohl auch sie Violet Keat als melodramatisch empfunden hatte, war Christabel erschrocken über diese rüden Worte. So etwas konnte man denken, sprach es aber niemals laut aus.

»Einen Tee, meine Liebe?« Eilfertig reichte Beryl ihr eine Tasse. »Oder möchtest du lieber etwas Stärkeres?«

»Schenk mir bitte einen Sherry ein.« Unity nahm den Tee, um ihn zur Seite zu stellen. »Beryl-Schatz, ich stünde ewig in deiner Schuld, wenn du dich um Violet kümmertest. Es muss auch nicht lange sein.«

»Das kann ich gern übernehmen.« Christabel nutzte die Gelegenheit, den Menschen allein zu sprechen, der Lucian Willmington gewiss am besten von ihnen gekannt hatte. »Falls es Ihnen recht ist, selbstverständlich.«

»Ehrlich, mir ist es völlig egal, solange nicht ich es bin.« Nachdem sie diese herben Worte ausgesprochen hatte, schaute Unity sich um, wie die Anwesenden wohl reagierten. Auch Christabel ließ ihren Blick schweifen. Ernest wirkte immer noch erschüttert, was sie nicht anders erwartet hatte. Für jemanden wie ihn, der Konventionen und Regeln über alles schätzte, musste das ein wahrlich furchtbarer Besuch sein.

Dunstan schaute kurz auf, bevor er weiter vor sich hin brütete. Beryl wirkte ebenso betroffen wie Ernest, während Georgina Unity einen Blick voller Hass zuwarf. Vielleicht war Christabels Angebot etwas vorschnell gewesen, denn es sah aus, als würden hier gleich einige Dinge aufs Tapet gebracht, die ihr bei ihren Ermittlungen sicher helfen würden.

Ärgerlicherweise trat in dem Augenblick der Butler ein, um frischen Tee zu bringen. Was immer auch hätte gesagt werden wollen, es blieb ungesagt. Daher stand Christabel auf, bevor Unity oder Beryl Einwände erheben konnten.

»Trowbridge, lassen Sie bitte eine kleine Mahlzeit auf Lady Violets Zimmer bringen.« Christabel nickte dem Butler zu. »Ich nehme an, das hast du noch nicht veranlasst, Unity?«

»Sie wollte nichts«, verteidigte sich die junge Frau, obwohl Christabel sie nicht hatte angreifen wollen. »Violet flennt die ganze Zeit.«

Ernest und Beryl sandten Unity einen erschütterten Blick zu. Auch Christabel war erschrocken über die Kälte, mit der sie über das Leid von Violet sprach. Unity Willmington ließ sich nicht anmerken, dass sie über den Tod ihres Bruders betroffen war.

Was für eine seltsame Familie das ist, dachte Christabel. *Unter den Geschwistern scheint nicht viel Liebe zu herrschen. Ob Lord und Lady Willmington ebenso wenig unter dem Tod ihres Sohns leiden?*

Auch wenn Dahlia und sie sich oft stritten, wäre Christabel am Boden zerstört, sollte ihre Schwester überraschend sterben. Sie schauderte, als sie durch den einsamen Flur zu Violets Zimmer ging. Als sie an einem mit schwarzem Stoff verhängten Spiegel vorbeikam, zuckte Christabel zusammen. Mit den Händen rieb sie sich über die Oberarme, aber die Kälte ließ sich nicht vertreiben.

Ein unerwarteter Todesfall war schon schlimm genug. Aber die Vorstellung, dass einer von ihnen ein Mörder war, jagte Christabel mehr Angst ein, als sie sich eingestehen wollte. In ihren geliebten Romanen glich die Aufklärung eines Mordes eher einer Denksportaufgabe als einem Ereignis, das einen in den Grundfesten erschütterte.

Möglicherweise tauge ich nicht zur Detektivin. Aber wenn ich nicht ermittle, wer dann?

Da sie nun Violets Zimmer erreicht hatte, blieb ihr keine Zeit mehr, diesen Gedanken nachzuhängen. Christabel holte tief Luft, bevor sie an die Tür klopfte. Sie wartete, aber von innen erklang keine Aufforderung, den Raum zu betreten.

Christabel klopfte erneut und lauschte, aber wieder zeigte

sich keine Reaktion. Violet würde sich doch nicht etwas angetan haben? Der Gedanke brachte ihr Herz zum Rasen.

»Violet?« Nun hämmerte Christabel gegen die Tür. Was scherten sie die guten Sitten, wenn es um Leben und Tod ging? »Violet. Öffnen Sie die Tür.«

»Warten Sie, Mylady.« Die Stimme erklang so unvermutet, dass Christabel, die sich für unerschrocken hielt, einen spitzen Schrei ausstieß. »Entschuldigung, Mylady.«

Das Hausmädchen, ein unattraktives, mageres Ding, stellte das Tablett mit Tee, Toast und Marmelade auf den Fußboden, bevor es einen Schlüsselbund aus der Tasche seiner Schürze holte.

»Den hat mir Mrs Stanhoop gegeben«, sagte das Mädchen, als es Christabels fragenden Blick bemerkte. »Sie ahnte wohl, dass die junge Lady nicht öffnen würde.«

Ja, das passte zur Hausdame. Christabel hatte zwar nur wenige Worte mit Mrs Stanhoop gewechselt, aber das hatte gereicht, ihr den Eindruck von Effizienz und Intelligenz zu vermitteln.

Kurz bevor das Hausmädchen den Schlüssel ins Schloss stecken konnte, öffnete sich die Tür und Lady Violet schaute heraus. Die Szene erinnerte Christabel so sehr an den gestrigen Abend, dass sie am liebsten geflüchtet wäre.

»Was wünschen Sie?« Violet Keats Stimme klang tränenerstickt, ihre Nase und ihre Augen waren rot und verquollen. »Lassen Sie mich allein. Hunger habe ich sowieso nicht.«

»Ich kann Sie verstehen«, antwortete Christabel mit sanfter Stimme und schob Violet etwas zur Seite, damit sie in das Zimmer gelangen konnte. »Stellen Sie das Tablett auf den kleinen Tisch.«

Wie zu erwarten war, waren Violets Räume deutlich größer und eleganter als das Zimmer von Christabel. Schließlich war sie Lucians Verlobte und, wichtiger noch, die Tochter eines Duke. Schwere rote Vorhänge hingen vor den bodentiefen Fenstern und ließen kein Licht von draußen herein. Die Wände waren bis zur Hälfte mit einem tiefbraunen Holz getäfelt. Seine Dunkelheit wurde durch lindgrüne Tapeten abgemildert, auf denen sich bunte Paradiesblumen und Pfauen tummelten. Das Himmelbett war ebenfalls aus dunkelbraunem Holz und mit Intarsien und Schnitzereien reich verziert. Vor dem Fenster stand ein zierliches Sofa, dessen Stoff die Farbe der Vorhänge aufnahm, sie jedoch durch weiße Streifen sanfter wirken ließ.

Im Kamin brannte flackernd ein Feuer und malte Schatten auf die beiden Frauenfiguren, die den Sims zu tragen schienen.

»Entschuldigung.« Erst als das Hausmädchen sich an ihr vorbei drängelte, bemerkte Christabel, wie unhöflich sie gewesen war, gefangen von der Pracht des Raums.

Das Hausmädchen hatte es anscheinend eilig, der Situation zu entkommen, sodass die Tasse leise klirrte, als die Bedienstete das Tablett niedersetzte. Sie knickste und eilte davon, als wäre Violets Schmerz ansteckend.

»Kommen Sie, meine Liebe.« Noch immer bemühte sich Christabel um einen weichen Tonfall und hoffte, auf diesem Weg zu der jungen Frau durchzudringen. »Trinken Sie wenigstens einen Tee.«

»Glauben Sie, Lord oder Lady Willmington wären hier gewesen?«, sagte Violet mit anklagender Stimme. »Sicher, wir waren nur verlobt, aber ich bin Teil dieser Familie, oder etwa nicht?«

»Selbstverständlich.« Gab es nichts Wichtigeres als diese Frage? Sicher waren Lucians Eltern in ihrer Trauer gefangen und mussten außerdem noch seine Beerdigung vorbereiten. Das musste auch seine Verlobte einsehen.

»Ich hatte immer das Gefühl, sie wollten mich nicht in der Familie haben. Dabei ist mein Vater der Duke of Macclesville.«

»Ich bin sicher, Lord und Lady Willmington waren sehr erfreut über die Verlobung.« Inzwischen schlich sich Ungeduld in ihre Stimme ein. Christabel wollte gewiss nicht über die Heiratspolitik diskutieren. »Hier, nehmen Sie einen Tee.«

Sie sandte einen stummen Dank an das Hausmädchen oder die Köchin, die so klug gewesen war, zwei Tassen auf das Tablett zu stellen.

»Er ist bestimmt nicht eines natürlichen Todes gestorben«, konstatierte Violet Keat mit erstaunlich gelassener Stimme, nachdem sie von dem Tee gekostet hatte. »Lucian war hervorragend in Form.«

Beinahe hätte sie den Schluck Tee wieder ausgespuckt. Nur unter Aufbietung aller Contenance gelang es Christabel, sich ihre Überraschung nicht anmerken zu lassen. Sie wollte sich nicht vorstellen, wo und wie die zarte junge Frau herausgefunden hatte, wie gut ihr Verlobter in Form gewesen war. Noch weniger wollte sie darüber nachgrübeln, warum dieses unbedarft aussehende Mädchen zur gleichen Schlussfolgerung gekommen war wie sie.

»Was meinen Sie?«, tastete sich Christabel an die schwierige Frage heran. »War es möglicherweise ein Unfall?«

Violet starrte sie an, als hätte sie ihr ein unpassendes Angebot gemacht. Ihre Augen weiteten sich und begannen zu glänzen. Christabel suchte nach einem Taschentuch, das sie Lucians Verlobter reichen wollte. Deren Worte überraschten sie so sehr, dass sie das Stoffstück fallen ließ.

»Natürlich nicht. Jemand hat ihn ermordet. Und ich weiß auch wer!«, sagte Violet mit erstaunlich fester Stimme. »Helfen Sie mir, für Gerechtigkeit zu sorgen.«

Kapitel 17

Das Tagewerk war für die meisten Dienstboten getan, sodass sie sich in der Küche trafen, ein Schwätzchen hielten und mit den Vorbereitungen für das Dinner der Herrschaften begannen. Eine bessere Gelegenheit für ihre Nachforschungen konnte Maud sich kaum vorstellen. Doch leider beobachtete Trowbridge sie mit Argusaugen.

Punkt sechs Uhr fand das alberne Ritual des Abendessens für die Dienerschaft statt. Während sie in der schmackhaften Mahlzeit herumstocherte, kam es Maud vor, als summte die Luft vor ungelösten Geheimnissen und unausgesprochenen Fragen. Flossie und Ivy wichen ihrem Blick aus, während Trowbridge und Mrs Stanhoop sie beobachteten, als warteten sie nur auf ein Fehlverhalten von Maud.

Schweigen herrschte, denn der Butler hatte sich zu einer Rede aufgeschwungen, nachdem alle sich gesetzt hatten.

»Angesichts des tragischen Todes eines der Mitglieder unseres Haushalts«, hier verzogen die Hausmädchen ihre Gesichter, »möchte ich heute Abend weder Tratsch noch Klatsch hören. Wir sind in Trauer.«

Maud musste sich im wahrsten Sinne des Wortes auf die Lippen beißen, um nicht mit einer passenden Antwort herauszuplatzen.

»Miss Ramsbury wird bis auf Weiteres nicht mit uns speisen,

sondern gemeinsam mit Lady Willmington in deren Räumen«, erklärte die Hausdame. »Flossie, bitte räume ihr Gedeck ab.«

Die Atmosphäre war so bedrückend, dass Maud es kaum erwarten konnte, ihr Besteck zur Seite zu legen und aus dem Raum zu flüchten. Doch sie zwang sich, sitzen zu bleiben, bis die Hausmädchen aufstanden, denn Maud plante, die beiden nach dem Abendessen auszuhorchen. Obwohl sie nicht aufgeben wollte und tagsüber noch drei Versuche unternommen hatte, mit Flossie oder Ivy zu reden, hatte sie einfach keinen Erfolg gehabt. Beinahe erschien es ihr, als beobachteten der Butler und die Hausdame die Zimmermädchen, um zu verhindern, dass sie mit Maud redeten. Wahrscheinlich bildete sie sich das nur ein, misstrauisch geworden durch den mutmaßlichen Mord, den sie entdeckt hatte.

Doch auch jetzt war ihr kein Glück beschieden, als sie unauffällig zu den Hausmädchen schlenderte.

»Flossie! Ivy!«, erklang die leise Stimme von Mrs Pratt. »Solange Dora nicht da ist, helft ihr mir in der Küche.«

So ein Ärger! Damit schlug erneut einer von Mauds wunderbar ausgetüftelten Plänen fehl. Maud konnte es kaum erwarten, Lady Christabel beim Umkleiden für das Abendessen zu helfen. Ihre Neugier, ob die Lady bei ihren Nachforschungen erfolgreicher als sie gewesen war, ließ ihr keine Ruhe. Auch wenn sie Neugier plagte, blieb Maud noch Zeit, bis sie ihrer Ladyschaft beim Ankleiden helfen musste. Daher ging sie zurück in ihr Zimmer, um mit dem Kätzchen zu spielen, das Lady Christabel »Amelia Butterworth« getauft hatte, nach der Heldin aus »That Affair Next Door« von Anna Katherine Green. Maud hingegen nannte das Tierchen »Kitty«, denn

Amelia Butterworth erschien ihr übertrieben für so ein winziges Geschöpf.

»Na, du bist mir keine große Hilfe«, neckte sie das Kätzchen, das mitten im Spiel eingeschlafen war. Um sich die Zeit zu vertreiben, setzte Maud sich an den Tisch, nahm ein Briefpapier mit dem Wappen der Willmingtons und schrieb ihre Mutmaßungen auf. Sie listete die Dienstboten auf, die sich ihrer Meinung nach verdächtig verhalten hatten.

- Trowbridge – hat gewiss das Glas absichtlich umgestoßen und verhindert, dass ich mit den Hausmädchen rede.
- Mrs Stanhoop – hat kein Motiv.
- Mrs Pratt – ist übellaunig, aber hat kein Motiv.
- Flossie – tratscht gern, ist aber unverdächtig.
- Ivy – ebenso.
- Dora Mullens – ihre Tochter ist tot und ich weiß nicht, warum. Außerdem ist sie etwas zu passend abgereist.

Nun, viel war es nicht, was sie zusammengetragen hatte. Möglicherweise ging sie es falsch an. Wie wäre es, die ganze Sache einmal von der Seite des Opfers zu betrachten?

- Lucian Willmington – hat Hausmädchen verführt und dafür gesorgt, dass sie ohne Referenzen entlassen werden.

Wenn ihr das passiert wäre, würde sie ihn gewiss hassen und sich an ihm rächen wollen. Wie hieß das Mädchen, das er des Diebstahls beschuldigt hatte?

- Sadie – was ist aus ihr geworden?

Langsam begann Maud, sich für die Fragen zu erwärmen. Da schrillte die Klingel, die sie zu Lady Christabel rief. Inzwischen hatte Maud sich so sehr daran gewöhnt, bei dem durchdringenden Ton sofort aufzuspringen, dass sie fast vergessen hatte, wie es war, ohne ihn zu leben. Nur manchmal, wenn sie aus Träumen von Patrick erwachte, sehnte sie sich nach der Freiheit zurück, die sie früher besessen hatte. Gleichzeitig war ihr nur zu bewusst, was der Preis für diese Freiheit gewesen war: Hunger, Armut und Betrug.

Genug davon. Sie wollte nicht an die Vergangenheit denken. Vor drei Jahren hatte sie dieses Leben hinter sich gelassen, als sie an der Hintertür des Sommerhauses der Familie Mowgray demütig um eine Arbeit gebeten hatte. Die gefälschten Referenzen waren die letzte Erinnerung an ihr altes Leben gewesen, eine Notwendigkeit mit bitterem Beigeschmack.

Sie spürte eine sanfte Berührung an der Hand. Das Kätzchen, wohl durch die Klingel geweckt, rieb sich an ihr und maunzte auffordernd.

»Du bist verfressen«, schalt sie es im Spaß, gab ihm aber etwas von dem Gehackten mit Ei, das Mrs Pratt ihr heute für das Tierchen zubereitet hatte.

Als die Klingel erneut schrillte, schrak Maud auf. Wie hatte sie nur so in ihren Gedanken versinken können? Auch wenn Lady Christabel sie überaus freundlich behandelte und deutlich weniger Allüren besaß als andere Ladys, die Maud erlebt hatte, blieb sie doch Mauds Herrschaft. Und damit besaß sie die Macht, Maud jederzeit auf die Straße zu setzen, wenn ihr etwas nicht passte.

Also sprang sie auf, warf einen schnellen Blick in den Spiegel und prüfte, ob sie präsentabel aussah. Das Kätzchen hatte Strähnen aus ihrer Frisur gelöst, die Maud eilig zurücksteckte.

»Maud, da bist du endlich.« Lady Christabel stand in einer eleganten, fließenden Bewegung auf, nachdem Maud eingetreten war. Sie kam auf Maud zu, aber dann drehte sie sich wieder um und ging zum Fenster. Dort setzte sie sich auf den bequem wirkenden Sessel, der mit nachtblauem Samt bezogen war. »Ich platze beinahe vor Aufregung.«

»Also haben Sie etwas herausgefunden.«

Maud konnte förmlich sehen, wie ihre Ladyschaft überlegte, ob sie die Spannung steigern oder lieber mit ihren Erkenntnissen herausplatzen sollte. *Ich wette zehn zu eins, sie kann nicht schweigen. Lady Christabel hat einfach nicht genug Geduld, um die Spannung einer Geschichte aufzubauen.*

»Ich habe länger mit Violet Keat gesprochen.« Auf Lady Christabels hübschem Gesicht lag ein zufriedener Ausdruck wie der einer Katze, die den Topf Sahne gefunden hatte. »Sie ist sich sicher, dass Lucian umgebracht wurde.«

Schweigend schaute ihre Herrschaft sie an, die Augen glitzerten vor Vergnügen darüber, mehr zu wissen als Maud.

»Ja?« Am liebsten hätte Maud ihre Ladyschaft geschüttelt, aber dann hätte sie gewiss ihre angenehme Stellung verloren. Also musste sie sich in Geduld fassen. »Hegt sie einen Verdacht, wer der Mörder sein könnte?«

»Mach mir die Haare, während wir reden.« Lady Christabel

erhob sich und setzte sich an den Frisiertisch. »Heute nur etwas Einfaches.«

»Gewiss.« Maud öffnete die Haarnadeln und begann, die Haare ihrer Ladyschaft zu bürsten. »Wen hat Lady Keat im Verdacht?«

»Du wirst es nicht glauben.« Vor Aufregung bekam Lady Christabel Schluckauf, sodass Maud ihr ein Glas Wasser eingoss. Nachdem sie einen Schluck getrunken hatte, konnte ihre Herrschaft endlich weitersprechen. »Violet ist sicher, Georgina hat Lucian vergiftet.«

»Die junge Lady Willmington?« Beim besten Willen konnte sich Maud nicht vorstellen, wie diese ätherisch anmutende Frau den Willen aufbrachte, jemanden zu ermorden. Da erschien ihr ihre Spur eindeutig vielversprechender. »Dora Mullens ist verschwunden.«

Nachdem sie im Spiegel den verwirrten Ausdruck auf Lady Christabels Gesicht sah, bereute sie es, mit der Information herausgeplatzt zu sein. Selbstverständlich hatte diese Nachricht für ihre Herrschaft keine Bedeutung, einfach, weil Ladys und Gentlemen niemals die Existenz einer Küchenhilfe wahrnahmen. Höchstens an Weihnachten bekamen die hohen Herrschaften die unsichtbaren Dienstboten zu Gesicht. Wahrscheinlich vergaßen sie deren Namen und Gesichtszüge sofort wieder.

»Wer ist Dora Mullens?« Lady Christabels Worte bestätigten Mauds Gedanken. »Ich kann mich an niemanden mit diesem Namen erinnern.«

»Das Küchenmädchen. Ich habe Ihnen von ihr erzählt.« Wie hatte sie nur erwarten können, dass ihre Lady sich an jemanden so Unwichtiges wie eine Küchenhilfe erinnerte. »Die Hausmädchen sprachen von einem Geheimnis, das mit Doras Tochter zusammenhängt.«

Für Maud war diese Information so wichtig gewesen, dass sie ihr den ganzen Nachmittag nachgespürt und ihre eigentliche Arbeit vernachlässigt hatte. Für ihre Lady war Dora Mullens hingegen so unbedeutend, dass sie sich nicht einmal mehr an sie erinnerte. Einen Moment lang gab Maud sich der Vorstellung hin, wie es umgekehrt wäre. Nur zu gern hätte sie Lady Christabels Gesicht gesehen, sollte Maud sagen: »Georgina Willmington? Müsste ich sie kennen?«

»Ach, Maud.« Lady Christabel schüttelte den Kopf. Ihr Tonfall klang, als kanzelte sie ein naives Kind ab. »Wie sollte ein Spülmädchen in das Zimmer von Mr Willmington gelangen? Georgina erscheint mir eine weitaus bessere Verdächtige.«

»Und was wäre ihr Motiv?« Maud war nicht bereit, so einfach aufzugeben. Ihr Instinkt sagte ihr, dass Downstairs eindeutig etwas faul war. Allerdings sagte er ihr nicht, ob es mit dem Mord am Sohn des Hauses zu tun hatte. Vielleicht war es nur etwas weniger Bedeutendes wie Diebstahl von Lebensmitteln oder eine Affäre zwischen Hausdame und Butler. Bei dem Gedanken daran verzog Maud das Gesicht. Niemals würde eine elegante Frau wie Mrs Stanhoop auf einen Pinsel wie Marmaduke Trowbridge hereinfallen, nicht wahr?

»Georgina hatte gehofft, Lucian würde sie zur Ehefrau nehmen.« Nun trug Lady Christabel den Gesichtsausdruck einer Katze, die den Sahnetopf ausgeschleckt hatte. »Angeblich hat er ihr die Ehe versprochen und sie fallen lassen, nachdem sie ihm zu Willen war.«

Maud war so überrascht, dass sie aus Versehen die Haarnadel etwas zu fest in die Frisur einpikste. Sicher wusste sie von den Affären, die sich die hohen Damen und Herren leisteten, aber ein gebrochenes Eheversprechen gehörte nicht zu den Vorkommnissen, über die die gute Gesellschaft stillschweigend hinwegsah.

»Was für ein Ekel. Entschuldigung. Ich weiß, man soll über Tote nur Gutes reden, aber …«

»Ja, Lucian Willmington war kein Mensch, um den es sich zu trauern lohnt.« Lady Christabel wirkte ehrlich erschüttert. »Je mehr ich über ihn erfahre, desto mehr könnte ich verstehen, wenn ihn jemand umgebracht hätte.«

»Aber …«, begann Maud, während sie sich auf die Haarnadeln konzentrierte, »inzwischen ist Ms Georgina doch Lady Willmington. Lord Willmington ist eine viel bessere Partie als sein jüngerer Bruder.«

»Und ein entsetzlich biederer Mann. Blutleer könnte man sagen.«

»Ist das in Ihren Kreisen von Bedeutung?« Maud zwinkerte ihrer Lady zu. »Wenn der Ehemann ein Langweiler ist, hat man die Wochenenden auf dem Land fürs Vergnügen.«

»Maud!«, schimpfte Lady Christabel spielerisch. »Davon solltest du nichts wissen.«

»Mylady. Was meinen Sie, worüber wir Dienstboten reden, in der langen Wartezeit, bis die Herrschaften ins Bett zu gehen geruhen.«

»Maud! Übertreibe es nicht. Normalerweise müsste ich dich für solche Frechheiten entlassen.«

»Zum Glück sind Sie keine der normalen, langweiligen

Herrschaften.« Maud wusste genau, wie weit sie gehen konnte und wie sie Lady Christabel dazu brachte, ihr zu verzeihen. »Warum also sollte Lady Georgina ihren Schwager ermorden?«

Eine letzte Haarnadel, und die Frisur saß perfekt. Maud trat einen Schritt zurück, um ihr Werk zu begutachten.

»Aus gekränkter Eitelkeit.«

»Aber die Kränkung muss doch schon vor langer Zeit stattgefunden haben«, beharrte Maud. »Hätte sie ihn in diesem Fall nicht schon damals umbringen sollen?«

Man konnte auf Lady Christabels ausdrucksstarkem Gesicht ablesen, wie enttäuscht sie war, dass sich ihre wundervolle Theorie gerade in Wohlgefallen auflöste. Maud schwankte zwischen schlechtem Gewissen, weil sie ihre Lady enttäuscht hatte, und Triumph, weil ihre Spur die bessere zu sein schien. Da hellten sich Lady Christabels Züge auf.

»Wahrscheinlich war sie damals am Boden zerstört«, überlegte sie laut. »Nun, da Lucian plante, ein Gänschen wie Violet Keat zu heiraten, ist die Wut wieder hochgekocht.«

Lady Violet so zu bezeichnen, war zwar nicht freundlich, aber Maud musste ihrer Lady zustimmen. Gegenüber Georgina, die aussah wie ein Engel, wirkte Violet wie eine Landpomeranze, die sie auch war. *Ich sollte herausfinden, was man Downstairs über die Verlobung denkt,* machte sie sich eine gedankliche Notiz.

»Unity Willmingtons Verlobung ist in die Brüche gegangen, wegen Lucian«, dachte Christabel halblaut. »Ist das ein Motiv für einen Mord? Kannst du herausfinden, was geschehen ist?«

»Ich kann es versuchen, aber Trowbridge und Mrs Stanhoop halten mich von den Hausmädchen fern.«

»Würdest du Beryl Banfour von der Liste der Verdächtigen streichen?«

»Die Hölle kennt keinen Zorn wie den einer verschmähten Frau.«

»Muss Congreves Zitat immer herhalten, wenn es um einseitige Liebe geht?« Lady Christabel runzelte die Stirn. »Ich kann sie mir nicht als eiskalte Giftmörderin vorstellen. Andererseits habe ich sie nur bei einem offiziellen Essen erlebt, bei dem sich jeder verstellt.«

»Ich mag sie, die junge Miss Banfour.« Maud faltete ein Kleidungsstück zusammen. »Aber sie verbirgt mehr, als man auf den ersten Blick meint.«

»Und das wäre?« Lady Christabel zog die Unterlippe zwischen die Zähne, eine Angewohnheit, die ihre Mutter zur Weißglut trieb. »Obwohl, mir kam sie heute verändert vor.«

»Sie ist klüger, als sie sich gibt.« Maud hielt kurz inne. »Sie liest anspruchsvolle Bücher.«

»Meinst du, der Butler hat Lucian umgebracht?« Wie so oft hörte Lady Christabel ihr nur mit halbem Ohr zu und sprang zur nächsten Frage.

»Trowbridge?« Maud überlegte ernsthaft. Sie konnte den pompösen Lackaffen zwar nicht leiden, aber einen Mord – nein, den traute sie ihm nicht zu. »Warum sollte er seinen Herrn so hassen?«

»Aber warum hat er das Glas umgeschüttet? Mit Absicht, wie du meinst.«

Maud kratzte sich am Kopf, während sie nach einer Antwort suchte.

»Wahrscheinlich hat er es aus Loyalität zur Familie gemacht.

Um einem Skandal zuvorzukommen.« Sie zuckte mit den Schultern. »Bei dem fließt Tinte statt Blut durch die Adern. Ich kann mir nicht vorstellen, wie er fähig wäre, einen Mord zu begehen.«

»Auch wenn es mir schwerfällt«, Christabel verzog den Mund, »so muss ich wohl eingestehen, dass der Mörder Upstairs zu finden ist. Da obliegt mir der Hauptteil der Nachforschungen.«

»Wie Sie sehr wohl wissen«, Mauds Grinsen vertiefte sich, »weiß niemand so viel über die Herrschaft wie die Dienerschaft.«

KAPITEL 18

Nachdem sie dreimal aus düstersten Albträumen erwacht war, in denen sie Nicholas an Stelle von Lucian Willmington ermordet gesehen hatte, fühlte Christabel sich am Morgen zerschlagen und müde.

»Wäre es vermessen, wenn ich heute noch einmal das große Frühstück im Bett einnehme?«, fragte sie Maud, als ihre Zofe ihr das Tablett mit Tee und Toast brachte. »Ich möchte niemanden sehen. Mich gruselt es bei der Vorstellung, einer von ihnen könnte ein Mörder sein.«

In ihren geliebten Romanen hatte Christabel nie etwas darüber gelesen, was ein unverhoffter Tod für Folgen nach sich zog. Seitdem sich der Verdacht verfestigt hatte, dass Lucian Willmington ermordet worden war, ertrug sie es nicht, allein in ihrem Zimmer zu sein. Aber ebenso wenig hielt sie die Anwesenheit der anderen Gäste aus. Maud war die einzige Person auf Ashburn Abbey, der sie vertraute.

»Sicher können Sie im Bett frühstücken, Mylady.« Maud zuckte mit den Schultern. »Das wird Ihnen niemand krummnehmen außer mir.«

»Außer dir?« Obwohl sie ihre Zofe rügen sollte, musste Christabel lachen. »Dann kann ich mir die Nachlässigkeit selbstverständlich nicht erlauben.«

»Es geht mir nicht um die guten Sitten.« Maud schüttelte

den Kopf. »Wenn Sie keinen der anderen sprechen, erfahren wir nichts über ein mögliches Mordmotiv.«

Sofort sank Christabels Stimmung wieder, denn Maud hatte sie daran erinnert, dass sie eben in keinem Roman lebten, sondern es mit wirklichen Menschen und deren Leid zu tun hatten.

»Hast du keine Sorgen, was passieren kann, wenn wir dem Mörder zu nahe kommen?«

»Er oder auch sie wird nicht noch zwei weitere Menschen umbringen. Das ist zu verdächtig. Meinen Sie nicht?«

»Wahrscheinlich hast du recht.« Christabel schaute sich im Spiegel an. Obwohl sie schlecht geschlafen hatte, sah sie dank Mauds Künsten frisch aus wie der neue Morgen. »Was planst du für heute?«

»Ich werde mir Flossie oder Ivy schnappen, um endlich herauszufinden, was es mit Jean Mullens auf sich hat.«

»Viel Erfolg.« Verschwörerisch lächelten sie einander zu, bevor Christabel ihr Zimmer verließ, das Maud nun in Ordnung bringen würde.

»Guten Morgen. Wie geht es Ihnen?« Das Glück war Christabel hold, denn bisher saß nur Georgina Willmington im Frühstückszimmer. Vor sich auf dem Teller hatte sie eine Scheibe Toast, so dünn mit Butter bestrichen, man konnte förmlich hindurchsehen. Kein Wunder, dass sie durchscheinend wirkte, sollte sie immer derart mager essen.

»Danke. Den Umständen entsprechend.« Georgina zerteilte

den Toast in winzige, sehr symmetrische Quadrate, die sie auf dem Teller hin und her schob, anstatt sie sich in den Mund zu stecken. »Wie lange werden Sie noch bleiben?«

Obwohl die Frage an sich berechtigt war, klang ihr Tonfall dermaßen unfreundlich, dass Christabel sich fragte, womit sie die Frau verärgert hatte.

»Es erscheint mir angemessen, an der Beerdigung teilzuhaben. Ich betrachte Lucian als einen guten Freund.«

Das war eine dreiste Lüge, aber sie hoffte, mit ihren Worten ihr Gegenüber aus der Reserve zu locken. Das funktionierte deutlich besser als erwartet. Georgina riss den Kopf hoch wie ein durchgehendes Pferd. Ihre ohnehin riesigen Augen weiteten sich, bis sie Christabel zu verschlingen schienen. Ihr wurde etwas mulmig, allein in dem Zimmer mit einer mutmaßlichen Mörderin. *Beim nächsten Mal denke ich etwas länger über meine Pläne nach, bevor ich sie in die Tat umsetze.*

»Ich kann mich nicht erinnern, dass Lucian viel von Ihnen gesprochen hat«, sagte Georgina schließlich, nachdem sie ihre Fassung wiedergewonnen hatte. Das Lächeln, das ihre Worte begleitete, wirkte allerdings eher wie ein Zähnefletschen. »Und wenn, dann hatte er wenig Gutes zu sagen.«

»So war er halt, unser lieber Lucian.« Langsam vergaß Christabel ihre Angst und genoss es, die Rolle eines oberflächlichen Hohlkopfs zu spielen. »Immer zu einem Scherz bereit. Möglicherweise haben Sie ihn nicht so gut gekannt, wie Sie meinen.«

Das war wahrlich ein Treffer. Georgina umklammerte das silberne Messer, als wollte sie es Christabel ins Herz stoßen. Glücklicherweise öffnete sich die Tür und der Lakai brachte eine weitere silberne Platte, die er auf dem Büfett anrichtete. Als er den Deckel hob, wehte der Duft gebratener Würstchen zu Christabel herüber. Sie wartete, bis der Dienstbote das Zimmer verlassen hatte, bevor sie sich von den Köstlichkeiten auflud. Dabei fühlte sie Georginas Blicke wie Dolche in ihrem Rücken.

Christabel setzte sich der anderen Frau genau gegenüber, um sie im Blick zu haben, sollten ihr weitere Spitzen gegen Lucian gelingen. Hinter Georgina hing das Porträt eines übel gelaunt schauenden älteren Mannes, der Christabel geradewegs anzublicken schien. Voller Vorwürfe, meinte sie.

Da Georgina schweigend auf ihren Toast starrte, unternahm Christabel einen zweiten Versuch, sie zum Reden zu bringen. Sanfter und freundlicher dieses Mal, vielleicht käme sie damit weiter als mit ihren Angriffen.

»Selbstverständlich kannten Sie Lucian besser als ich.«

»Was wollen Sie damit andeuten?«

Himmel! Was hatte das nun wieder zu bedeuten? Christabel hatte versucht, etwas möglichst Harmloses zu sagen, woraufhin Georgina reagierte wie ein Terrier, der eine Ratte witterte.

»Nun, als seine Schwägerin haben Sie gewiss mehr Zeit mit ihm verbracht als ich, die ihn nur bei gesellschaftlichen Anlässen getroffen hat.« Christabel stieß ein gekünsteltes Lachen aus. »Sie wissen selbst, worüber man da redet. Die Jagd, die Saison, nichts von großer Bedeutung.«

Aufmerksam beobachtete sie unter gesenkten Lidern, wie Georgina sich sichtlich entspannte.

»Lucian und ich teilten eine Seelenverwandtschaft, die ein einfacher Geist wie Sie nicht begreifen wird.«

Anscheinend hatte die Unterbrechung Georgina geholfen, sich zu sammeln und ihrerseits einen Angriff auf Christabel zu beginnen. Obwohl es ihrer eigentlich gutherzigen Natur widersprach, entschloss Christabel sich zu einem gemeinen Gegenschlag.

»Das überrascht mich«, antwortete sie mit einem feinen Lächeln. »Das letzte Mal, als ich Lucian traf, erzählte er von der langweiligen Frau, die sein ebenso langweiliger Bruder geheiratet hatte.«

Als sie Tränen in Georginas Augen glitzern sah, bereute Christabel ihre bösen Worte. *Ich habe einen Mord aufzuklären, da kann ich keine Rücksicht auf die Gefühle der Verdächtigen nehmen,* versuchte sie, sich zu beruhigen, aber das üble Gefühl blieb.

»Das hätte er niemals gesagt.« Georgina presste die Lippen zusammen. Als sie die Teetasse zum Mund führte, zitterte ihre Hand. »Er hat mich geliebt.«

Christabel entschloss sich zu einem erneuten Wechsel ihrer Taktik. Irgendwo in ihrem Hinterkopf fragte sie sich, was für ein Mensch sie war, dass sie über ein Repertoire von Strategien verfügte, um andere Menschen zum Reden zu bringen.

»Wahrscheinlich hat Lucian das nur behauptet, weil er es nicht verwinden konnte, dass Sie sich für Dunstan entschieden haben.« Christabel bemühte sich, ihrer Stimme einen mitfühlenden Klang zu geben. »Starke Männer wie Lucian reagieren oft beleidigt wie kleine Kinder bei Abweisungen.«

Das konnte Christabel mit reinem Herzen erklären, denn sie hatte allzu oft diese Erfahrung machen müssen. Gentlemen, von denen man annehmen sollte, dass sie sich an die Grundregeln der Konventionen hielten, hatten wie verzogene Kinder darauf beharrt, dass Christabel ihre Gefühle erwidern müsste.

Nun schoss Georgina ihr einen waidwunden Blick zu. Hoffentlich rückte sie bald mit der Sprache heraus, bevor noch jemand anderes zum Frühstück kam. Aber Christabel durfte sie nicht zu sehr drängen, weil sie fürchtete, dass Lady Willmington sich verschließen würde wie eine Auster.

»Sie haben recht.« Ein winziges Lächeln erhellte Georginas Züge. »Lucian nahm es mir äußerst übel, als ich seinem Werben nicht nachgab. Er war ein interessanter Mann, aber heiraten wollte ich ihn nie.«

Na, da habe ich aber etwas anderes gehört.

»Ich bewundere Sie dafür, die Vernunft siegen zu lassen.« Christabel senkte die Stimme und beugte sich verschwörerisch vor. »Allerdings frage ich mich, was er an Violet Keat gefunden hat. Sicher, sie ist die Tochter eines Duke, aber reicht das wirklich aus?«

Als Georgina die Augen verengte, wusste Christabel, dass sie sich dem Geheimnis näherte. Sie beugte sich noch ein wenig weiter vor und musste an sich halten, Georgina nicht zu drängen, endlich zu antworten.

Gerade, als Georgina den Mund öffnete, ging die Tür zum Frühstückszimmer auf. Christabel wandte sich um und sah Ernest, der ihr freundlich zulächelte.

»Guten Morgen. Sie beide sind ja früh auf.« Seine Stimme klang zufrieden. »Es ist ein prächtiger Tag, den ich schon für einen Ausritt genutzt habe.«

Christabel schoss Ernest einen wütenden Blick zu, den er erstaunt erwiderte. Er schien nicht zu begreifen, was sie ihm zu verstehen geben wollte. Anstatt das Frühstückszimmer zu verlassen, schlenderte Ernest zum Büfett, hob die Deckel von Pfannen und Platten und schnupperte genießerisch. »Ah, Kedgeree. Meine Mutter hasst es, daher freue ich mich immer, es woanders essen zu können.«

Er schaufelte sich eine große Portion des Gerichts aus Fisch, Reis, Porridge, Butter und Eiern auf den Teller, bevor er Christabel gegenüber Platz nahm.

»Wie kannst du dich dermaßen über ein Reisgericht freuen, wenn der arme Lucian noch nicht unter der Erde ist?«, fauchte sie ihn an. Ja, sie war ungerecht, aber Ernest war wirklich im unpassendsten Augenblick erschienen.

»Entschuldigung.« Sein Blick war der eines treuen Jagdhundes, der gescholten wurde, obwohl er den Fasan wohlbehalten apportiert hatte. »Wie geht es Ihnen, Lady Willmington?«

Auch wenn es eine harmlose Frage war, schob Georgina ihren Stuhl so heftig zurück, dass er laut polternd umfiel. Mit einem lauten Aufschluchzen lief sie aus dem Zimmer. Nun saß der arme Ernest da wie ein begossener Pudel, den Löffel voller Kedgeree auf halbem Weg zum Mund erstarrt.

»Was habe ich falsch gemacht?«, wandte er sich hilfesuchend an Christabel. »War meine Begeisterung für das Frühstück wirklich dermaßen unpassend?«

»Vielleicht ein wenig übertrieben, so wie meine Rüge«, antwortete sie mit einem entschuldigenden Lächeln. »Ich habe den Eindruck, Georgina hat der Tod Lucians schwerer getroffen, als man es von einer Schwägerin erwartet.«

Sie musterte Ernest. Ob er wohl mehr über die Verwicklungen und Geheimnisse der Familie wusste als sie? Ihr war es vorgekommen, als gehörte Ernest zu den wohlgeschätzten Gästen.

»Wie kommt es eigentlich, dass du dich während der Saison aus London herauswagst?« Ihr Freund hegte politische Ambitionen und nutzte daher die Bälle, Pferderennen und Picknicks, um mit den richtigen und wichtigen Gentlemen – und auch einigen Ladys – zu sprechen.

»Ich wusste, dass ich dich hier treffen würde.« Ernest beugte sich etwas näher zu ihr. »Diese Gelegenheit konnte ich mir nicht entgehen lassen.«

»Wie gut kennst du die Willmingtons?«, versuchte sie ihn von dem Thema abzulenken, das ihr so gar nicht behagte. Sie wollte Ernest als Freund nicht verlieren, konnte aber seinem Werben nicht nachgeben. »Ich habe dieses Mal erstmals eine Einladung erhalten.«

Bevor er antworten konnte, öffnete sich die Tür und Lord Willmington sah herein. Christabel erschrak darüber, wie müde und erschöpft ihr Gastgeber aussah. Seit Lucians Tod hatte sie ihn nicht mehr gesehen und es erschien ihr, als wäre er um Jahre gealtert. Er nickte ihr knapp zu und wandte sich an Ernest: »Lord Pemborough, gewähren Sie mir eine Minute.«

»Sicherlich.« Ernest sprang auf, nicht ohne dem Reisgericht einen sehnsüchtigen Blick zuzuwerfen, und folgte Lord Willmington.

Für Christabel war es keine Frage, dass sie ihnen nachspionieren musste. Etwas an der Art, wie Ernest sofort aufgesprungen war, hatte ihren Verdacht erregt. Ohne zu zögern, schob sie ihren Stuhl zurück und folgte den beiden Männern. Vor der Tür verharrte sie. Wohin sollte sie sich wenden? Nach rechts zum Salon oder nach links in die Bibliothek?

Das Glück war ihr gewogen, denn sie hörte leise Stimmen

durch die nur halb geschlossene Tür der Bibliothek. Auf Zehenspitzen schlich sie näher.

»Ich bin hierhergekommen, um die Schulden zu begleichen.« Ernests Tonfall klang noch seriöser als üblicherweise. »Auch wenn ich weiterhin die Ansicht vertrete, dass …«

Was für Schulden hatte Ernest gemacht? Als Erstes fielen ihr Spielschulden ein, die Ehrenschulden für einen Gentleman waren. Allerdings konnte sie sich selbst unter Aufbietung all ihrer Fantasie nicht vorstellen, wie Ernest sich um Hab und Gut zockte. Das passte überhaupt nicht zu seiner Persönlichkeit.

»Auch wenn man über Tote nur Gutes sagen soll, können Sie über Lucian ruhig die Wahrheit sagen.« Lord Percy Willmington seufzte vernehmlich auf. »Im Unterschied zu seiner Mutter bin ich nicht blind für die Fehler meines Sohnes.«

»Ich hatte gehofft, an das Ehrgefühl von Lucian appellieren zu können.« Ernests Stimme wurde so leise, dass Christabel den Atem anhielt, um seine Worte verstehen zu können. »Ich bin mir sicher, er hat falsch gespielt.«

Christabel riss die Hand vor den Mund, weil ihr beinahe ein Laut der Überraschung entkommen wäre. Also doch – Ernest hatte sich im Spiel bei Lucian verschuldet. Es musste sich um eine immense Geldsumme handeln, wenn er dafür nach Ashburn Abbey reiste. Ein derart hoher Betrag, dass er ein Motiv für einen Mord böte. Vor Schreck drohte ihr Herz einen Schlag auszusetzen. Ihr Atem ging schneller und sie fühlte sich einer Ohnmacht nahe. Aber die Neugier war stärker. Sehr, sehr vorsichtig legte sie ihre Hand an das dunkle Holz der schweren Tür und schob sie ein winziges Stück auf, um nur kein Wort zu verpassen.

»Seien Sie versichert, dass ich Sie aus den Schulden entlassen werde.« Lord Willmingtons Stimme klang gepresst. »Wenn Sie mit diesem … Dilemma zu mir gekommen wären, hätte ich dafür gesorgt, dass alles seine Richtigkeit bekommt.«

Kann er nicht einfach sagen, wie hoch Ernests Schulden sind? Dieses Herumreden um den heißen Brei ist unerträglich.

Am liebsten wäre Christabel in den Raum gestürzt, hätte beide Männer an ihren gestärkten Krägen gepackt und geschüttelt. Das Bild zeichnete sich so deutlich vor ihrem inneren Auge ab, dass sie beinahe gekichert hätte.

Wahrscheinlich bin ich überspannt, weil ich mir Ernest als jemanden, der von Lucians Tod profitiert, nicht vorstellen will und kann. Aber kann ich es einfach ignorieren, dass er ein tragfähiges Motiv hat? Nein! Ernest hat selbst gesagt, er wollte die Schulden bezahlen. Damit kann ich ihn von der Liste der Verdächtigen streichen.

»Ich danke Ihnen.« Ernest stieß einen Seufzer aus. Christabel konnte nur ein Stück seines Rückens sehen, aber selbst daran ließ sich eine immense Anspannung ablesen. »Lucian wollte die Schulden meines Bruders öffentlich machen.«

Erneut seufzte er, während Christabel Erleichterung verspürte. Also hatte nicht ihr guter Freund gespielt, sondern sein jüngerer Bruder. Theophile war immer das schwarze Schaf der Familie Pemborough gewesen. Dunkel erinnerte sich Christabel an einen Skandal, der mit seinem Namen in Verbindung gebracht worden war. Falls Theophile wirklich seine Spielschulden nicht bezahlt hatte, hätte das für ihn die gesellschaftliche Ächtung bedeutet. Man verzieh einem Gentleman, wenn er über die Stränge schlug, aber niemals sollte er Ehrenschulden nicht einlösen.

Mitgefühl erfüllte sie. Der arme Ernest. Was für eine furchtbare Verantwortung er tragen musste. Geschlagen mit einem jüngeren Bruder, der den Ruf der Familie aufs Spiel setzte, obwohl es noch zwei unverheiratete Schwestern gab.

Sie konnte sich Lucian sehr gut vorstellen, wie er sich an Ernests Qualen weidete und ihm mitteilte, Theophiles Verfehlung offenzulegen. Wie sie es auch drehte und wendete, daraus ergab sich für ihren Freund durchaus ein starkes Motiv, Lucian ein für alle Mal zu beseitigen.

»Ich danke Ihnen.«

Christabel war so tief in ihren Gedanken versunken, dass sie dem Gespräch nicht weiter gelauscht hatte. Als Ernest nun mit großen Schritten auf die Tür zustrebte, raffte sie eilig ihre Röcke und lief davon, um nicht als Lauscherin enttarnt zu werden.

Kapitel 19

Maud machte sich etwas früher auf den Weg in die Dienstbotenhalle, wo sie der »Morning Tea« erwartete. Eigentlich war ihre Anwesenheit dort nicht vonnöten, denn vornehmlich ging es darum, die Tagesaufgaben für die Hausangestellten zu verteilen. Aber sie erhoffte sich, endlich allein mit Flossie oder Ivy sprechen zu können. Der Butler hatte gewiss Besseres zu tun, als Maud weiter zu beobachten und ihr aufzulauern. Doch sie hatte sich geirrt.

»Miss Gulliver, auf ein Wort.« Trowbridge stellte sich ihr in den Weg, als sie in die Halle eilen wollte, um endlich allein mit einem der Hausmädchen reden zu können.

»Können wir das verschieben? Ich habe noch etwas zu erledigen, bevor wir den Morgentee einnehmen.«

»Es wird nicht viel Zeit in Anspruch nehmen.« Der Butler hatte sich geschickt vor der Tür positioniert. Maud hätte ihn zur Seite schieben müssen, wollte sie an ihm vorbeikommen. »Sie werden mir zustimmen, dass der tragische Todesfall bereits für hinreichend Aufregung auf Ashburn Abbey sorgt.«

Wie er den Namen des Herrensitzes aussprach, konnte man annehmen, Trowbridge redete von einem heiligen Ort. Das war etwas, was Maud nicht nachvollziehen konnte: die vollkommene Identifikation von Dienstboten mit ihrer Herrschaft und dem Landsitz, auf dem sie lebten. Sie hatte mit Lady

Christabel schon in Häusern übernachtet, in denen der Butler sich herrschaftlicher gebärdete als der Lord und mit allen Mitteln bereit war, den guten Namen der Familie zu verteidigen. Der Familie, von der er im besten Fall eine kleine Rente zu erwarten hatte, sollte er nicht mehr arbeitsfähig sein.

»Überaus traurig. Mr Willmington war viel zu jung«, antwortete sie mit salbungsvoller Stimme. Hatte sie etwa übertrieben? Sie konnte Trowbridges Miene nicht lesen. »Was kann ich tun?«

Erneut roch sie den Muskatduft seines Haaröls, den sie viel zu übertrieben fand. Warum bemühte er sich so sehr, ein Gentleman zu sein? Kritisch musterte sie ihn, von den geölten Haaren über die perfekt gestärkte Hemdenbrust bis hin zu den schwarzen Schuhen, so blank gewienert, dass man sich gewiss darin spiegeln konnte. Doch vor allem seine Haltung sollte wohl den Eindruck vermitteln, es mit einem Hochwohlgeborenen zu tun zu haben. Trowbridge hielt sich sehr gerade, als hätte er einen Stock verschluckt. Ob es überhaupt etwas gab, über das der steife Geselle lachte?

»Es geht eher darum, was Sie bitte *nicht* mehr tun.« Der Butler trat einen Schritt auf sie zu, aber so leicht ließ Maud sich nicht ins Bockshorn jagen. Sie blieb einfach stehen. »Ihre Fragen verunsichern die unteren Dienstboten. Wie Sie wissen sollten, sind diese Mädchen nicht besonders stabil.«

Darum also ging es. Maud atmete tief ein und mahnte sich zur Gelassenheit. Mädchen – er sprach von erwachsenen Frauen, die von morgens um vier Uhr bis spät in die Nacht schufteten, und nannte sie »nicht stabil«. Innerlich zählte sie bis zehn, bevor sie ihm eine Antwort erteilte.

»Es tut mir sehr leid, wenn meine Anteilnahme missverstanden wurde.«

»Noch ist der Schaden nicht sehr groß, den Sie angerichtet haben.« Der Butler trat wieder einen Schritt zurück, was Maud als Sieg für sich verbuchte. »Aber belästigen Sie von nun an die unteren Dienstboten nicht mehr mit unnötigen Fragen.«

»Selbstverständlich.« Schnell ging Maud zwei Schritte auf ihn zu und kam ihm so nahe, dass Trowbridge nichts anderes übrig blieb, als zur Seite zu treten. »Aber es bleibt mir erlaubt, die Mädchen nach Tee für Lady Christabel zu bitten? Oder soll ich meiner Lady sagen, Sie wollen das nicht?«

Bevor er sich eine Antwort überlegen konnte, schlüpfte sie durch die Tür aus grünem Fries. Dann würde der Morning Tea heute eben ohne sie stattfinden. Nachdem sie die Dienstbotenräume und den blasierten Butler hinter sich gelassen hatte, überlegte Maud, was dieses Gespräch zu bedeuten hatte.

Wie Lady Christabel war auch Maud der festen Überzeugung gewesen, dass der Mörder Lucian Willmingtons Upstairs zu finden war. Ihre Aufgabe war es nur, fehlende Puzzlestückchen über die Herrschaft zusammenzutragen.

Inzwischen jedoch hatte Maud immer mehr Indizien entdeckt, die darauf hinwiesen, dass Downstairs auch einiges im Argen lag. Nachdem ihr Trowbridge jedoch jegliche Gespräche mit den Hausmädchen untersagt hatte, würde es schwerer werden, hinter Jean Mullens' Geheimnis zu kommen. Wie immer, wenn sie Ruhe zum Überlegen brauchte, steuerte Maud die Bibliothek an. Schon oft hatte sie die Erfahrung gemacht, dass ihre Gedanken im Hinterkopf kreisten, während sie las, und ihr unverhofft eine Lösung anboten.

Doch heute meinte es das Leben nicht gut mit ihr. Bevor sie sich in die Ruhe der Bibliothek zurückziehen konnte, trat ihr Mrs Stanhoop in den Weg. Auf den regelmäßigen Zügen der Hausdame zeichnete sich Ärger ab, was Maud mehr erschütterte als das hochnäsige Gehabe des Butlers. In der kurzen Zeit, die sie auf Ashburn Abbey weilte, hatte Maud Mrs Stanhoop schätzen gelernt.

Nachdem Maud erlebt hatte, wie die Hausdame die Hausmädchen und selbst die frechen Lakaien ans Arbeiten bekam, erkannte sie, wie viel Stahl sich hinter der zarten Fassade verbarg. Eunice Stanhoop war eine Frau, mit der man es sich besser nicht verscherzte. Daher lächelte Maud sie freundlich an.

»Wie können Sie es wagen?« Die Nasenflügel der Hausdame bebten vor Zorn. »Schämen Sie sich nicht?«

Normalerweise blieb Maud bei derartig allgemeinen Vorwürfen gelassen. Zu oft in ihrem Leben hatte man sie auf diese oder eine ähnliche Weise beschimpft, daher perlten Anschuldigungen an ihr ab wie Regen an einem Schirm. Heute allerdings fühlte sie sich schuldig und war kurz davor, eine Entschuldigung auszusprechen. *Dabei weiß ich nicht einmal, wessen sie mich beschuldigt.*

Nachdem sie diesen Gedanken gefasst hatte, reckte sie sich, um der Hausdame standzuhalten.

»Bevor Sie mich weiter mit Vorwürfen überschütten, sollten Sie mir sagen, wessen Sie mich anklagen.« Wie immer, wenn man sie angriff, flüchtete Maud sich in eine hochgestochene Sprache, die sie in ihrer Zeit mit Patrick gelernt und als Zofe von Lady Christabel verfeinert hatte. »Dann könnte ich mich dazu äußern, ob ich mich schäme oder nicht.«

Ihre Worte, ausgesprochen mit einer servilen Höflichkeit, verschlugen Mrs Stanhoop für einen Moment die Sprache. Die Hausdame verengte die Augen und stemmte die Hände in die Hüften.

»Sie rennen hier herum und rühren an alten Wunden, ohne sich zu überlegen, wem Sie Schmerzen zufügen.«

»Ich habe nur erfahren wollen, was aus Jean Mullens geworden ist.« Maud hielt dem kritischen Blick stand. »Da mir niemand etwas gesagt hat, musste ich weiter fragen.«

»So, Sie *mussten* die traurige Geschichte wieder aufrühren.«

»Sagen Sie mir einfach, was geschehen ist. Dann frage ich nicht mehr.«

»Doras Tochter hat sich umgebracht. Mit Rattengift aus unserer Küche.« Die Hausdame rang sichtlich um Fassung. »Sie war Hausmädchen. Unter meiner Aufsicht. Ich … ich hätte es verhindern müssen.«

Maud fühlte sich, als hätte Mrs Stanhoop ihr einen heftigen Tritt in den Bauch versetzt. Ihr wurde flau und sie wünschte sich, weniger forsch gefragt zu haben. Sie selbst kannte die Last von Schuldgefühlen mehr als genug und konnte nachvollziehen, wie die Hausdame sich fühlte.

»Es tut mir leid. Das wusste ich nicht.«

»Es ist nichts, über das man mit fremden Dienstboten redet. So eine tragische Geschichte betrifft nur uns.«

»Warum … warum hat das arme Mädchen diesen Weg gewählt?« Auch wenn der Schreck sie noch in seinen Fängen hielt, blieb Mauds Neugier wach. »Was ist Furchtbares geschehen?«

»Das geht nur die Familie und Jean etwas an.«

Mit diesen Worten, ausgesprochen in einem so eisigen

Tonfall, dass es Maud fröstelte, ließ die Hausdame sie stehen, als wäre sie ein Lakai. Maud blickte ihr nach, wie sie mit hochgerecktem Haupt und gespannten Schultern den dunklen Flur entlangging. Obwohl Mrs Stanhoop sich sehr gerade hielt, wirkte es dennoch, als drückte etwas sie nieder.

Oder ich bilde mir das ein, weil sie sich die Schuld am Tod von Jean Mullens gibt. Hat sie deshalb die arme Dora Mullens hier eingestellt?

»Du siehst aus, als hätte man dir deine Bücher gestohlen«, spottete Lady Christabel, nachdem Maud zu ihr ins Zimmer getreten war. Nach einem Blick in Mauds Gesicht erbleichte sie: »Oh nein, was ist geschehen?«

»Ich weiß, was mit Jean Mullens geschehen ist. Sie hat sich mit Rattengift umgebracht.«

»Das arme Ding. Was für ein entsetzlicher Tod.« Auch Lady Christabel verschlug es für einen Moment die Sprache, ebenso wie Maud, als sie davon erfahren hatte. »Warum hat sie sich getötet?«

»Die Hausdame hat mir davon erzählt und mir sehr deutlich nahegelegt, nicht weiter danach zu fragen.«

Lady Christabel öffnete den Kleiderschrank und sah hinein.

»Soll ich heute Nachmittag das blaue Kleid anziehen oder wirkt das zu fröhlich?«

»Vielleicht lieber das graue«, antwortete Maud, nachdem sie sich von dem überraschenden Themenwechsel erholt hatte. »Es ist elegant, aber gleichzeitig seriös genug.«

»Vielleicht sollten wir aufhören, Menschen mit unseren Fragen aufzustacheln.« Noch immer hielt Lady Christabel ihr den Rücken zugewandt. »Belassen wir es dabei, dass Lucians Tod ein Unfall war.«

Maud schwieg, denn sie benötigte ein wenig Zeit, sich mit dieser neuen Sichtweise Lady Christabels anzufreunden. Sicher, ihre Ladyschaft war immer schon sprunghaft gewesen, aber ihr Herz hatte an den Ermittlungen gehangen. Jedenfalls war das Mauds Eindruck gewesen.

»Wenn es Ihr Wunsch ist, Mylady.«

»Ach, Maud, du kennst mich zu gut. Wenn du versucht hättest, mich zu überzeugen, wäre meine Meinung nur fester geworden.« Lady Christabel lächelte ein wenig schief. »Nun denke ich wieder darüber nach, ob wir nicht weiter nachforschen sollten.«

»Haben Sie etwas beim Frühstück herausgefunden?« Nur nicht zu forsch fragen, sonst geriete Lady Christabel gewiss wieder ins Zweifeln. »Könnte Lady Georgina Willmington ihren Schwager getötet haben?«

»Bei unserem ersten Abendessen war ich mir sicher, sie hat ihn gehasst«, sagte Lady Christabel halblaut. »Doch jetzt denke ich, sie hat ihn sehr geliebt. Nein, sie liebt ihn immer noch.«

»Was gewiss ein Motiv ist.«

»Maud!« Überraschend drehte sich Lady Christabel ihr zu, einen hellgrauen Seidenschal in den verkrampften Händen. »Maud, denkst du, dass ich Ernest Pemborough verdächtigen muss?«

»Hätte er überhaupt ein Motiv?« Kaum hatte sie ausgesprochen, wusste Maud, warum ihre Ladyschaft überaus nervös wirkte. Lady Christabel hatte etwas herausgefunden, was ihr auf der Seele lag. »Was haben Sie erfahren?«

»Theophile, Ernests Bruder, hat Spielschulden bei Lucian.« Lady Christabel sprang auf und ging im Zimmer auf und ab. Mit so viel Verve, dass Maud fürchtete, sie würde Riefen in den Teppich laufen. »Er wollte das öffentlich machen.«

»Deshalb ist Lord Pemborough hier«, dachte Maud laut nach. »Das wäre ein furchtbarer Skandal, aber ein Motiv für einen Mord, ich weiß nicht.«

»Ich will es nicht glauben.« In Lady Christabels graublauen Augen schimmerten Tränen. »Aber darf ich ihn von der Liste der Verdächtigen streichen, nur weil er mein Freund ist?«

Kapitel 20

Nun war es wieder Zeit für den Tee. Manchmal kam es Christabel vor, als drehte sich das Leben einer Lady nur um die Mahlzeiten und das An- und Auskleiden dafür. Obwohl sie weder Hunger noch den Wunsch nach Gesellschaft verspürte, machte sie sich auf den Weg zum Salon. Denn es galt, weitere Geheimnisse von Ashburn Abbey aufzudecken.

Christabel war so sehr in ihren Gedanken versunken, die um Ernest und Georgina kreisten, dass sie Dunstan Willmington erst bemerkte, nachdem er sich drohend vor ihr aufgebaut hatte. Der Ausdruck auf seinem eher langweiligen Gesicht war so düster, dass Christabel einen Schritt zurückwich.

»Auf ein Wort, bitte.« Sein elegantes Äußeres passte überhaupt nicht zu dem knurrenden Tonfall, mit dem er die Worte hervorgestoßen hatte. In dem maßgeschneiderten Anzug wirkte Dunstan Willmington zwar immer noch wie ein Langweiler, aber wie einer mit ausnehmend exquisitem Geschmack.

»Selbstverständlich, Lord Willmington.«

Er öffnete die Tür zur Bibliothek und bedeutete ihr mit einer Handbewegung, dass sie dort hineingehen sollte. Selbst in diesem Raum waren die Vorhänge zugezogen, das Dämmerlicht der Gaslampen warf Schatten und Muster auf die Regale und Nischen in den Fenstern. Obwohl sich Christabel nicht leicht ins Bockshorn jagen ließ, stellten sich ihre Nackenhaare auf.

Ich muss mich beruhigen. Auf keinen Fall ist Dunstan Willmington jemand, der mich im Affekt schlagen würde. Er ist eher ein kühl kalkulierender Mensch. Moment, das macht ihn zum perfekten Giftmörder.

Sie wartete, bis er nach ihr in die Bibliothek getreten war, um sich dann an der Tür zu positionieren. Falls Lord Willmington sich zu etwas hinreißen lassen würde, wollte sie möglichst nahe am Fluchtweg sein. Doch als hätte er ihre Gedanken gelesen, deutete Dunstan Willmington auf die Sitzgruppe, bestehend aus dem bunten Sofa und zwei bequem aussehenden Sesseln. Trotz ihrer Nervosität konnte Christabel nicht umhin, die Schönheit des Raumes zu bewundern. Hohe Fenster mit Buntglas rahmten den Raum ein und würden das Licht wunderbar filtern, wären die Vorhänge nicht zugezogen. Dunkle Holzkassetten bedeckten die Wände. Unter dem Fenster zog sich eine lange, mit Lederpolstern bedeckte Bank hin, ein wunderbarer Ort, um zu lesen. Allerdings wunderte sich Christabel, warum die kostbaren Bücher in einem Zimmer gelagert wurden, in dem sie den Strahlen der Sonne ausgesetzt waren.

Auf den zweiten Blick fand sie eine Erklärung: Es befanden sich nur wenige Regale in der Bibliothek. Sie waren in die freien Ecken zwischen die Fenster gequetscht, als würden sie stören und wären nicht das eigentlich Wichtigste in diesem Raum.

Die in Leder gebundenen Bücher wirkten auf Christabel eher, als sollten sie Besucher beeindrucken, als dass sie wirklich die Lesevorlieben der Familie widerspiegelten.

Immerhin gab es hier Trittleitern, ein Zeichen dafür, dass jemand in dieser Bibliothek nach Büchern suchte.

»Lady Christabel?« Ungeduld klang aus Dunstan Willmingtons Tonfall. »Bitte nehmen Sie Platz.«

»Ich stehe lieber. Uns bleibt ohnehin nicht viel Zeit bis zum Tee.«

»Setzen Sie sich!«

Auch wenn es ihr aus tiefstem Herzen widerstrebte, einem derart barschen Befehl Folge zu leisten, schlenderte Christabel betont langsam zu einem Sessel. Dort setzte sie sich auf die Kante, bereit, im Notfall aufzuspringen.

»Lady Christabel.« Dunstan Willmingtons ohnehin verkniffen wirkende Miene sah aus, als hätte er in eine Zitrone gebissen. »Was fällt Ihnen ein, Georgina dermaßen aufzuregen?«

Innerlich fluchte Christabel, weil sie sich nicht besser auf so ein Gespräch vorbereitet hatte. Natürlich musste es Konsequenzen nach sich ziehen, wenn man Menschen nach ihnen unangenehmen Geschehnissen fragte. Allerdings kam unerwartet, dass Georgina Willmington zu ihrem Ehemann gelaufen war, um Christabel in die Schranken weisen zu lassen. Bisher hatte es nicht den Anschein gehabt, als basierte diese Ehe auf Liebe und Vertrauen.

Ich sollte endlich lernen, nicht nur auf den äußeren Anschein zu schauen, sondern tiefer zu blicken. Sonst scheitere ich als Detektivin bereits bei meinem ersten Fall.

»Was haben Sie dazu zu sagen?« Nun klang Dunstan Willmingtons Stimme, als redete er sich in Rage. Es gefiel ihm wohl nicht, dass sie nicht klein beigab und ihn mit Entschuldigungen überschüttete. »Warum belästigen Sie meine Gemahlin in dieser schweren Zeit?«

Christabel musste eine Entscheidung treffen: Sollte sie zurückweichen und nachgeben oder sich ihm stellen und kämpfen? Sekundenschnell spielte sie die Möglichkeiten im Kopf durch.

»Ihnen scheint das Schicksal Ihres Bruders nicht wichtig zu sein«, zischte sie ihn an. »Sonst würden *Sie* die Fragen stellen, mit denen ich mich plage.«

»Lucian hat einen dummen Fehler gemacht.« Es fiel ihm sichtlich schwer, über diese peinliche Situation zu reden. »Einen tragischen Fehler. Wir als seine Familie möchten nicht mehr als nötig darüber sprechen.«

Nun stieß Dunstan Willmington einen Seufzer aus. Der Zorn wich einem Ausdruck von Traurigkeit, gemischt mit Scham. Obwohl sie ihn nicht mochte, konnte Christabel sehr gut verstehen, wie er sich fühlte. Selbst wenn man in der guten Gesellschaft niemals offen über die Begleitumstände des Trauerfalls sprechen würde, würde es hinreichend Gerüchte und Tratsch geben. So eine süffige Geschichte konnte man sich nicht entgehen lassen. Kein Wunder, dass Dunstan verärgert war. Allerdings sollte er seinen Zorn besser auf die Person richten, die seinen Bruder vergiftet hatte und es als peinliche Überdosis aussehen ließ. Oh, dafür musste er allerdings erst einmal erfahren, welche Beweise für eine absichtlich herbeigeführte Vergiftung sprachen.

»Ich habe begründeten Anlass anzunehmen, dass Lucians Tod kein Unfall war.«

»Wie bitte? Was wollen Sie damit sagen?«

»Spanische Fliege …« Als sie den Namen des Aphrodisiakums aussprach, zuckte er zusammen. »Eine Überdosis des Mittels tötet langsam. Es kann bis zu 24 Stunden dauern, bis die tödliche Wirkung eintritt.«

»Sie kennen sich erstaunlich gut damit aus«, zischte er. »Entschuldigung, das war unangemessen.« Erneut seufzte Dunstan Willmington. In seinem Blick lag so viel Elend, dass Christabel ihm am liebsten versichert hätte, alles werde gut. Doch das wäre eine Lüge. Nach einem Mord würde gewiss nichts mehr so sein wie vorher.

»Wollen Sie darüber wirklich mit mir über dieses Mittel sprechen?« Er fuhr sich mit der Hand durchs Haar. Zu ihrer Überraschung stellte Christabel fest, wie attraktiv er wirkte, wenn er Gefühle zeigte und sich nicht hinter der Maske eines unnahbaren Landedelmanns verbarg. »Wir wissen nicht, wann und wie viel er von dem Zeug geschluckt hat. Außerdem sollte Ihnen bewusst sein, welche Schlussfolgerungen Ihre Idee hat, es wäre kein tragischer Unfall gewesen.«

»Dann wäre es Mord.« Da er ohnehin wusste, was sie sagen wollte, sah Christabel keinen Sinn darin, um den heißen Brei herumzureden. »Jemand von uns hat Ihren Bruder ermordet.«

»Woher wollen Sie wissen, dass nicht ich es war?« Ein bitteres Lächeln umspielte seine schmalen Lippen. »Ich hatte Grund genug, meinen Bruder zu hassen.«

Dieses unvermutete Eingeständnis raubte ihr den Atem. Obwohl es deutlich gewesen war, wie wenig Gemeinsamkeiten die Brüder besaßen, war es ihr nicht in den Sinn gekommen, Dunstan Willmington für schuldig zu halten. Es fiel ihr schwer, einen Familienangehörigen des Mordes zu verdächtigen, obwohl es in den Romanen oft ein naher Verwandter war, der aus Gier, Neid oder Zorn zum Mörder wurde. Christabel musste es sich eingestehen, wie voreingenommen sie bisher an die Nachforschungen herangegangen war. Sie musste nur an den

Schrecken denken, als ihr in den Sinn gekommen war, auch der gute alte Ernest könnte ein Motiv haben.

Ich muss meine Detektivromane noch einmal lesen und stärker darauf achten, wie die Verdächtigen gefunden werden. Und vor allem, wie sie als Täter ausgeschlossen werden. Bisher stochere ich im Nebel.

»Neugierig, wie Sie sind«, fuhr Dunstan fort, »haben Sie gewiss herausgefunden, dass meine Ehefrau eine Liebschaft mit Lucian hatte.«

Christabel nickte.

»Georgina hat sich erhofft, er würde sie heiraten.« Seine Augen verengten sich. »Stattdessen hat er sie fallen lassen, nachdem sie sich ihm hingegeben hat.«

Wieder nickte Christabel nur und hoffte, dass ihr Gesichtsausdruck sie nicht verriet. Das war schlimmer, als sie vermutet hatte. Sie war naiv davon ausgegangen, dass es zwischen den beiden romantische Briefe und verstohlene Küsse gegeben hatte.

Niemals hätte sie gedacht, dass Lucian die junge Frau entehrt hatte. Je mehr sie über den Toten erfuhr, desto mehr verwunderte es sie, dass er nicht schon früher ermordet worden war.

Nun stellte sich allerdings eine weitaus spannendere Frage: Was hatte Dunstan Willmington dazu getrieben, die abgelegte Geliebte seines jüngeren Bruders zu heiraten? Falsches Ehrgefühl, vielleicht. Aber durfte sie diese Frage stellen, ohne ihn zu verärgern?

»Ich habe Georgina geliebt. Voller Stolz, dass diese wunderbare Frau mich ebenfalls liebt, habe ich sie mit nach Ashburn

Abbey gebracht.« Dunstan ballte die Hände zu Fäusten. Man konnte nur ahnen, was für tiefe Hassgefühle sich hinter der kühlen Fassade verbargen. »Lucian wollte schon als Kind immer das haben, was mir gehörte.«

Nein, das konnte nicht sein. So tief würde selbst jemand wie Lucian nicht sinken, oder?

»Wollen Sie andeuten, er hat Ihnen Georgina nur ausgespannt, um Sie zu ärgern?«

»Schlimm, nicht?« Erneut strich er sich durchs Haar. »Man soll nicht schlecht über Tote reden. Aber mein Bruder war so ein Mensch. Er kannte nur wenige Skrupel.«

Schweigen folgte seinen Worten. In der Stille musterte er Christabel, als erwartete er von ihr etwas Kluges als Antwort. Dummerweise wollte ihr nichts einfallen. Zu überraschend und erschreckend war dieser Einblick in das Leben der Familie. Wie sollte sie Lady Honora Willmington und Lord Percy Willmington je wieder unbefangen gegenübertreten können, nachdem sie so etwas erfahren hatte.

»Sie hätten ein Motiv. Gewiss«, überlegte sie laut. »Aber warum hätten Sie bis jetzt warten sollen, bevor Sie Ihren Bruder töten?«

Zu ihrer Überraschung lachte Dunstan Willmington laut auf. Es klang wirklich amüsiert, nicht bitter.

»Ich muss mich bei Ihnen entschuldigen«, sagte er. »Ich hielt Sie für neugierig und unverfroren, aber nun muss ich anerkennen, dass Sie klüger sind, als Sie aussehen.«

»Danke für dieses zweifelhafte Kompliment.«

»Wie sicher sind Sie, dass Lucian ermordet wurde?« Schlagartig wurde er wieder ernst. »Sollten wir Scotland Yard hinzuziehen? Denn unser Dorfpolizist erstarrt jedes Mal vor Ehrfurcht, sobald mein Vater das Wort an ihn richtet.«

»Ich weiß es nicht«, musste Christabel eingestehen. »Sicher bin ich mir, was die Spanische Fliege angeht, aber ob wir Scotland Yard holen sollten …«

Sie wechselten einen Blick voller Verständnis, wussten sie doch beide, was für einen Skandal polizeiliche Ermittlungen nach sich ziehen würden.

»Nun gut. Ich werde Ihnen und Ihren Untersuchungen«, sein Blick zeigte deutlich, wie wenig er davon hielt, »auf jede erdenkliche Weise behilflich sein. Sagen Sie, was Sie brauchen. Ich werde es Ihnen zur Verfügung stellen.«

»Lassen Sie uns weiter unauffällig nachforschen. Ich möchte kein Porzellan zerschlagen und Ihre Familie nicht unglücklich machen.«

»Unglücklicher als bisher.« Erneut war sein Lachen von Bitterkeit begleitet. »Das ist kaum möglich.«

»Es tut mir leid.«

»Sie haben nichts getan, außer herauszufinden, was wir seit Jahren unter die Teppiche kehren.« Nun glitt ein schmales Lächeln über sein Gesicht. »Um Sie zu beruhigen, habe ich ein Alibi für die Nacht, in der mein Bruder starb.«

Bevor Christabel ihm sagen konnte, dass Gifte langfristig wirkten und daher die Nacht nicht unbedingt der Zeitpunkt gewesen sein musste, in dem man Lucian ermordet hatte, sagte er etwas, was sie vollkommen überraschte.

Kapitel 21

Nach dem Tee hatte Lady Christabel nach Maud geklingelt, angeblich, um sich für das Abendessen umzuziehen, obwohl es dafür viel zu früh war. Ihre Ladyschaft hätte Briefe schreiben oder im Garten promenieren sollen, anstatt sich jetzt schon das elegante Abendkleid anzuziehen. Also bot sich nur eine logische Schlussfolgerung an.

»Was haben Sie herausgefunden?«, fragte Maud, nachdem sie sich vergewissert hatte, dass niemand neugierig vor der Tür lauschte. »Ich kann Ihnen ansehen, dass es etwas Wichtiges ist.«

Sie kannte Lady Christabel gut genug, um zu wissen, dass diese ihr eine bedeutsame Neuigkeit mitzuteilen hatte. Wie immer tänzelte ihre Herrschaft herum, als wäre sie ein kleines Kind und keine wohlerzogene junge Dame.

»Lord Dunstan Willmington ist auf unserer Seite«, flüsterte Lady Christabel, als könnten neugierige Ohren der Dienerschaft sie selbst hier hören. »Er unterstützt unsere Nachforschungen.«

Na, das war ja ein Ding. Wie kam es, dass ihre Ermittlungen Upstairs gewürdigt wurden, während man ihr Downstairs Knüppel zwischen die Beine warf? Sollte sie das als Indiz nehmen, dass die Dienstboten auf Ashburn Abbey mehr zu verbergen hatten als die Herrschaft?

Das wollte Maud nicht glauben. Man musste nur daran

denken, was für Schandtaten der junge Lord verübt hatte. Liebschaften, Falschspiel und Affären mit den Dienstboten. Inzwischen fragte Maud sich, ob Letztere wohl immer freiwillig gewesen waren.

»Sind Sie denn sicher, dass Lord Willmington nicht der Täter ist?«, fragte Maud, während sie ihrer Herrschaft half, das Nachmittagskleid auszuziehen. »Von brüderlicher Liebe schien zwischen ihnen nichts zu spüren zu sein.«

Sie trat zur Seite, damit Lady Christabel sich vor den Spiegel setzen konnte. Vorsichtig löste sie deren Haarnadeln, bevor sie mit einer weichen Bürste die hellbraunen Locken glattstrich.

»Dunstan hat seinen Bruder gewiss gehasst.« Lady Christabels Augen funkelten vor Aufregung. »Lucian hat ihm Georgina ausgespannt, mit ihr das Bett geteilt und sie dann fallen gelassen.«

»Das ist ja ein Ding! Meine Güte, das klingt wie aus einem der Heftchenromane, die Hausmädchen so gern lesen.« Maud überlegte einen Moment. »Erstaunlich, dass Lord Willmington die Lady wieder zurückgenommen und sogar geheiratet hat.«

Wenn das kein Motiv ist, dann weiß ich es nicht. Warum kann Lady Christabel es nicht erkennen? Weil es ihre Leute sind, die zusammenhalten. Nein, ich bin ungerecht. Lady Christabel ist nicht so.

»Er hat sie geliebt.« Ihre Ladyschaft überlegte einen Moment und Traurigkeit verdunkelte ihr Gesicht. »Inzwischen liebt er sie wohl nicht mehr. Es ist sicher nicht einfach, so einen Verrat zu verzeihen.«

»Er hätte sie nicht heiraten müssen. Für mich klingt er nach dem Hauptverdächtigen.«

»Und …«, Lady Christabel zog die Nase kraus, »Dunstan Willmington hat ein Alibi für die Nacht, in der sein Bruder starb.«

»Mr Willmington muss das Gift nicht in dieser Nacht erhalten haben.«

»Sei keine Spielverderberin, Maud, sondern frage mich, was das für ein Alibi ist.«

Lady Christabels Augen glänzten, also musste sie auf einen wirklich saftigen Skandal gestoßen sein. Einen Augenblick lang fühlte Maud sich versucht, ihre Herrschaft noch etwas zappeln zu lassen, aber die Neugierde war stärker. Obwohl es nicht allzu viele Möglichkeiten gab, wie er sich die Zeit vertrieben haben konnte.

»Lord Willmington war im Dorf, im warmen Bett einer Schankmagd.«

»Nicht schlecht.« Nun zog Lady Christabel eine Schnute, weil Maud ihr anscheinend die Überraschung verdorben hatte. Dann jedoch erhellte sich ihre Miene wieder. »Aber es war nicht im Dorf und es war keine Schankmagd.«

»Er wird wohl nicht bei Ihnen gewesen sein.« Maud zwinkerte ihr zu. »Also hat er sich die Zeit mit einem der Dienstmädchen vertrieben.«

Lord Willmington in heißer Umarmung mit Flossie – nein, das konnte Maud sich nicht vorstellen. Dann schon eher mit Ivy, auch wenn die viel zu damenhaft für ein Techtelmechtel wirkte. Oder – und der Gedanke – kam Maud nahezu absurd vor, es gab eine Liebe zwischen dem Herrn des Hauses und der Hausdame. Gewiss verbarg sich hinter Mrs Stanhoops kühler Fassade eine leidenschaftliche Frau. Aber auch eine Frau, die bereit war, für eine Nacht voll Leidenschaft alles zu riskieren?

Während Maud das noch überlegte, platzte Lady Christabel mit ihrem Wissen heraus: »Beryl Banfour. Dunstan Willmington hat eine Affäre mit der Freundin seiner Schwester.«

»Nicht wahr!« Maud fehlten beinahe die Worte. »Haben Sie nicht gesagt, dass Lady Banfour in den jungen Mr Willmington verliebt war?«

»Anscheinend hat sie sich schnell getröstet.« Lady Christabel verzog das Gesicht. »Und mir hat das arme Ding noch leidgetan, weil Lucian sie keines Blicks würdigte.«

»So bleibt es in der Familie«, konnte Maud sich nicht enthalten. »Es wird schon niemand bemerken.«

»Sie muss verrückt sein«, platzte Lady Christabel heraus. »Wie konnte sich die junge Frau nur auf eine leidenschaftliche Nacht mit Dunstan Willmington einlassen? Sollte nur ein winziges Gerücht darüber in London aufscheinen, wäre Beryls Ruf und damit die Aussicht auf eine Heirat für immer ruiniert.«

Was ihre Ladyschaft nicht aussprach, aber was Maud ihr an der Nasenspitze ablesen konnte, war, dass Lady Christabel nicht nachvollziehen konnte, warum Beryl ausgerechnet einen Dunstan Willmington gewählt hatte.

»Vielleicht wollte sie Mr Willmington eifersüchtig machen.«

»Aber so dumm zu sein.« Lady Christabel schüttelte den Kopf. »Mit dieser jungen Frau wird es kein gutes Ende nehmen, sofern sie nicht lernt, bis zur Hochzeit ihre Rolle zu spielen.«

Mehr musste sie nicht sagen. Maud kannte die Gepflogenheiten Upstairs gut genug. Ledige Damen mussten sich strikt an alle Regeln und Konventionen halten, um ihren guten Ruf zu wahren. Verheiratete Frauen durften sich Liebschaften leisten, sofern sie es unauffällig taten.

»Also können wir Lord Willmington und Lady Banfour als Verdächtige ausschließen?« Maud nahm ein Kleid aus dem Schrank und strich sorgfältig den Stoff glatt. Die blaue Seide fühlte sich kühl unter ihren Fingern an. »Es bleiben noch Lady Georgina Willmington und Lord Ernest Pemborough.«

Als sie seinen Namen aussprach, zuckte Lady Christabel zusammen. Ihr gefiel es sichtlich nicht, einen alten Freund der Familie des Mordes zu verdächtigen.

»Wen verdächtigt Lord Willmington?«

»Das hat er mir nicht gesagt.« Lady Christabel zuckte mit den Schultern. »Wenn er nicht ein begnadeter Lügner ist, hat er wirklich geglaubt, Lucian hätte zu viel Spanische Fliege zu sich genommen.«

»Halten Sie Lady Georgina für die Täterin?«

»Ich an Ihrer Stelle hätte Lucian umgebracht.« Lady Christabel verzog das Gesicht. »Aber Dunstan und sie sind seit einem Jahr verheiratet. Warum sollte sie Lucian erst jetzt töten?«

»Vielleicht hat er etwas gesagt oder getan, was ihre Wut angestachelt hat«, überlegte Maud laut. »War es das erste Mal, dass Lady Violet zu Besuch kam?«

»Hmmm.« Lady Christabel suchte nach einer Spange, mit der sie ihr Haar schmücken wollte. »Wenn ich mich richtig erinnere, ist es ihr dritter Besuch.«

»Wie schade. Sonst hätte es ein wunderbares Motiv abgegeben.« Maud reichte Lady Christabel die Spange, die direkt vor ihr gelegen hatte. »In Ihren heiß geliebten Romanen erscheint es mir nie so schwer, die Schuldigen auszumachen.«

»Vielleicht übersehen wir etwas, das augenfällig ist.« Lady Christabel runzelte die Stirn, eine weitere Angewohnheit, die ihre Mutter vergeblich versucht hatte, ihr auszutreiben. »Maud, gib mir bitte mein Buch.«

Maud wusste sofort, wovon sie sprach und wo das Journal zu finden war. Während die meisten Ladys aus Langeweile ein Tagebuch führten, oder weil es sich gehörte, ebenso wie sie malten und ritten, nutzte Lady Christabel ihr Buch für Ideen, Skizzen und alles, was ihr wichtig war. Was wollte sie wohl jetzt hineinschreiben?

»Schau, ich habe eine Liste aller Anwesenden erstellt und versucht, deren Motive zu ermitteln.« Lady Christabel schlug die Seite auf, die durch ein Lesezeichen markiert war. »Leider bin ich nicht sehr weit gekommen.«

Maud las die spärlichen Notizen, während ihre Ladyschaft den Füllfederhalter nahm, um sie zu überarbeiten.

»Über Lord Percy und Lady Honora habe ich nicht mehr herausfinden können. Ich denke, wir können sie ausschließen.«

»Gab es nicht einen Roman, in dem eine Mutter die Eskapaden ihres Sohnes nicht mehr ertrug und ihn tötete?« Maud konzentrierte sich, aber sie kam nicht auf den Titel der Geschichte.

»Gut, dann lasse ich sie weiterhin auf der Liste der Verdächtigen, aber Lady Honora kann ich mir einfach nicht als eiskalte Mörderin vorstellen.«

»Wollen Sie Dunstan und Georgina wirklich streichen?« Maud runzelte die Stirn. »Abgewiesene Liebe ist ein starker Antrieb.«

Lady Christabel zog die Nase kraus, aber sie strich nur Dunstan Willmingtons Namen durch und ergänzte ihre Beobachtungen zu dessen Ehefrau.

Georgina Willmington, hat Lucian böse Blicke zugeworfen, aber ihn auch voller Sehnsucht angeschaut, erhoffte sich die Ehe mit ihm.

»Ernest hätte ich gar nicht erst aufnehmen sollen.« Lady Christabel setzte die Feder an, um den Namen auszustreichen, aber Maud berührte sie am Arm. »Ich weiß, dass Sie Lord Pemborough lange kennen, aber kennen Sie ihn so gut? Ehrenschulden sind für einen Gentleman ein starker Antrieb.«

Christabel ließ den Füllfederhalter sinken. Auf ihren ebenmäßigen Zügen zeichnete sich Traurigkeit ab. Sie seufzte und schüttelte dann den Kopf.

»Maud, ich möchte mir nicht vorstellen, dass ein guter Freund zu einem Mord fähig ist, aber ich fürchte, ich muss dir recht geben.« Sie seufzte erneut. »Aber wie soll ich ihm je wieder unbefangen begegnen, wenn ich ihn eines solchen Verbrechens für fähig halte?«

»Ein Mord ändert alles.« Maud hob die Hände. »Vielleicht sollten wir die Untersuchungen doch besser Scotland Yard überlassen. Dem Dorfpolizisten traue ich nicht zu, dass er erfolgreich sein könnte.«

»Aber Ernest war bereit, die Schulden zu zahlen. Außerdem spielte Lucian Willmington falsch.«

»Sie wissen besser als ich, dass Mr Willmington Lord Pemborough in der Hand gehabt hat.« Maud hatte mehr als einmal erlebt, wie schnell Menschen mit unbezahlten Spielschulden aus der guten Gesellschaft verstoßen wurden. »Sein Bruder hat nicht gezahlt.«

»Ich weiß.« Lady Christabel hob die Hand, um jedes weitere Wort zu ersticken. »Ich habe Lord Willmington versprochen, dass wir unsere Ermittlungen weiterführen. Wenigstens bis zur Beisetzung.«

Lady Christabel und ihre übereilten Entscheidungen, dachte Maud und unterdrückte einen Seufzer. *Ein Gutes hat die Sache. Sie wirkt viel lebendiger als in den vergangenen Wochen. Auch wenn es nicht ungefährlich ist, scheinen die Ermittlungen der einzige Weg zu sein, sie aus ihrer Trauer um Mr Fleeth zu befreien.*

»Was ist mit Miss Keat?«

»Die arme Violet leidet unter Lucians Tod und weint ununterbrochen.«

»Das könnte auch dem schlechten Gewissen geschuldet sein, weil sie ihn vergiftet hat.« Maud dachte intensiv nach. »Wenn wir zu viele Motive finden, suchen wir eben nach dem Mittel, um unsere Verdächtigen einzugrenzen. Wer hat Zugang zu Gift?«

»Dafür müssten wir wissen, was für ein Gift es war.« Lady Christabel verdrehte die Augen. »Ich habe das Glas nach London geschickt, aber noch nichts von Onkel Godfrey gehört.«

So schnell wollte Maud nicht aufgeben, denn sie konnte nicht akzeptieren, dass Lady Christabel und sie bereits nach so kurzer Zeit in einer Sackgasse gelandet waren. Für irgendetwas mussten die vielen Stunden, die sie gemeinsam mit Detektivgeschichten verbracht hatten, doch gut sein.

»Selbst wenn wir das Gift nicht exakt kennen, ist es bestimmt nicht leicht, an etwas Tödliches zu gelangen.«

»Das stimmt!« Lady Christabel klatschte in die Hände. »Maud, du bist großartig.«

»Ich weiß.« Maud lächelte. »Rattengift gibt es im Haus nicht mehr, seitdem Jean Mullens sich umgebracht hat.«

»Das wäre auch zu einfach gewesen.« Lady Christabel erhob sich und ging zum Bett, wo das Kleid für das heutige Abendessen lag. Maud half ihr beim Ankleiden. »Kennst du dich mit Giftpflanzen aus?«

Kapitel 22

»Auf ein Wort!« Als Christabel aus ihrer Zimmertür trat, erwartete Unity Willmington sie bereits. Ihr Tonfall klang beherrscht, aber Christabel spürte den Zorn, den sie ausstrahlte wie Hitze aus einem Kaminfeuer.

»Lassen Sie uns beim Essen reden.« Christabel war nicht bereit, sich auf dem Flur mit ihr zu streiten, in Sicht- und Hörweite der neugierigen Dienstboten.

»Es ist besser, wenn wir allein sind.« Unity Willmington packte Christabels Oberarm. So fest, dass sie zusammenzuckte. »Folgen Sie mir.«

»Ich habe wohl keine Wahl.« Mit einer geschickten Drehung befreite Christabel ihren Arm und folgte Unity Willmington zur Bibliothek.

Was hat es nur mit diesem Raum auf sich, dass hier alle schwierigen Unterhaltungen stattfinden? Ich sollte den Willmingtons vorschlagen, ein Sprechzimmer einzurichten.

Beinahe hätte sie bei dem Gedanken gekichert. Christabel wusste nur zu gut, dass ihre Nervosität sie solchen Unsinn denken ließ. Schließlich stand Lucians Schwester noch auf der Liste der Verdächtigen. Eine geplatzte Verlobung war gewisslich ein Anlass für Zorn und Hass, aber auch für den Wunsch, jemanden zu töten?

Mit einem Knall schloss Unity Willmington die Tür zur Bibliothek, was Christabel aus ihren Überlegungen zog.

»Sie fragen also alle Gäste aus, was sie zum Zeitpunkt von Lucians Tod getan haben.« Unity Willmington sah Christabel aus kühlen Augen an. »Warum haben Sie mich bisher nicht ausgehorcht?«

Bevor Christabel sich eine Antwort überlegen konnte, sprach die junge Frau weiter.

»Oder meinen Sie, ich hätte meinen geliebten Bruder niemals umbringen können?«

Das Lächeln auf ihrem ebenmäßigen Gesicht wirkte verzerrt und bösartig.

»Seinetwegen wurde Ihre Verlobung gelöst.« Ihr Tonfall ließ nichts von ihrer Angst erkennen. »Was hat Lucian getan?«

»Er spielte – falsch. Und zwar so schlecht, dass er erwischt wurde. Dummerweise hatte er kurz vorher meinem Verlobten eine Menge Geld abgeknöpft.« Unity presste die Lippen zusammen. »Ich werde einen anderen Ehemann finden, aber keinen so hochgestellten.«

»Das ist ein Motiv.« Christabel hatte entschieden, dass Lucians Schwester zu klug war, um sie mit Plattitüden abzuspeisen. »Das wissen Sie.«

»Ich war es nicht. So wichtig war mir die Verlobung nicht.« Sie zuckte mit den Schultern. »Und ich habe gleich noch ein Alibi für Sie.«

»Ja?«

»Georgina und ich haben uns in der Nacht gemeinsam betrunken und …«, ein leichtes Lächeln umspielte ihre vollen Lippen, »uns besser kennengelernt.«

Warum nur wirkte sie so spöttisch und siegesgewiss?

»Oh«, rutschte es Christabel heraus, nachdem sie endlich

begriffen hatte, was Unity ihr sagen wollte. »Nun, dann kann ich Sie als Verdächtige wohl ausschließen.«

Und Georgina ebenfalls. Da bleibt nur noch Ernest, der Motiv, Mittel und Gelegenheit besaß. Das kann nicht sein. Ist Ernest der gute Ruf seiner Familie so viel wert, dass er dafür töten würde?

Ich weiß es nicht. Ich kann es wirklich nicht sagen – und das ist furchtbar traurig.

Gemeinsam mit Maud hatte Christabel sich eine Strategie überlegt, wie sie den Wall des Schweigens, der Downstairs aufgebaut worden war, durchbrechen konnten. Daher hatte Christabel ihre Zofe unter einem Vorwand ins Dorf geschickt, damit sie selbst die Gelegenheit bekam, nach einem der Hausmädchen zu klingeln.

»Mylady.« Die Bedienstete knickste höflich. »Was wünschen Sie?«

Kam es Christabel nur so vor oder wirkte das Hausmädchen, das eigentlich viel zu alt war, um so eine Stelle innezuhaben, verschreckt? An Christabel konnte es nicht liegen, denn die Dienstboten jedes großen Hauses auf dem Lande waren es gewohnt, Gäste kommen und gehen zu sehen und ihnen zur Verfügung zu stehen. Wahrscheinlich führten der Butler, den Maud für einen pompösen Trottel hielt, und die Hausdame, die sich Mauds Respekt erworben hatte, ein eisernes Regiment.

»Bringen Sie mir bitte einen Tee und ein Glas Apfelsaft«, sagte Christabel freundlich, aber bestimmt. Wenn man mit

Personal aufgewachsen war, beherrschte man den Tonfall, mit dem man Distanz wahrte. »Und ein paar Sandwiches.«

»Sehr wohl.« Die Bedienstete nickte und knickste zweimal, was Christabel überraschte. Auf Lentune Hall waren die Hausmädchen diensteifrig und wohlerzogen, aber nicht so servil wie diese Bedienstete. Es kam ihr seltsam vor, dass eine Frau, die älter war als sie, ihr so viel Ehrfurcht entgegenbrachte.

Lag es an ihrem kurzen Zwischenspiel bei den Suffragetten, dass sie plötzlich Dinge hinterfragte, die sie bisher als selbstverständlich angesehen hatte? Oder waren das die Nachwirkungen von Nicholas' Tod? Durch ihren Geliebten hatte Christabel eine völlig neue Welt kennengelernt. Auch wenn sie viel zu wenige heimliche Treffen miteinander gehabt hatten, hatte er ihr doch für etliche Missstände Londons die Augen geöffnet. Nicholas war ein Journalist aus Leidenschaft gewesen, mit dem Anspruch, durch seine Artikel und Berichte die Welt verändern zu wollen.

Ob wir glücklich geworden wären? Hätte ich wirklich mein Leben und meine gesellschaftliche Position für ihn aufgegeben, wie ich es geplant hatte, oder wäre ich im letzten Moment zurückgekehrt in die Sicherheit meiner Welt? Ich werde es nie erfahren.

Genug davon, jetzt gilt es, endlich herauszufinden, welche Geheimnisse Ashburn Abbey vor uns zu verbergen sucht. Wenn die Dienstboten Maud gegenüber mauern, muss ich eben herausfinden, was Downstairs gewusst wird.

Während sie auf die Rückkehr des Hausmädchens wartete, ging Christabel ihre Strategie noch einmal durch. Genau genommen hatte sie sich zwei Wege überlegt, an die sie interessierenden Informationen zu gelangen. Welchen sie wählte, richtete sich danach, ob das Hausmädchen eher eines der frechen oder eines der ängstlichen Art war. Wenn sie nur besser zugehört hätte, als Maud die Mädchen beschrieben hatte, dann wüsste sie, ob sie mit Flossie oder mit Ivy gesprochen hatte. Da fiel es ihr wieder ein. Flossie war die, die Maud an ein Pferd erinnerte und sie war die, die gelauscht hatte. Das konnte Christabel bei dieser Dienstbotin beim besten Willen nicht sagen, also musste es Ivy sein.

Eine Frau mit dem Auftreten einer Lady, so hatte Maud die Bedienstete charakterisiert. Christabel konnte es nicht erwarten, diese Beschreibung zu überprüfen. Manchmal wunderte es sie schon, wie schnell ihre Zofe Menschen einschätzen konnte, nachdem sie nur einen kurzen Blick auf sie geworfen hatte. Nur zu gern wüsste Christabel, wann und wie Maud sich diese Fähigkeit angeeignet hatte. Dass Mauds Referenzen falsch waren, hatte Jessamine Eggerton, die Hausdame von Lentune Hall, auf den ersten Blick festgestellt, wie sie Christabel gesagt hatte, nachdem diese Maud zur Zofe wollte.

»Aber sie hatte eine Chance verdient«, war Mrs Eggertons Meinung gewesen. »Ich behielt sie immer im Blick, um sicherzustellen, dass sie uns nicht bestiehlt.«

Nachdem Maud sich zwei Jahre lang nichts hatte zuschulden kommen lassen, konnte die Hausdame sie Christabel guten Gewissens als Zofe empfehlen. Allerdings mit der Einschränkung, dass Maud sich häufig etwas schwertat, Autoritäten anzuerkennen. Aber gerade das nahm Christabel für sie ein.

Ein lautes Klopfen zog Christabels Aufmerksamkeit zurück auf die anstehende Befragung. Sie musste äußerst geschickt vorgehen, sie durfte weder zu sanft noch zu drängend sein, wenn sie wichtige Hinweise erhalten wollte.

»Stellen Sie das Tablett auf den Tisch am Fenster.« Christabel deutete mit der Hand dorthin. Eine überflüssige Geste, aber sie war etwas nervös, weil sie das Hausmädchen nicht verschrecken wollte. »Danke, Ivy.«

Die Bedienstete blieb stehen, als hätte der Blitz sie getroffen. Auf ihren klaren Gesichtszügen lag ein deutlicher Ausdruck von Überraschung, allerdings gepaart mit Misstrauen. Es würde gewiss nicht leicht werden, ihr Wissen zu entlocken. Die Frau sah aus wie eine Lady, aber wirkte, als wäre sie ständig auf der Hut. Oder empfand Christabel das nur, weil sie inzwischen immer und überall Geheimnisse und Mordabsichten witterte?

»Sie kennen meinen Namen?« Vor Aufregung machte das Hausmädchen einen Knicks. Als Ivy das Tablett abstellte, klirrte die zarte Porzellantasse gegen die Teekanne. »Entschuldigung, Mylady.«

»Nicht so schlimm. Meine Zofe hat mir viel von den Dienstboten auf Ashburn Abbey erzählt.« Das war nicht gelogen, Maud hatte Christabel mit Klatsch und Beschreibungen versorgt. »Sie hält viel von Ihrer Arbeit.«

Das entsprach nicht ganz der Wahrheit, aber erschien Christabel als zulässige Notlüge für ein höheres Ziel. Es war überraschend anzusehen, wie Ivys Hals errötete und die Farbe langsam über Kinn und Wangen bis hin zu ihren Ohren kroch. Bei einer Frau, die sicher zehn Jahre älter war als Christabel, wirkte diese Schamhaftigkeit etwas irritierend.

»Danke.« Ein weiterer Knicks, was Christabels Verwunderung vertiefte. Sie war weder so bedeutend noch so herrisch, dass sie eine derartige Diensteifrigkeit hervorrufen würde. Langsam musste sie eingestehen, dass Maud mit ihrem Verdacht wohl recht behalten würde. Auch Downstairs verbargen sich auf Ashburn Abbey einige Geheimnisse, die alle Beteiligten verborgen halten wollten.

»Sagen Sie, Ivy.« Christabel bemühte sich, sich ihre Neugier nicht anmerken zu lassen, sondern gab vor, einfach ein wenig plaudern zu wollen. »Was spricht man Downstairs über den tragischen Tod von Mr Willmington?«

Ivy erstarrte einen Moment, dann widmete sie sich weiter ihrer Arbeit. Ihre Hand, mit der sie Tee einschenkte, zitterte so stark, dass sie das Getränk auf die Untertasse goss.

»Es tut mir leid, Mylady.« Die Bedienstete stellte die Tasse ab, wischte mit ihrer Schürze über die Untertasse und wollte geschwind zur Tür eilen. »Entschuldigung, ich muss zurück in die Küche.«

Aber Christabel war schneller und stellte sich ihr in den Weg. Wie sie gehofft hatte, wagte Ivy es nicht, eine Lady zur Seite zu schieben, sondern blieb mit gesenktem Kopf vor ihr stehen. Ihre herabhängenden Hände zitterten leicht, ebenso wie ihre Schultern.

»Sie werden doch wohl Zeit genug haben, meine Frage zu beantworten?« Christabel trat einen Schritt auf das Hausmädchen zu, das vor ihr zurückwich. »Sie werden verstehen, dass mir der Tod meines guten Freundes sehr nahe geht.«

Diese Lüge kam ihr erneut nur schwer über die Lippen, aber sie war für einen guten Zweck. Um die Wahrheit zu erfahren, musste man manchmal den Umweg über eine Lüge nehmen, selbst wenn es eine derartig dreiste war.

Nun zitterte die Bedienstete deutlicher, sichtlich gefangen zwischen dem Wunsch, einer Lady zu Gefallen zu sein, und der Angst, die sie vor dem Butler und der Hausdame hatte. Ob Sherlock Holmes sich je mit solchen Situationen herumschlagen musste?

Endlich sprang Ivy über ihren Schatten und flüsterte eine Antwort, so leise, dass Christabel sich anstrengen musste, sie überhaupt zu verstehen.

»Wir … wir sind alle sehr traurig darüber. Mr Willmington war ein guter Mensch.« Das Hausmädchen hielt den Blick gesenkt; ihre Finger verknoteten sich. »Mehr weiß ich nicht.«

Du weißt gewiss mehr, aber ich werde es wohl nicht von dir erfahren. Soll ich diese Flossie zu mir schicken lassen? Maud meint ja, sie wäre mehr am Tratsch interessiert und etwas frecher. Nein, ich würde nichts von ihr erfahren, weil die Hausmädchen vorgewarnt sind.

Kurz überlegte Christabel, ob sie den Druck auf Ivy erhöhen sollte, um an die gewünschten Informationen zu gelangen. Aber sie brachte es nicht über Herz, jemandem zuzusetzen, der bereits ein bibberndes Bündel Angst war.

»Danke, Ivy. Nun gehen Sie zurück an Ihre Arbeit. Ich werde dem Butler mitteilen, wie zufrieden ich mit Ihnen bin.«

Nachdem das Hausmädchen hinausgerannt war, als wären Höllenhunde hinter ihr her, setzte sich Christabel auf das schmale Sofa, trank den Tee und überlegte, welche Schritte ihr noch blieben. In den Geschichten von Arthur Conan Doyle, Anna Katharine Green und Mary Roberts Rinehart wirkte Detektivarbeit viel leichter. Man musste nur auf Details achten, die sinnig verknüpfen und kam dann auf die einzig mögliche Lösung, mit der man seine staunenden Zuhörer beeindruckte.

Da Maud und sie bisher nur Verdächtige entlasten, aber niemanden wirklich belasten konnten, mussten ihnen Details entgangen sein. Oder suchten sie am falschen Ort? Sollte Maud recht behalten, dass die Motive Downstairs stärker waren als die Upstairs? Nein, Christabel schüttelte heftig mit dem Kopf, das konnte einfach nicht sein. Undenkbar, dass jemand aus der Dienerschaft jemanden aus der Herrschaft ermordete. Falls so etwas jemals geschähe, wäre das gewiss das Ende des britischen Empires, so wie sie es kannte. Also hatte sie etwas bei ihren Nachforschungen bei der Familie übersehen.

Mit einem Seufzer stand sie auf, um zum Kleiderschrank zu gehen. Nachdem sie die Tür geöffnet hatte, stockte sie. Irgendetwas war hier nicht richtig, sie konnte es nicht benennen, aber der Inhalt des Schranks hatte anders ausgesehen, bevor sie zum Frühstück gegangen war. Sicher, es waren nur Kleinigkeiten, ein Eindruck, aber sie hätte geschworen, dass sich jemand daran zu schaffen gemacht hatte. Maud konnte es nicht gewesen sein, weil ihre Zofe auf dem Weg ins Dorf war.

Litt sie unter Verfolgungswahn oder hatte wirklich jemand ihren Schrank durchsucht? Sie öffnete beide Türen und spähte konzentriert hinein. Es kam ihr vor, als wären die Kleider und die Hutschachteln ein wenig verrutscht. Kaum merkbar, als hätte jemand sie mit großer Vorsicht berührt, aber Christabel fiel es auf. Schrecken durchzuckte sie. Sie riss die Schachtel heraus und hob den Deckel, mit angehaltenem Atem, aus Sorge, dass ihr Tagebuch, ihr Ein und Alles, verschwunden war. Doch dort lag es noch, sicher verborgen unter Seidenpapier.

Ich muss mir ein besseres Versteck suchen, solange wir noch auf Ashburn Abbey weilen. Maud und ich waren wohl nicht so dezent bei unseren Befragungen, wie wir es uns vorgenommen hatten. Gewiss waren wir das nicht, sonst hätten weder Dunstan noch Trowbridge uns daraufhin angesprochen. Aber wer ist so dreist oder verzweifelt, dass er in meinen Räumen nach Hinweisen sucht? Ich muss Maud warnen, gewiss wird dieser Mensch auch ihre Kammer durchsucht haben.

Misstrauisch geworden nahm Christabel das Tagebuch heraus, ging zur Tür und schloss diese ab, bevor sie sich an das runde Tischchen setzte. Wieder und wieder las sie ihre Beobachtungen und Gedanken, die sie niedergeschrieben hatte, seitdem sie auf Ashburn Abbey angekommen waren.

Kapitel 23

Unglaublich, was sie im Dorf erfahren hatte. Ungeachtet dessen, dass es sich nicht schickte, lief Maud die Treppe in großen Sprüngen hinauf, den Rock weit über die Knöchel geschürzt, eine Haarsträhne aus der Frisur gelöst.

»Lady Christabel!« Maud klopfte und riss die Tür zum Zimmer ihrer Ladyschaft auf, ohne auf deren Aufforderung zu warten. »Autsch!«

Warum nur war die Tür verschlossen? Maud klopfte erneut und rieb sich die schmerzende Schulter, mit der sie schwungvoll gegen das Holz geprallt war.

»Lady Christabel!« Gedanken rasten durch ihren Kopf, düstere Bilder stiegen vor ihrem inneren Auge auf. Hätte sie ihre Lady nur nicht allein in diesem Mörderhaus zurückgelassen! Himmel, wie sollte Maud es Lord und Lady Mowgray erklären, dass ihre Tochter auf Ashburn Abbey ebenfalls ermordet worden war. In dem Moment hörte sie, wie der Schlüssel im Schloss umgedreht wurde.

»Mach nicht so einen Krach, Maud!« Lady Christabel zog sie am Arm ins Zimmer und verschloss die Tür erneut. »Ich will nicht noch mehr Aufmerksamkeit auf uns ziehen.«

Da Lady Christabel ungewöhnlich aufgeregt und verängstigt wirkte, trat das, was Maud ihr sagen wollte, in den Hintergrund. Das hatte Zeit, bis sich ihre Ladyschaft beruhigt hatte.

»Was ist geschehen?«

»Ich bin mir sicher, jemand hat mein Zimmer durchsucht.« Vor Aufregung ging Lady Christabel zwischen Bett und Frisiertisch auf und ab. Sie presste die Lippen zusammen, als wollte sie einen Fluch unterdrücken. »Was kann er nur gesucht haben?«

Maud verschlug es den Atem. Konnte es wirklich sein oder hatte ihre Herrschaft sich geirrt? Lady Christabel war, zum Ärger ihrer Mutter, keine besonders ordnungsliebende Dame, sondern verlor oder verlegte immer wieder ihre Geldbörse, Spangen, Broschen, Ringe und sogar Hüte. Daher hielt es Maud für sehr wahrscheinlich, dass Lady Christabel sich geirrt hatte. Außerdem stellte sich ihr die Frage, wer es wagen würde, in das Reich einer Lady einzudringen, immer in Gefahr, überrascht zu werden? Nur zu gut erinnerte sich Maud an die Panik, die sie begleitet hatte, während sie sich in den Räumen von Mr Willmington umgesehen hatte.

»Ich bin mir sicher!« Lady Christabels Stimme klang gefährlich hoch, als würde sie sich gleich überschlagen. »Ja, ich weiß, ich verlege oft etwas. Aber glaub mir, ich merke, wenn jemand in meinen Sachen herumgewühlt hat.«

Nun glänzten ihre Augen verdächtig, was Maud verstehen konnte. Es musste ihrer Herrschaft vorkommen, als hätte jemand ihre Geheimnisse ans Licht der Öffentlichkeit zerren wollen.

So wie wir die Geheimnisse von jemand anderem aufdecken wollen. Vielleicht ist das die Strafe für unsere Nachforschungen. Oder es ist ein Zeichen, dass wir auf dem richtigen Weg sind.

»Wir müssen dem Täter näher gekommen sein, als wir selbst es ahnen«, konstatierte Maud schließlich. »Wie überaus ärgerlich! Wir tappen im Dunkeln, aber der Mörder sieht in uns eine Bedrohung.«

»Ich habe versucht, in meinem Journal etwas zu entdecken, aber ich stecke fest.« Lady Christabel ballte die Hände zu Fäusten. »Egal, wie oft ich meine Aufzeichnungen lese, ich finde keine bedeutsame Spur.«

Sie schaute Maud mit einem Blick voller Traurigkeit an. Mehrmals öffnete sie den Mund, ohne etwas zu sagen. Endlich seufzte Lady Christabel und sprach aus, was ihr auf der Seele brannte.

»Unity und Georgina Willmington haben ein Alibi.« Sie hob die Hand, bevor Maud nachfragen konnte. »Glaub mir, du willst es nicht wissen. Also bleibt nur … Ernest.«

Das war die Gelegenheit für Maud, ihr neu erworbenes Wissen mit Lady Christabel zu teilen. Wer hätte gedacht, dass sich aus der Täuschung, die sie beide geplant hatten, etwas Wichtiges ergeben würde?

»Wir sollten unser Augenmerk stärker auf die Dienstboten verlagern«, platzte sie heraus. »Lord Pemborough ist nicht der Einzige, der einen guten Grund hatte, Mr Willmington zu hassen.«

»Wieso? Woher weißt du?« Erleichterung zeichnete sich auf Lady Christabels Gesicht ab. »Sprich!«

»Ich habe ein Schwätzchen mit der Inhaberin des Dorfladens gehalten.« Maud schüttelte sich bei dem Begriff »Schwätzchen«, den die Dame mindestens siebenmal verwendet hatte. »Auf die Idee hätten wir früher kommen können. Im Dorf ist man bestens über alles informiert, was auf Ashburn Abbey passiert.«

Nun hatte sie Lady Christabels ungeteilte Aufmerksamkeit. Ihre Ladyschaft blieb stehen und legte fragend den Kopf schief. Maud genoss es noch einen Moment, mehr zu wissen als sie. Außerdem konnte sie so den Ärger über ihre Nachlässigkeit verdrängen. Selbstverständlich waren die Geschehnisse im Herrenhaus Anlass für ausgiebigen Tratsch im nahe gelegenen Dorf. Das war bei Lentune Hall nicht anders. Was waren sie nur für Detektivinnen, dass ihnen diese Idee nicht eingefallen war?

»Sag schon.« Geduld würde wohl nie Lady Christabels höchste Tugend werden. »Was hast du herausgefunden?«

»Jean Mullens war nicht nur die Tochter der Küchenhilfe, sondern auch das Patenkind von Mrs Stanhoop.« Maud senkte die Stimme, als würde an der anderen Seite der schweren Holztür jemand lauschen. »Es heißt, Jean hätte davon geträumt, dass Mr Willmington sie heiratet und zu einer Lady macht.«

»Was für eine vermessene Idee.«

»Mrs Bennet meinte, dass Jean Mullens ein ausnehmend schönes Mädchen gewesen wäre, das vielen Männern den Kopf verdreht hat.«

»Selbst wenn sie noch so schön war, niemals hätte Lucian sie geheiratet. Sein Vater hätte ihn bestimmt enterbt.«

Maud empfand einen Stich Zorn, weil es für Lady Christabel so selbstverständlich war, wie Gentlemen sich mit den Dienstmädchen vergnügten, ohne dass sie je eines davon heirateten. Ob ihre Ladyschaft es ernsthaft in Betracht gezogen hatte, unter ihrem Stand zu heiraten? Hätte Lady Christabel wirklich für Nicholas Fleeth all das aufgegeben, was ihr Leben ausmachte?

»Im Dorf heißt es, Jean wäre schwanger von Mr Willmington gewesen. Als er sie nicht heiraten wollte, nahm sie Rattengift.«

Aufgeregt ging Lady Christabel erneut vor dem breiten Bett auf und ab. Mit der linken Hand rieb sie sich das Kinn, wie immer, wenn sie nachdachte. Das wusste Maud nur zu gut.

Ich kenne meine Ladyschaft und ihre Marotten bestimmt besser als ihre eigenen Eltern, aber was weiß sie eigentlich von mir?

»Also war es doch Dora Mullens, wie du von Anfang an vermutet hast«, musste Lady Christabel eingestehen. »Du bist ein besserer Detektiv als ich.«

»Dora wirkte traurig und verzweifelt, nicht mörderisch.« Maud schüttelte den Kopf. »Bei der Hausdame hingegen …«

»Ein Motiv wäre das, Mittel und Gelegenheit hätte Mrs Stanhoop auch, aber warum jetzt?« Lady Christabel blieb stehen und seufzte. »Wenn sie sich an Lucian rächen wollte, hätte sie das sicher gleich nach dem Selbstmord ihres Patenkinds getan, oder nicht?«

»Rache ist ein Gericht, das man kalt serviert.« Nachdem sie ausgesprochen hatte, wurde Maud sofort klar, wie wenig tragfähig die Idee war. Sicher, Mrs Stanhoop wirkte kühl und beherrscht, aber würde sie so lange auf Gerechtigkeit warten? »Vielleicht war es doch Dora Mullens, die ihre Tochter sühnen wollte. Darum ist sie jetzt auch verschwunden.«

Kaum hatte sie ihren Verdacht geäußert, erkannte Maud dessen Fehlerhaftigkeit. Nein, beim besten Willen konnte sie sich die verhuscht wirkende Küchenhilfe nicht als kaltblütige Rächerin vorstellen. Dann schon eher die Hausdame, aber reichte es wirklich als Motiv, dass ihr Patenkind sich umgebracht hatte?

Da sie weder Kinder noch Patenkinder hatte, blieb Maud die Antwort auf die Frage verschlossen. Sicher, aus ihrem Leben mit Patrick wusste sie, wie verzweifelt Eltern waren, deren Kind verstorben war. Was die Hinterbliebenen alles unternommen hatten, um ein letztes Wort zu hören, um ein Lebewohl zu erhalten. Doch zumeist waren diese Eltern von Trauer niedergedrückt und nicht von dem Wunsch nach Vergeltung beseelt.

»Jedes Motiv, das wir entdecken, ist stark genug, aber bereits vor Längerem geschehen.« Um sich abzulenken, strich Maud die Tagesdecke gerade und hob den Schal auf, den Lady Christabel auf den Boden geworfen hatte. Sie strich ihn glatt und legte ihn geschickt zusammen, bevor sie ihn im Kleiderschrank verstaute.

»Warte!« Lady Christabel schlug ihr Tagebuch auf. »Was war mit dem anderen Mädchen, mit Sadie? Über sie wissen wir nur, dass Lucian sie des Diebstahls bezichtigt hat. Erst vor Kurzem.«

»Das passiert ständig«, platzte Maud unbedacht heraus. »Wenn jede Bedienstete ihre Herrschaft wegen falscher Anschuldigungen umbrächte, wären die meisten Adelsfamilien Englands ausgestorben.«

»Maud!« Lady Christabel wirkte wahrhaftig schockiert. »Wie kannst du so etwas Herzloses nur sagen?«

»Glauben Sie mir, in nahezu jedem Haus, das wir besucht haben, gab es so eine Geschichte.« Maud bemühte sich, ihren Zorn zu zügeln. »Die Lady hat ein Schmuckstück verlegt, klagt das Hausmädchen an und das wird ohne Referenzen auf die Straße gesetzt. Wenn sich der Schmuck anfindet, denkt natürlich niemand mehr an die Bedienstete.«

Weil sie selbst über die Bitterkeit in ihrem Tonfall erschrak, schwieg Maud. Wie sollte jemand wie Lady Christabel begreifen, was es bedeutete, sich als Frau ohne Referenzen durchschlagen zu müssen? Egal, wie freundlich ihre Ladyschaft zu Maud war, sie könnten niemals Freundinnen werden. Zu unterschiedlich waren ihre Lebenswelten und Vergangenheiten.

»Das ist entsetzlich«, flüsterte Lady Christabel. »Ich bin mir sicher, auf Lentune Hall ist so etwas Furchtbares nicht vorgekommen.«

Ihr Blick war dermaßen bittend, dass Maud es nicht über sich brachte, ihr die Wahrheit zu sagen. Im letzten Jahr hatte Lady Dahlia eines der Hausmädchen des Diebstahls beschuldigt. Später hatte sich herausgestellt, dass sie die vermisste Kette zur Reparatur gegeben hatte. Natürlich hatte es Lady Dahlia sehr leidgetan, aber selbst Mrs Eggerton war nicht bereit gewesen, nach dem Hausmädchen zu suchen und ihm seine Arbeitsstelle wieder anzubieten.

»Ich kann versuchen, mehr über Sadie herauszufinden, aber meinen Sie nicht, ein Selbstmord ist ein stärkeres Motiv?«

»Findest du es nicht äußerst ungewöhnlich, die Mutter einer Selbstmörderin einzustellen?«, überlegte Lady Christabel laut, ohne Mauds Frage einer Antwort zu würdigen. »Das muss doch alle im Haushalt immer wieder an die Tragödie erinnern.«

Obwohl Maud sich etwas ärgerte, dass ihre Ladyschaft niemals zuhörte, musste sie eingestehen, dass an deren Gedanken einiges Überlegenswertes war.

»Möglicherweise hat Mrs Stanhoop ein schlechtes Gewissen, weil sie ihr Patenkind nicht beschützt hat.« Maud grübelte und versuchte, sich zu erinnern, was Dora Mullens ihr in dem kurzen Gespräch gesagt hatte. »Nein, Dora war sehr dankbar, weil sie sonst verhungert wäre.«

»Das erklärt, warum die Hausdame ihr eine Anstellung gegeben hat.«

»Ich will nicht zynisch klingen, aber es gibt viele Menschen in den Dörfern, die dem Verhungern nahe sind. Nicht alle bekommen eine Anstellung auf Ashburn Abbey.«

»Maud!«

»Entschuldigen Sie. Es ist nur …«

»Entsetzlich enttäuschend, dass wir einfach nicht weiterkommen.«

Beide Frauen sahen sich an und seufzten. Als es an der Tür klopfte, zuckten sie zusammen, als wären sie bei etwas Unrechtem ertappt worden. Maud eilte zur Tür, um sie aufzuschließen.

»Ein Telegramm für Mylady.« Ivy hielt Maud das Papier entgegen und drehte sich sofort um, nachdem diese es ihr abgenommen hatte.

»Vielleicht hilft das hier uns weiter.« Maud wedelte mit dem Umschlag. »Es ist von Lord Riddington.«

Nachdem sie Lady Christabel das Telegramm übergeben hatte, starrten beide Frauen das Papier an.

»Jetzt wird sich beweisen, ob wir recht haben«, flüsterte ihre Ladyschaft. »Jetzt erfahren wir endlich, woran Lucian gestorben ist.«

Trotzdem behielt sie das Schriftstück ungeöffnet in ihrer Hand, als fürchtete sie dessen Inhalt.

»Nun öffnen Sie es schon.« Maud streckte die Hand danach aus.

Mit sorgenvoller Miene riss Lady Christabel den Umschlag

auf. Maud trat von einem Fuß auf den anderen, während sie ihre Ladyschaft beobachtete, die das Telegramm studierte.

»Mylady?«

»Wir hatten unrecht, Maud.« Lady Christabel schaute sie an, ihr Gesicht war bleich. »In dem Glas befand sich nur Whiskey.«

»Nicht einmal eine Spur eines Giftes? Eisenhut? Fingerhut?« Maud konnte nicht glauben, dass sie sich dermaßen geirrt hatten. »Vielleicht ein Gift, das sich schwer nachweisen lässt?«

»Nein.« Lady Christabel schüttelte den Kopf. »Onkel Godfrey hat sicher alles geprüft. Er ist ein überaus gründlicher Wissenschaftler. Himmel, Maud, was haben wir nur getan?«

Kapitel 24

Christabels Hände zitterten, als ihr bewusst wurde, auf welch tönernen Füßen ihre Nachforschungen gestanden hatten. Das vermaledeite Telegramm hatte alles geändert.

»Dann befand sich das Gift eben im Essen.« Maud schien nicht glauben zu wollen, dass all ihre Nachforschungen umsonst gewesen waren. »Oder er hat es über die Haut aufgenommen. Wir müssen nach dem Gift suchen. Dann finden wir den Mörder.«

»Meinst du, hier steht irgendwo ein Fläschchen mit einem Totenkopf?«

»Gewiss gibt es auf Ashburn Abbey eine Hausapotheke«, überlegte Maud. »Ich werde Mrs Stanhoop danach fragen und behaupten, Ihnen ginge es nicht gut.«

»Weshalb?«

»Falls es Eisenhutextrakt gibt, hätten wir ein Mittel.«

»Wer sollte dieses tödliche Gift besitzen?« Lady Christabel schien wirklich erschüttert. »Das kann man gewiss nicht kaufen.«

»Oh doch, bei Harrods.« Maud lächelte triumphierend. »Es ist Grundlage für Erkältungsmedikamente. Viele Hausdamen nutzen es in ihrer Apotheke.«

»Es könnte auch Belladonna sein. Jeder, der sich nur ein bisschen mit Pflanzen auskennt, kann aus den Blättern oder Beeren der Tollkirsche ein Gift extrahieren.« Christabel dachte weiter nach. »Und Tollkirschen habe ich hier im Garten gesehen.«

Von Belladonna hatte sie in einem Roman gelesen und es faszinierend gefunden. Daher hatte sie sich eine Weile mit giftigen Pflanzen und deren Vorkommen in England beschäftigt. Ein Interesse, von dem ihre Mutter besser nichts erfahren sollte.

»Eiben sind ebenfalls giftig. Wenn man einen Menschen umbringen will, findet man in großen Gärten mehr als genug Möglichkeiten.«

»Elementar, meine liebe Gulliver«, gab Christabel vor, auf den Spuren von Sherlock Holmes zu wandeln, »wir sollten nach dem Gift suchen, aber vorher bleibt noch eine wichtige Frage.«

Ihre Zofe musste nicht lange überlegen, dann kam sie auf die Lösung des Rätsels, das Christabel ihr gestellt hatte.

»Wenn das Glas nur Whiskey enthielt, warum hat Trowbridge es absichtlich umgestoßen?«

»Ja. Wenn wir das beantworten können, kommen wir weiter.«

»Weil er fürchtete, in dem Glas wäre Gift«, sprach Maud ihre Gedanken aus. »Ergo war es ein Mord und er weiß Bescheid. Aber er wird uns gewiss nichts verraten.«

»Trowbridge erschien mir als der perfekte Butler, noch …«, Christabel überlegte einen Moment, »nüchterner und ernsthafter als unser guter Rowe auf Lentune Hall.«

»Humorlos und stocksteif meinen Sie.« Maud verzog das Gesicht. »Und den Willmingtons genauso treu ergeben wie deren Jagdhunde.«

Beide Frauen schwiegen und hingen ihren Gedanken nach. Als Christabel unvermutet aufsprang, zuckte Maud zusammen.

»Es ist doch ganz einfach. Wir sprechen mit den Menschen, die ihn am besten kennen.«

Obwohl sie auf Lentune Hall ab und zu im Dienstbotentrakt gewesen war, klopfte Christabels Herz schneller, als sie Maud nach unten folgte. Es erschien ihr, als wären die düsteren Wände des Flurs dunkler als am Tag ihrer Ankunft, als blickten die Porträts noch grimmiger. Maud hingegen ließ das alles anscheinend kalt. Sie eilte mit großen Schritten voran, ohne sich darum zu kümmern, ob Christabel ihr folgte.

Endlich hatten sie die Tür Downstairs erreicht. Christabel blieb stehen. Irgendwie kam es ihr vor, als würde sie in eine Welt eindringen wollen, in der sie nichts zu suchen hatte. Sicher würden die Dienstboten sie höflich und eilfertig begrüßen, aber sie würden ihr gewiss auch durch die Blume zu verstehen geben, wie unangebracht ihr Besuch war.

Es ist nur meine Furcht, einem Mörder näher zu kommen, die mich nervös werden lässt. Was soll Maud und mir schon passieren? Wir sind Gäste auf Ashburn Abbey. Falls uns etwas geschehen sollte, würde das sehr viel Aufmerksamkeit erregen. Ein dubioser Todesfall lässt sich noch erklären, aber bei dreien müsste selbst ein Dorfpolizist skeptisch werden. Bestimmt würde mein Vater alles daransetzen, Licht ins Dunkel zu bringen, sollte ich verschwinden.

Allerdings trösteten ihre Überlegungen sie nicht, sondern verstärkten stattdessen Zweifel und Nervosität. Aus dem

Augenwinkel bemerkte sie, wie Maud ihr einen fragenden Blick zuwarf. Vor ihrer Zofe wollte Christabel nicht als Angsthase dastehen und streckte ihr Kinn vor. Maud quittierte dies mit einem Lächeln. Warum nur kam es Christabel so vor, als hätte ihre Zofe alles durchgeplant und war ihr um einige Schritte voraus?

Mit einem siegessicheren Kopfnicken streckte Christabel die Hand nach der Türklinke aus, aber Maud kam ihr zuvor.

»Ich gehe voran, denn ich kenne den Weg.«

Christabel blieb nichts anderes übrig, als sich den Worten zu fügen und Maud erneut durch einen dunklen Flur zu folgen. Dieser allerdings war deutlich kürzer und nicht mit Porträts der Vorfahren geschmückt und mündete in die Küche, einem großen, überraschend hellen Raum. Es roch nach gebratenem Fleisch, frischem Brot und in Butter karamellisiertem Zucker.

»Lady Mowgray?« Die Schlüssel, Mrs Stanhoops Insignien der Hausmacht, klimperten leise, als sie auf Christabel und Maud zueilte. Ihre klaren Gesichtszüge spiegelten Überraschung, aber auch Ablehnung wider. »Was kann ich für Sie tun?«

Ihre Worte und ihr Tonfall waren höflich, aber der Blick, mit dem sie Maud musterte, sprach eine andere Sprache. Er sagte sehr deutlich, wie wenig sie davon hielt, dass eine Zofe ihre Herrschaft mit in den Dienstbotentrakt brachte.

»Können wir irgendwo in Ruhe mit Mrs Pratt und Ihnen reden?« Christabel war bewusst, wie viel Aufregung es erregte, dass sie gemeinsam Downstairs anzutreffen waren. Maud hatte vorgeschlagen, dass sie die Köchin und die Hausdame nach oben holen würde, aber Christabel setzte auf den

Überraschungseffekt. Zu Recht, wie ihr der schnelle Blickwechsel zwischen Mrs Pratt und Mrs Stanhoop bestätigte. Selbst für die oberen Dienstboten war es etwas Besonderes, wenn eine fremde Lady hinter die grünbespannte Tür kam.

»Wir können in meine Räume gehen.« Die Hausdame blinzelte mit den Augen. »Harriet, lass uns einen Tee bringen. Bitte folgen Sie mir.«

Das Zimmer von Mrs Stanhoop war eher funktional als schön eingerichtet. Auf einem rot gemusterten Teppich stand ein dunkelbrauner ovaler Holztisch, der mit einer strahlend weißen Spitzendecke bedeckt war. Darauf wiederum befand sich eine Vase mit Vergissmeinnicht neben einer weißen Teekanne. Zwei Stühle waren eng an den Tisch gerückt. Vor dem Kamin standen zwei bequem aussehende, wenn auch bereits leicht vergilbte Sessel mit einem grasgrünen Chintzbezug. Die hatten sich sicher einmal im grünen Salon oder dem Malzimmer befunden. Von Lentune Hall kannte Christabel das Prozedere, abgenutzte Möbel an die Hausdame zu verschenken.

Den Kamin schmückten eine Uhr, Porzellanhunde, was Christabel überraschte, und das Porträt eines Mädchens, umrahmt mit einem Trauerflor. Die hübsche junge Frau war höchstwahrscheinlich Jean Mullens. Sie musste für Mrs Stanhoop eine große Bedeutung haben, wenn sie ihr Bild so offensichtlich präsentierte.

»Bitte nehmen Sie dort Platz.« Kam es Christabel nur so vor oder zitterten die Finger von Mrs Stanhoop? »Harriet und ich nehmen mit den Stühlen vorlieb.«

»Danke.« Christabel wäre es lieber gewesen, am Tisch Platz zu nehmen, anstatt in dem Sessel zu sitzen, der weiter entfernt von der Tür war. Schließlich wusste sie nicht, wie die beiden Frauen auf ihre Fragen reagieren würden.

»Was wünschen Sie?«, fragte Mrs Stanhoop mit gelassener Stimme, nachdem alle sich gesetzt hatten. »Es ist ungewöhnlich, dass eine Lady uns beehrt.«

»Ungewöhnliche Zeiten erfordern ungewöhnliche Maßnahmen«, antwortete Maud an Christabels Stelle. »Wir haben nur ein paar Fragen, die wir Ihnen stellen möchten.«

»Ist das mit Mr Trowbridge abgesprochen?« Der Tonfall der Köchin klang widerspenstig. Auf ihrem Gesicht ließ sich deutlich ablesen, dass sie sich wünschte, woanders zu sein. »Und was sagt Lord Willmington dazu, dass Sie uns von der Arbeit abhalten?«

»Harriet, bitte.« Mrs Stanhoop legte der Köchin eine Hand auf den Unterarm. »Hören wir uns erst einmal an, was die Damen von uns wünschen.«

»Richtig ist es nicht, wenn Fremde einfach in *unsere* Räume kommen, Eunice«, grummelte die Köchin und starrte Christabel und Maud an, als wollte sie sie durch ihren Blick zu Asche verbrennen. »Ich muss das Abendessen vorbereiten.«

Bevor Christabel etwas sagen konnte, klopfte es an der Tür und ein Hausmädchen kam herein. An ihrem langen Gesicht erkannte Christabel sie als Flossie. Sie balancierte ein Tablett, auf dem eine Teekanne und vier Tassen standen. Das Hausmädchen erstarrte kurz, als es Maud und Christabel sah. Dann stellte Flossie eilig das Tablett ab, knickste und lief hinaus, als wäre der Leibhaftige hinter ihr her.

Langsam musste Christabel eingestehen, dass Maud recht gehabt hatte. Downstairs gab es mindestens genauso viele Geheimnisse und seltsame Vorkommnisse wie Upstairs.

»Tee?« Nun, da sie sich in ihren Räumen befanden, gewann Mrs Stanhoop von Minute zu Minute an Selbstsicherheit. »Möchten Sie auch Gebäck?«

Vielleicht hatte Maud doch recht mit ihrem Vorschlag, die Dienstboten aus der Sicherheit ihrer gewohnten Umgebung zu holen. Doch dafür war es nun zu spät. Sie mussten sich mit den Gegebenheiten arrangieren.

»Danke. Tee ist hinreichend.« Christabel ärgerte sich, der Hausdame den Heimvorteil gegeben zu haben. »Was meinen Sie zum Tod von Lucian Willmington?«

Wenn Christabel die Frauen nicht so aufmerksam beobachtet hätte, wäre ihr möglicherweise der kurze Blick entgangen, den die beiden miteinander wechselten. Möglicherweise interpretierte sie zu viel hinein, aber es kam ihr vor wie ein Eingeständnis unter Verschwörerinnen.

»Ich gebe nichts auf Tratsch.« Obwohl Mrs Stanhoop höflich und leise sprach, klangen ihre Worte nach einem Tadel. »Mein Mitgefühl gilt der Familie, die eine schwere Zeit durchmachen muss.«

»Da stimme ich Ihnen zu.« Auf dieses Spiel verstand sich Christabel ebenfalls. »Aber als loyale Hausdame sollten Sie ein Interesse daran haben, dass die Familie die Wahrheit erfährt und zur Ruhe findet.«

»Glauben Sie wirklich, die Wahrheit würde jemandem helfen?«, sagte Mrs Pratt in ihrer üblichen aufbrausenden Art. »Es ändert nichts am Schmerz und der Trauer.«

Die Worte klangen so wahr und traurig, dass Christabel keine Antwort einfallen wollte. Möglicherweise hatte die unwirsche Köchin recht und Maud und sie rührten nur mehr

Leid auf. Wem außer ihr würde es wirklich nützen, wenn sie den Mord aufklärten? War es für sie nur eine Spielerei, eine Beschäftigung gegen die Langeweile einer unverheirateten Lady?

Nein, dachte Christabel. *Es ist mehr als Neugier und Langeweile. Selbst ein böser Mensch wie Lucian hat nicht so ein Ende verdient. Niemand darf über Leben und Tod entscheiden. Jemand muss dafür sorgen, dass Gerechtigkeit geschieht.*

»Wollen Sie in einem Haus leben, in dem ein Mörder ungeschoren davonkommt?« Mauds harsche Worte trafen Christabel ebenso überraschend wie die Köchin und die Hausdame. Beide zuckten zusammen wie unter einem Schlag. »Also ich hätte entsetzliche Angst, das nächste Opfer zu werden.«

»Wer behauptet, dass es ein Mord war?« Nachdem sie die Worte ausgesprochen hatte, presste Mrs Stanhoop die Lippen so fest zusammen, dass sie einen Strich bildeten. »Haben Sie Beweise dafür oder spinnen Sie nur wilde Ideen?«

Christabel gab die einzige mögliche Antwort auf diese berechtigte Frage: Sie ignorierte sie und stellte stattdessen eine Gegenfrage. »Wissen Sie, wer Mr Willmington so sehr gehasst hat?«

»Warum sollten wir darüber Kenntnis haben?« Mrs Stanhoop lächelte. »Sie sollten wissen, dass wir uns Downstairs um unsere Angelegenheiten kümmern, ohne Fremde hineinzuziehen.«

Als Christabel bemerkte, wie Maud scharf die Luft einsog, legte sie ihrer Zofe beruhigend die Hand auf den Unterarm. Es hatte keinen Sinn, weiter zu fragen, beide Frauen würden einfach nur blockieren. Also wechselte sie das Thema und hoffte, ihre Gegenüber so aus dem Gleichgewicht zu bringen.

»Maud erzählte mir von einem Hausmädchen, das von Mr Willmington fälschlich des Diebstahls bezichtigt worden war.«

Obwohl sie die Frage abschoss wie einen Pfeil, gelang es ihr nicht, Mrs Stanhoop außer Fassung zu bringen. Weder die Hand, mit der sie Tee einschenkte, noch ihre Stimme zitterte, als sie antwortete: »Ja, die arme Sadie. Die Anschuldigung hat sie ihre Stelle gekostet.«

»Was ist aus ihr geworden?« Maud trank einen Schluck Tee. »Wo können wir sie finden?«

»Wo wohl?«, zischte Mrs Pratt. »Was wird aus Hausmädchen, die keine Referenzen vorweisen können?«

Schweigen legte sich über das Zimmer, wusste doch jede von ihnen, wie wenige Möglichkeiten einer jungen Frau blieben, wenn man sie aus dem Dienst in einem Herrenhaus entlassen hatte. Entweder schuftete sie in einer Wäscherei oder aber verdiente ihr Geld auf der Straße. Was für ein Unmensch war Lucian Willmington gewesen, der eine seiner Liebschaften zu so einem Schicksal verdammt hatte? Wahrscheinlich nur, weil er ihrer überdrüssig geworden war.

»Sie ist mit Trowbridge verwandt, nicht wahr?« Christabel gab vor, wenig zu wissen, um die Frauen in Sicherheit zu wiegen. »Trauen Sie dem Butler zu, sich an Mr Willmington zu rächen?«

Hausdame und Köchin wechselten einen Blick, bevor sie sich Christabel zuwandten, ihre Gesichter ausdruckslos.

»Sadie hätte das sicher nicht gewollt«, sagte Mrs Pratt schließlich, aber es klang nach einer Lüge. »Sie war ein gutes Mädchen.«

Christabel bemerkte sehr wohl, dass sie ihre Frage nicht

beantwortet hatte, und überlegte, wie sie die beiden doch noch zu einer Antwort bewegen könnte.

»Konnte Sadie nicht zu ihrer Familie zurückgehen?«, fragte Maud, wohl als Ablenkung. »Dafür ist eine Familie doch da – sie nimmt einen auf, wenn man in Not ist.«

»Meine Schwester hat selbst nichts«, erklang eine Männerstimme. Unbemerkt von Christabel war Trowbridge eingetreten. »Sie hat mich angefleht, Sadie hier einzustellen.«

Christabel nahm seine Worte nur am Rand wahr, denn sie konnte sich nur auf die Waffe konzentrieren, mit der er auf sie zielte.

Kapitel 25

Hölle und Hinkebein! Maud konnte es nicht fassen, dass es ihr nie in den Sinn gekommen war, zu welchen verzweifelten Mitteln der Butler greifen würde. Naiv und blindlings, als wären sie die zu rettenden Damen in einem Ritterroman, waren Lady Christabel und sie in eine Falle getappt. Woher hatte Trowbridge die doppelläufige Flinte, mit der er auf Lady Christabel zielte?

Wäre sie schnell genug, aufzuspringen und ihm die Waffe aus der Hand zu schlagen? Mit ihrem Blick maß Maud die Entfernung ab. Leider saß sie zu weitab und wagte es nicht, mit dem Leben ihrer Ladyschaft zu spielen, so sehr es sie in den Fingern juckte, dem Butler eins überzubraten.

»Geben Sie auf, Trowbridge.« Lady Christabel sprach in diesem befehlsgewohnten Tonfall, den man nur besaß, wenn man es von Kindesbeinen an gewohnt war, andere herumzukommandieren. »Wollen Sie noch einen oder gar weitere zwei Morde auf Ihr Haupt laden? Sie werden damit nicht davonkommen.«

Obwohl der Butler die Flinte in der Hand hielt, wirkte er eher verzweifelt als bedrohlich. Doch Maud hatte genug hoffnungslose Menschen erlebt und wusste, wie gefährlich die sein konnten. Fieberhaft überlegte sie, wie sie Trowbridge zum Aufgeben überreden könnte. Er sah Maud nicht an, sondern nickte der Hausdame zu.

»Wir wollen Sie nicht töten.« Mrs Stanhoops Miene blieb unbeweglich. Himmel, die Hausdame war kalt wie Eis. »Wir wünschen uns nur, dass Sie sich unsere Seite der Geschichte anhören. Dann können Sie entscheiden, ob Sie uns den Autoritäten ausliefern oder nicht.«

Lady Christabel und Maud wechselten einen Blick. Selbstverständlich würden sie den Mörder von Mr Willmington anzeigen. Wie kam die Hausdame nur auf die Idee, es könnte einen anderen Ausweg geben?

»Wir wissen bereits Bescheid.« Maud leckte sich die trockenen Lippen, aber dennoch klang ihre Stimme rau. »Nur das Gift kennen wir nicht und wir rätseln noch, wie Sie ihm das Gift verabreicht haben.«

»Engelstrompete.« Mrs Pratt sprach das Wort so gelassen aus, als handelte es sich um eine Zutat für ein schmackhaftes Mahl. »Die habe ich in den Keksen verbacken, die er gewollt hat. Ich hätte etwas bevorzugt, was mit längerem Leiden verbunden ist.«

Himmel, ich habe gegessen, was diese Giftmischerin mir zubereitet hat. Wenn sie mich hätte loswerden wollen, hätte sie mir eine Eisenhutpastete zubereitet.

Plötzlich wurde Maud flau im Magen. Fieberhaft versuchte sie, sich zu erinnern, was sie über das Gift herausgefunden hatte, aber über die Engelstrompete hatte sie nur wenig gelesen, sondern sich stattdessen auf Fingerhut, Eisenhut und Eibe konzentriert, die in den Gärten Ashburn Abbeys wuchsen.

»Harriet!« Mrs Stanhoop schüttelte den Kopf. Beruhigend legte sie der Köchin die Hand auf den Unterarm. »Wichtig ist nur, dass er seine gerechte Strafe erhalten hat.«

»Das hatten nicht Sie zu entscheiden«, widersprach Lady Christabel, was Maud zu einem Augenrollen veranlasste. Die Wahrheit zu sagen, war gut und schön, aber im Moment wäre es angebrachter, den Dienstboten zuzustimmen, um den eigenen Hals zu retten. »Falls Mr Willmington wirklich ein Verbrechen begangen hat, hätte er vor ein Gericht gehört.«

»Zu spät«, höhnte die Köchin, während der Butler immer bleicher wurde. »Er hat bekommen, was er verdient hat.«

Maud beobachtete Trowbridge, hoffte auf ein Zeichen, dass er ermüdete und mit der Waffe nicht mehr auf ihre Ladyschaft zielte. Obwohl seine Hand zitterte, ließ Trowbridge sie nicht aus den Augen. Das Einzige, was sie retten könnte, wäre es, die Dienstboten zum Reden zu bringen, bis jemand sie vermisste. Was hoffentlich bald wäre.

»Mr Willmington war ein Wüstling und Casanova, aber er hat niemanden getötet«, sagte Maud daher. »Jedenfalls, soweit ich weiß.«

»Die arme, dumme Jean hat sich seinetwegen umgebracht.« Nur ein leichtes Zucken des Muskels am linken Auge wies darauf hin, wie aufgebracht Mrs Stanhoop hinter ihrer kühlen Fassade war. »Sadie musste das Haus verlassen und ist auf der Straße gelandet. Und das sind nur seine letzten Opfer.«

»Wie viele Mädchen mussten unter ihm leiden?« Maud kannte Lady Christabel gut genug, um zu erkennen, wie empört sie war. »Warum haben Sie nicht eher eingegriffen?«

»Als Hausdame und Butler haben Sie die Verantwortung für das Wohlergehen der unteren Dienstboten«, schlug Maud in die gleiche Kerbe. »Sie hätten mit Lord Percy und Lady Honora Willmington reden müssen.«

»Das habe ich versucht!« Mrs Stanhoop spie Maud die Worte entgegen. »Ebenso wie Marmaduke. Die Herrschaften wollten nichts davon hören, wie furchtbar ihr Sohn ist.«

»Das kann ich mir vorstellen«, flüsterte Lady Christabel, was ihr ein Kopfnicken von Maud einbrachte. »Ich habe selbst erlebt, wie Lady Willmington alles entschuldigt hat, was Lucian getan hat.«

»Der junge Herr kannte keine Grenzen mehr«, presste Trowbridge hervor. Obwohl seine Finger zitterten, klang seine Stimme fest. Aber damit konnte er Maud nicht täuschen. Der Butler war sichtbar am Ende seiner Kräfte. »Jemand musste ihm Einhalt gebieten.«

»Das hat Sie jedoch nicht interessiert, bis er sich an Mrs Stanhoops Nichte vergriffen hat.« Auch wenn sie Lady Christabels Zorn verstehen konnte, wünschte Maud sich, ihre Lady wäre etwas diplomatischer. »Erst da haben Sie gehandelt.«

»Sie haben Dora kennengelernt«, wandte sich Mrs Pratt an Maud, als suchte sie Unterstützung. »Die arme Frau hatte so ein hartes Leben. Jean war ihre einzige Freude.«

»Warum haben Sie nicht verhindert, dass das Mädchen hier anfängt?« Am liebsten hätte Maud Lady Christabel einen Ellenbogenstoß versetzt, als diese erneut die Dienstboten angriff, anstatt Verständnis zu heucheln. »Sie wussten nur zu gut, was für ein Schwerenöter Lucian Willmington war.«

»Sie kannten Jean nicht.« Mrs Stanhoop seufzte. Eine Träne rollte über ihre Wange, dann noch eine. Gedankenverloren wischte sie die mit dem Handrücken ab. »Sie war herzensgut, aber einfach im Denken. Ich hatte gehofft, sie beschützen zu können.«

Zu Mauds Überraschung nahm Mrs Pratt die Hausdame in die Arme und flüsterte ihr beruhigende Worte zu. Trowbridge trat näher an die Frauen heran, aber leider blieb die Waffe weiterhin zielsicher auf Lady Christabel gerichtet.

»Wir haben ihr immer Aufgaben gegeben, bei denen sie unsichtbar geblieben ist«, ergänzte Mrs Pratt. »Bis zu dem vermaledeiten Weihnachten. Da hat Mr Willmington Jean erblickt und wollte sie sofort haben.«

»Bevor Sie fragen, warum wir das Mädchen nicht nach Hause geschickt haben«, ergänzte die Hausdame, die sich inzwischen wieder gefangen hatte, »Dora hatte sich eine schlimme Erkältung eingefangen und konnte nicht arbeiten. Sie brauchten Jeans Lohn.«

»Wir haben wirklich alles versucht.« Die Köchin stieß ein wütendes Schnauben aus. »Aber leider fühlte das Mädchen sich wie Cinderella und sah in Mr Willmington einen Märchenprinzen.«

Mehr musste sie nicht sagen. Maud und Lady Christabel konnten sich vorstellen, was geschehen war. Ein naives, armes Mädchen, ein durchtriebener, reicher Mann – es war absehbar, dass die Geschichte kein gutes Ende finden konnte.

»Nachdem Jean sich umgebracht hat, habe ich ein ernstes Gespräch mit seiner Lordschaft geführt.« Trowbridges Hände zitterten nicht mehr. »Er wollte seinem Sohn ins Gewissen reden.«

»Ach, halt doch den Mund. Das hat dich viel zu lange nicht interessiert«, fuhr Mrs Pratt ihn an. »Nicht einmal, als er Sadie beschuldigte.«

»Das stimmt nicht«, antwortete der Butler kleinlaut. Er senkte den Blick und Maud bewegte sich. Doch da zielte er bereits wieder auf Lady Christabel. »Ich habe seiner Lordschaft vertraut.«

»Harriet hat recht.« Mrs Stanhoops Augen glühten vor Zorn. »Keines unserer Mädchen war Ihnen so wichtig wie das dumme Gänschen Violet Keat.«

»Wie? Was?« Maud verstand kein Wort mehr. Was hatte die Verlobte von Mr Willmington mit der ganzen Sache zu tun?

»Mr Willmington hat sich mit seinem Vater gestritten, weil er die Verlobung lösen wollte, obwohl …« Trowbridge lief rot an. »Wie konnte er nur? Sie ist die Tochter eines Duke.«

So andachtsvoll, wie er den Titel aussprach, hätte der Butler auch vom König reden können.

»Jeans und Sadies Eltern waren für Sie wohl nicht wichtig?« Maud schüttelte den Kopf, unfähig zu begreifen, wie jemand so denken konnte. Lady Christabel nickte ihr zu. »Warum ist es schlimmer, dass Mr Willmington seine Verlobte abservieren wollte?«

Bewusst benutzte sie abwertende Worte, um die Aufmerksamkeit des Butlers auf sich zu ziehen, denn Lady Christabel war an den Rand des Sessels gerutscht. Sie spannte ihre Muskeln an, wohl bereit aufzuspringen. Maud schüttelte den Kopf, kaum sichtbar, aber deutlich genug für ihre Ladyschaft.

»Das verstehen Sie nicht«, fertigte Trowbridge sie ab.

Lady Christabel wiederholte ihr aufforderndes Nicken, sodass Maud weiterredete und versuchte, die Aufmerksamkeit der Köchin und der Hausdame ebenfalls auf sich zu lenken.

»Was ist daran nicht zu verstehen? Lucian Willmington hat die kleine Violet entehrt und wollte sie fallen lassen wie eine heiße Kartoffel.«

Mrs Stanhoop und Mrs Pratt schnappten hörbar nach Luft angesichts dieser rüden Bemerkung. Trowbridge zielte nun mit der Flinte auf Maud, sein Gesicht dunkel vor Scham und Zorn.

Maud setzte nach: »Wahrscheinlich hat er dafür die Spanische Fliege benötigt. Lady Keat hat es nicht geschafft, ihn zu erregen.«

Trowbridge sah aus, als träfe ihn der Schlag.

»Eine wie Sie kann das nicht begreifen. Es ging um den guten Ruf der Familie, unseres Hauses.« Er begleitete seine Worte mit heftigem Kopfnicken. »Ich konnte nicht zulassen, dass Mr Willmington alles aufs Spiel setzt, was Ashburn Abbey ausmacht.«

»Himmel«, mischte sich Lady Christabel ein. »Es ist nur ein Landsitz.«

»Ashburn Abbey ist mein Zuhause, meine Familie.« Trowbridges Gesicht verzog sich in Qualen. »Ich habe hier als Kind angefangen und mich zum Butler hochgearbeitet. Es ist mein Heim. Niemand darf es zerstören. Weder Upstairs noch Downstairs.«

»Und Sie haben ihm geholfen?«, sprach Maud die beiden Frauen an. »Aber hoffentlich nicht wegen des guten Rufs?«

»Nein, für Dora und Jean und Sadie.« Mrs Pratts Stimme klang weich. »Und für Dorothy, Lizzie, Fanny und Ruth.«

»Ich bedauere nur, dass wir nicht früher gehandelt haben«, ergänzte Mrs Stanhoop. »Das werde ich mir nie verzeihen. Marmaduke, es ist genug. Leg die Waffe weg.«

»Nein.« Die Augen des Butlers glitzerten wie im Fieber. »Ich gebe nicht auf.«

Maud kannte so einen Blick. Den bekamen Menschen,

wenn sie nichts mehr zu verlieren hatten. Nun wurde ihr wahrhaftig angst und bange. Bevor sie reagieren konnte, sprang Lady Christabel auf und ergriff den Schürhaken, den sie in einer eleganten, fließenden Bewegung schwang. Klappernd prallte er gegen die Flinte, die in hohem Bogen davonflog.

Überraschend schnell sprang Lady Christabel ihr nach und hob sie auf. Breitbeinig stellte sie sich auf, die Flinte im Anschlag, ein breites Lächeln auf dem Gesicht.

»Ich hätte nie gedacht, dass der langweilige Fechtunterricht sich so auszahlt.«

»Ich gehe niemals ins Gefängnis«, jaulte Trowbridge auf, rannte zur Tür, die er aufstieß, und verschwand.

»Lass ihn, Maud.« Lady Christabel schwenkte den Flintenlauf in Richtung der Hausdame und der Köchin. »Er kann nicht entkommen. Wichtig ist, dass wir die Mittäterinnen festhalten.«

»Ich bin bereit, die Konsequenzen zu tragen.« Mrs Stanhoop verzog keine Miene. »Ich habe getan, was getan werden musste.«

»Sie ist unschuldig. Ich habe das Gift gemischt.«

»Wieso konnten Sie das?« Die Frage ließ Maud keine Ruhe.

»Von meinem verstorbenen Mann. Er kannte und liebte die Pflanzen.«

»Maud, sag einem Lakaien Bescheid, er soll den Dorfpolizisten holen.«

»Nein.«

»Maud?«

»Es tut mir leid, Mylady, aber das ist nicht richtig.«

Aus dem Augenwinkel beobachtete Maud, wie die Köchin

und die Hausdame sie mit großen Augen anstarrten. »Ich finde, sie haben in Notwehr gehandelt.«

»Das kannst du nicht ernst meinen. Es war ein geplanter, kaltblütiger Mord.«

»Kommen Sie bitte mit.« Maud zerrte Lady Christabel am Arm aus den Räumen der Hausdame. Sie verschloss die Tür, damit die Frauen nicht entkommen konnten, und zog ihre Ladyschaft etwas zur Seite.

»Warum wollen Sie die Frauen anzeigen? Sie haben genug gelitten.«

»Wegen der Gerechtigkeit.«

»Wo bleibt die Gerechtigkeit für die armen Mädchen? Für all die Leben, die Mr Willmington zerstört hat?« Maud holte tief Luft und warf ihre Zukunft in die Waagschale. »Wenn Ihnen unsere … Freundschaft nur ein wenig bedeutet, dann sollten Sie das verstehen.«

Kapitel 26

Durch die aufgrund der Trauer zugezogenen Vorhänge fiel nur ein schmaler Streifen Sonnenlicht, als Christabel zum Frühstückszimmer ging. Auch der große Spiegel, an dem sie vorbeikam, war verhängt. Alles erinnerte sie an Lucian Willmingtons Tod und die Entscheidung, die sie gestern getroffen hatte. Christabel hatte kaum geschlafen, weil ihr die Ereignisse des Tages immer wieder im Kopf herumgegangen waren und sie sich gefragt hatte, was vernünftig gewesen wäre. Gab es überhaupt ein »vernünftig«?

Es ist egal. Ich habe eine Wahl getroffen, zu der ich stehen muss. Und von der ich nur hoffen kann, es war die richtige.

Gestern Abend hatte Lord Percy Willmington sie alle in den Salon rufen lassen, um ihnen mitzuteilen, dass Trowbridge sich im Fluss ertränkt hatte. Der Butler hatte sich betrunken und viele Steine in die Taschen seines Mantels gepackt, bevor er ins Wasser gegangen war. Christabel hatte sich gefragt, ob sie die Schuld für seinen Freitod auf sich nehmen musste, aber sich dagegen entschieden. Es war Trowbridges Wahl gewesen.

Nachdem alle ihre Erschütterung bekundet hatten, hatte Lord Willmington die Gäste unmissverständlich aufgefordert, Ashburn Abbey noch vor der Trauerfeier zu verlassen. Obwohl sein Tonfall höflich gewesen war, war sehr deutlich, dass sie rausgeworfen wurden und ihr Bleiben keinesfalls erwünscht war. Daher flohen Beryl Banfour, Ernest und Christabel aus dem Salon, ohne ein Wort miteinander zu wechseln.

Christabel rief Maud zu sich, um ihr von dem Selbstmord des Butlers zu berichten.

»Ich würde lügen, sollte ich sagen, dass es mir leidtut«, sagte ihre Zofe, »aber er war ein überaus unglücklicher Mann.«

»Und ein Mörder. Auf jeden Fall ein Mittäter.«

»Ich weiß.« Maud hatte sie prüfend gemustert. »Meinen Sie nicht, dass der Gerechtigkeit Genüge getan ist?«

Diese Frage beschäftigte Christabel noch immer. Sie holte tief Luft, bevor sie die Tür zum Frühstückszimmer aufstieß. Nach dem gestrigen Tag wusste sie nicht, wie sie der Familie gegenübertreten sollte. Ein schneller Blick ließ sie ruhiger werden, denn nur Beryl Banfour und Ernest saßen am Tisch. Auf ihren Gesichtern lag Traurigkeit, aber auch eine Spur Erleichterung, dem Trauerhaus und den Toten zu entkommen.

»Guten Morgen.« Christabel erschrak, wie rau sich ihre Stimme anhörte. Wie sollte sie nur die unverbindliche Plauderei am Frühstückstisch überstehen, wenn sie eigentlich herausschreien wollte, was Maud und sie entdeckt hatten? »Ich gehe wohl recht in der Annahme, dass uns niemand von der Familie beehren wird?«

»Sie sind sicher mit den Vorbereitungen für die Trauerfeier beschäftigt«, versuchte Ernest, eine freundliche Erklärung zu finden, während Beryl Banfour laut aufschluchzte. Das arme Ding tat Christabel sehr leid, aber warum hatte das dumme Mädchen sich auch mit Dunstan Willmington eingelassen?

Hatte sie etwa erwartet, dass Dunstan seine Ehefrau für sie verlassen würde? Oder war ihre Affäre ein verzweifelter Versuch gewesen, Lucian eifersüchtig zu machen? Auf diese Frage würde Christabel wohl nie eine Antwort erhalten, aber das bedauerte sie nicht. Wenn sie eins auf Ashburn Abbey gelernt hatte, dann das: Manchmal war es besser, nicht zu tief nachzuforschen. Denn man musste für den Rest seines Lebens damit leben, was man herausgefunden hatte.

Maud wäre sicher zornig, dass keiner von ihnen ein Wort über Trowbridges Selbstmord verlor, als wäre der Tod eines Butlers unwichtig. Aber was hätten Ernest und Beryl auch sagen können? Sie wussten nicht, was Christabel herausgefunden hatte. Bisher wusste das niemand außer Maud und ihr.

Eher, um sich zu beschäftigen, als aus einem Hungergefühl heraus ging Christabel zum Büfett und nahm sich kleine Portionen von den Köstlichkeiten, die dort in silbernen Warmhalteschüsseln standen. Warum war sie nicht vor dem Frühstück abgereist? Weil sie sich noch von Ernest verabschieden wollte. Ja, das war ihr Vorwand, denn in Wahrheit wollte sie mit Dunstan Willmington sprechen. Aber es sah nicht so aus, als bekäme sie die Gelegenheit dazu.

Nachdem Christabel sich gesetzt hatte, schenkte Simon, der Lakai, ihr Tee ein. Er vermied jeden Blickkontakt mit ihr. Ob aus Schüchternheit oder weil er mehr über die Verschwörung im Dienstbotentrakt wusste, das konnte Christabel nicht sagen. Sie war zu müde und erschöpft, um dieser Frage intensiv nachgehen zu wollen.

»Lord Willmington bittet Sie, ihn nach dem Frühstück in der Bibliothek zu treffen«, flüsterte ihr Simon dezent zu, bevor er sich zurückzog.

Christabel verschluckte sich an dem Tee, hustete und rang nach Luft.

»Brauchst du Hilfe?« Ernest war aufgesprungen.

»Danke. Schon gut.« Abwehrend hob sie die Hand. »Ich habe Tee in die falsche Kehle bekommen.«

»Soll ich deine Zofe und dich mit nach London nehmen?«, fragte Ernest. »Mein neues Automobil hat Platz genug für uns drei und deine Koffer.«

Sein Blick war bittend, aber Christabel ertrug selbst seine Gegenwart nicht. Zu sehr lastete auf ihrer Seele, dass sie ihn des Mordes verdächtigt hatte.

»Danke, aber Maud wird beim Autofahren immer übel.« Sie lächelte ihn an. Hoffentlich begriff er, dass die Ablehnung nicht ihm galt, sondern der ganzen verfahrenen Situation geschuldet war.

»Ich würde mich freuen, wenn Sie mich mitnehmen.« Beryl Banfour, die bisher auf ihren Teller gestarrt hatte, sah auf. »Ich finde Automobile wundervoll.«

Ihr Tonfall war dermaßen enthusiastisch, dass Ernest sichtlich zusammenzuckte. Christabel senkte den Kopf und gab vor, sich ihrem Essen zu widmen, um das Lächeln zu verbergen. *Schau an, die Kleine hat wohl ihre Angel nach einem neuen Ehemann in spe ausgeworfen. Ihre Trauer um Lucian oder ihre Liebe zu Dunstan können nicht sehr tief gewesen sein. Ich bin gespannt, ob es Ernest gelingt, sich hier herauszuwinden.*

Ihr Freund sah sie hilfeheischend an, doch Christabel zuckte nur mit den Schultern. Wie hätte sie ihm beistehen können? Nun gut, sie könnte sich den beiden anschließen, aber Christabel konnte es kaum erwarten, mit Maud allein im Zugabteil zu sitzen, um über all das zu sprechen, was sie auf Ashburn Abbey erlebt hatten.

»Ich wünsche eine gute Reise. Bis bald in London.« Christabel erhob sich. Möglicherweise tat eine Frau wie Beryl Ernest gut. Gewiss würde sie ihm ein bisschen Lebensfreude vermitteln. Seltsam nur, dass Christabel bei dem Gedanken einen Stich der Eifersucht verspürte.

»Danke, dass Sie Zeit für mich gefunden haben.« Dunstan Willmington blickte sie fragend an. »Hat Trowbridge meinen Bruder umgebracht und sich deshalb getötet?«

Alles in ihr drängte Christabel dazu, ihm die Wahrheit zu sagen, aber sie hatte Maud ein Versprechen gegeben, auch wenn es ihr schwergefallen war. Also blieb ihr nur, Halbwahrheiten und Notlügen zu erzählen, um den Schwur nicht zu brechen.

»Ich weiß es nicht.« Christabel presste sich jedes Wort ab. »Ich konnte keinen Beweis für einen Mord finden.«

Hoffentlich würde Onkel Godfrey niemals nachfragen, was es mit dem Glas auf sich hatte. Sie konnte nur darauf setzen, dass er ihre Frage schon wieder vergessen hatte, um sich seinen Studien zu widmen. Sonst müsste sie sich weitere Ausreden einfallen lassen. Christabel hasste es zu lügen, weil man sich jede einzelne Unwahrheit merken musste, um sich nicht im Lügengespinst zu verfangen. Worauf hatte sie sich nur eingelassen?

»Also haben Sie unsere Dienstboten vollkommen sinnlos in Angst und Schrecken versetzt?«

Wie hielt es seine Frau nur aus, wenn er in diesem gönnerhaften Tonfall mir ihr sprach? Was die kleine Beryl nur an ihm gefunden hatte?

Ich kann es als ein Spiel betrachten. Er hält sich für so viel klüger als mich und ich gebe ihm recht. Nur damit ich am Ende als die Klügere dastehe, auch wenn er das nie erfahren wird.

»Es tut mir leid, dass wir durch unsere Fragen eine ohnehin schwere Situation für Ihre Familie verschlimmert haben.« Christabel nickte Dunstan Willmington zu. »Bitte richten Sie Ihren Eltern und Ihrer Frau meine Entschuldigung aus.«

»Mir tut es leid, dass meine Familie Ihnen nicht Lebewohl wünscht.« Er sah Christabel an, Neugier im Blick. »Haben Sie denn gar nichts herausfinden können?«

Sie erwiderte seinen Blick und hoffte, offen und ehrlich zu wirken. Dann stieß sie ein albernes Lachen aus, das in ihren Ohren künstlich und unglaubhaft klang.

»Ich kann nur wiederholen, wie peinlich mir das Ganze ist. Der Schreck, einen Toten gesehen zu haben, hat wohl zu falschen Schlussfolgerungen geführt.«

»Das, und Ihre Leidenschaft für Kriminalgeschichten, von denen mir Ernest erzählte«, antwortete Dunstan mit gönnerhafter Miene. »Zum Glück haben Sie und Ihre neugierige Zofe keinen bleibenden Schaden angerichtet.«

»Ich fühle mich furchtbar. Auch weil wir vor der Beerdigung abreisen.« Entschuldigend hob sie die Hände. »Was kann ich sagen, um meine Fehler wiedergutzumachen?«

»Ein plötzlicher Tod ist immer ein Einschnitt«, antwortete er salbungsvoll. »Meine Eltern verstehen das sicher und werden Ihnen verzeihen, wenn Zeit vergangen ist.«

Sein Tonfall war höflich, aber seine Miene zeigte deutlich, was er von weiblicher Überspanntheit hielt. Zorn wallte in Christabel auf, den sie jedoch zügelte. Sie hatte Maud ein

Versprechen gegeben, das sie zu halten gedachte. Außerdem konnte es ihr egal sein, was die Familie Willmington von ihr hielt. Denn ihr Besuch hatte Christabel einen Blick hinter die ehrbare Fassade gewährt und ihr Geheimnisse gezeigt, die besser im Dunkeln geblieben wären. Sollte sie nie wieder nach Ashburn Abbey eingeladen werden, würde sie das sicher nicht vermissen.

»Danke für Ihr Verständnis. Auf Wiedersehen.«

»Einen Moment noch.« Er musterte sie, als könnte er jede Lüge erkennen. »Sie haben nichts gefunden, was Trowbridges Tod erklärt?«

Beinahe wäre Christabel mit der Wahrheit herausgeplatzt, aber sie hatte ihr Wort verpfändet.

»Ich kann mir denken, dass er sich irgendwie verantwortlich fühlte. Butler meinen immer, sie würden die Geschicke des Hauses lenken.«

Dunstan Willmington nickte nur. Christabel hatte das Gefühl, sein Blick folgte ihr auf dem Weg zur Tür, aber sie ging stur weiter. Erst an der Tür angekommen, drehte sie sich zu ihm um.

»Ich hoffe wirklich für Sie und Ihre Familie, dass nun Frieden einkehrt.«

»Danke.« Seine Augen verengten sich. »Ich gehe davon aus, Sie werden Stillschweigen über unsere Geheimnisse bewahren.« Es fiel ihm hörbar schwer, sie um so etwas Peinliches zu bitten.

»Selbstverständlich.«

Obwohl der Chauffeur sie frech gemustert hatte, konnte Christabel es kaum erwarten, endlich in dem Auto Platz zu nehmen.

Maud saß bereits im Wagen, der Rücken sehr gerade, das Gesicht ohne Ausdruck. Als Christabel einstieg, sandte ihre Zofe ihr einen fragenden Blick, den Christabel mit einem Nicken beantwortete. Maud lächelte und stieß erleichtert die Luft aus.

Auch Christabel atmete tief aus. Als der Wagen beschleunigte, drehte sie sich nach Ashburn Abbey um. Das Gebäude erschien ihr nicht mehr wie ein kitschiges Zuckerbäckerbauwerk, sondern wie eine düstere Festung voller Lug und Trug. Sie schauderte. Maud griff nach ihrer Hand und drückte sie kurz. Christabel nickte ihr dankbar zu.

In dem Moment erklang ein leises fragendes Miauen aus der Hutschachtel, die Maud auf dem Schoß hielt. Maud öffnete den Deckel und das Kätzchen versuchte sofort, aus seinem Gefängnis zu klettern.

»Ihre Mutter wird mich umbringen, weil ich ihr das Kätzchen ins Haus schleppe.« Maud gab vor, voller Angst die Hände zu ringen. »Ich werde alle Schuld auf Sie schieben.«

»Papperlapapp. Mama wird Amelia Butterworth lieben.« Christabel streichelte das Tierchen, das laut zu schnurren begann. »Die Kleine wird sie in Nullkommanichts um die Pfote wickeln.«

Kapitel 27

Seit einigen Wochen weilten sie nun wieder in London und die Ereignisse auf Ashburn Abbey traten nach und nach in den Hintergrund. Sie verschwanden hinter der alltäglichen Arbeit, bis Maud fast meinte, über den Tod des jungen Lords lediglich in einem Roman gelesen zu haben. Es fühlte sich seltsam unwirklich an, wenn sie daran dachte. Ab und zu fragte sie sich, wie es Mrs Pratt und Mrs Stanhoop wohl ging und ob die beiden immer noch auf Ashburn Abbey arbeiteten.

Kurz nach ihrer Rückkehr hatten Maud und Lady Christabel einmal über ihre Ermittlungen gesprochen, aber inzwischen deckten sie den Mantel des Schweigens über das, was geschehen war. Von Lady Christabel hatte Maud erfahren, dass ihre Eltern sie auf den Tod von Lucian Willmington angesprochen hatten und sich mit der Erklärung, es wäre wohl ein Herzfehler die Ursache gewesen, zufriedengegeben hatten.

Seitdem sie aus Ashburn Abbey zurückgekehrt waren, wirkte ihre Ladyschaft deutlich verändert. Sie kam Maud ernsthafter und nachdenklicher vor als vor ihrer gemeinsamen Reise. Erst hatte Maud gedacht, Lady Christabel würde ihr aus dem Weg gehen, weil sie ihre Zofe nur selten zu sich rufen ließ, stattdessen die Tage in ihrem Zimmer vor ihrem Journal verbrachte. Das wusste Maud nur, weil sie Lady Christabel einmal überrascht hatte, wie sie wie im Rausch in ihr Buch schrieb.

»Was schreiben Sie?«

Lady Christabel schreckte hoch und bedeckte das Journal mit dem Arm.

»Sei nicht so neugierig.«

»Sie schreiben nicht über Ashburn Abbey, oder?«

»Ich halte meine Schwüre.«

Trotzdem war Maud mit ungutem Gefühl aus dem Raum gegangen. Denn noch nie war es vorgekommen, dass ihre Ladyschaft ein Geheimnis so lange bewahren konnte. Was mochte es nur sein, was Lady Christabel beschäftigte?

Zwei Tage später hatte Lady Christabel sie zu sich rufen lassen und ihr Schweigen endlich gelüftet. Maud war die Luft weggeblieben, als sie erfuhr, dass ihre Ladyschaft eine Kriminalgeschichte geschrieben hatte, die sie an »The Strand Magazine« schicken würde.

»Sie können nicht über das erzählen, was wir erlebt haben«, platzte Maud heraus. »Wir haben ein Versprechen gegeben.«

Sollte Lady Christabel die Geschichte jemals veröffentlichen, würde das furchtbare Konsequenzen für die oberen Dienstboten Ashburn Abbeys haben. Obwohl Maud keinen von ihnen wirklich leiden mochte, hielt sie an der Meinung fest, Mr Willmington hätte bekommen, was er verdient hatte.

»Natürlich nicht.« Lady Christabel schüttelte den Kopf, als könnte sie nicht fassen, was Maud gesagt hatte. »Ich habe mein Wort gegeben und daran halte ich mich. Aber das Erlebnis hat mir gezeigt, worin meine Zukunft liegt.«

Maud ersparte es sich, darauf hinzuweisen, wie oft Lady Christabel schon ihre Berufung gefunden hatte. Sie war fest davon ausgegangen, dass diese Liebe zum Schreiben eine kurzlebige sein würde, so wie die zum Frauenwahlrecht oder dem Gärtnern. Doch dieses Mal war es Lady Christabel ernst. Sie hatte ihre Geschichte nicht nur beendet, sondern sogar an »The Strand Magazine« geschickt.

An die Zeitschrift, in der die Sherlock-Holmes-Geschichten veröffentlicht worden waren. Auch wenn sie es nie aussprechen würde, hielt Maud es für vermessen, dass Lady Christabel sich für eine Autorin hielt, die mit Arthur Conan Doyle auf einer Stufe stand. Möglicherweise dachte sie das auch nur, weil Lady Christabel sich standhaft geweigert hatte, ihr die Geschichte zu lesen zu geben.

Als Maud Lady Christabel Tee und Toast zum Frühstück brachte, war diese bereits wach. Sie saß aufrecht im Bett, das Haar feucht vom Bad, und hatte ein Schriftstück neben sich liegen, das sie eilig in einem Buch versteckte, nachdem sie Maud gesehen hatte.

Die treulose Amelia Butterworth, die Mauds Dienstbotenkammer gegen den Luxus von Lady Christabels Räumen eingetauscht hatte, maunzte empört, aber schlief bald wieder ein.

»Nach dem Frühstück werden wir einen Ausflug unternehmen.« Schwungvoll bestrich Lady Christabel den Toast mit Butter. »Was immer du auch für den Tag geplant hast, es kann warten.«

»Am Kleiderstopfen hängt mein Herz nicht. Wo soll es hingehen?«

»Lass dich überraschen.« Lady Christabel schob die Decke zur Seite und sprang aus dem Bett. »Schnell, schnell, ich kann es kaum erwarten.«

»Was denn?«

»Ich verrate nichts.« Allerdings konnte man ihrer Ladyschaft auf dem Gesicht ablesen, wie schwer es ihr fiel, zu schweigen.

»Sie *wollen* es mir doch sagen. Und nach dem Frühstück erfahre ich es sowieso.«

»Nein, dieses Mal lasse ich mich nicht von dir aushorchen.« Bevor sie das Zimmer verließ, schnappte sich Lady Christabel das Buch mit dem geheimnisvollen Schreiben und grinste Maud frech an.

Während ihre Ladyschaft mit der Familie frühstückte, sammelte Maud die Kleidungsstücke auf, die Lady Christabel gestern Nacht achtlos im Zimmer verteilt hatte. Dann suchte sie im Kleiderschrank nach dem Journal, in der Hoffnung, darin einen Hinweis zu entdecken. Aber Lady Christabel hatte sich ein neues Versteck gesucht. In den Hutschachteln befanden sich nur Hüte. So sehr es Maud auch in den Fingern juckte, das Tagebuch zu finden, so musste sie dieses Vorhaben für heute aufgeben, um ihr Tagwerk zu beginnen.

Als Maud nach dem Frühstück in Lady Christabels Räume zurückkehrte, war die junge Frau schon für einen Ausflug angezogen.

»Komm mit, Maud.« Lady Christabel hüpfte von einem Fuß auf den anderen. »Guck nicht so kritisch. Manchmal bist du schlimmer als meine Mutter.«

»Es schickt sich nun einmal nicht für eine Lady, zu springen wie ein Gassenjunge.« Maud schüttelte den Kopf, aber konnte sich nicht gegen ein Lächeln wehren, ahnte sie doch, was ihre

Lady in Aufregung versetzte. »Ich nehme an, Sie haben etwas von ›The Strand Magazine‹ gehört?«

»Besser noch«, antwortete Lady Christabel und ergriff Mauds Hände. Sie zog sie in einen Tanz und sang dabei: »Du wirst es nicht glauben. Ich werde es nicht glauben. Wir werden es nicht glauben.«

Maud ließ sie eine Weile gewähren, bevor sie sich aus dem Tanz befreite. Manchmal wünschte sie sich, sie könnte so unbeschwert sein wie Lady Christabel, die inzwischen selbst den Tod ihrer heimlichen Liebe verwunden hatte. Wenn Maud Patrick nur ebenfalls vergessen könnte.

»Das Wetter ist einfach wunderbar. Lass uns in den St. James's Park gehen.« Obwohl Lady Christabel versuchte, ihre Freude etwas zu dämmen, zierte ein undamenhaft breites Grinsen ihr Gesicht. »Nun, komm schon, Maud. Sonst regnet es noch, bevor wir endlich aufgebrochen sind. Nimm bitte eine große Tasche mit.«

Obwohl Lady Christabel beim Frisieren herumzappelte, gelang es Maud, ihr eine passable Frisur zu gestalten. Endlich zogen sie die Mäntel über und traten vor die Tür. Ihre Lady hatte nicht übertrieben, der Sommertag war wahrhaftig golden. Die Sonne zeichnete Muster auf das graue Pflaster und ließ die bunte Pracht der großen Laubbäume erstrahlen. Selbst der für London typische Rußdunst war der Sonne gewichen. Nur der für die Stadt charakteristische Gestank von Pferdeäpfeln, Benzin und verbrannter Kohle wollte sich dem Sommer nicht geschlagen geben. Auf dem Weg zum St. James's Park hielt Lady Christabel an einem Zeitungsstand und winkte Maud heran.

»Zehn Exemplare von ›The Strand Magazine‹, bitte.«

»Was wollen Sie mit so vielen?«, fragte der Standinhaber, aber suchte sie zusammen und übergab sie Lady Christabel. »Es gibt billigere Möglichkeiten, wenn man Papier braucht.«

»Danke.« Lady Christabel reichte ihm das Geld, bevor sie Maud die Zeitschriften übergab.

»Lady Christabel. Stimmt das, was ich denke?«

»Ja!«, jubilierte ihre Ladyschaft. Beschämt sah sie sich um, aber niemand achtete auf sie. Seitdem die Suffragetten Schaufensterscheiben eingeworfen hatten, schien es nicht mehr so wichtig, wie Ladys sich in der Öffentlichkeit benahmen. Jedenfalls, solange sie keinen Hammer in die Hand nahmen. »Ja, Maud. Sie haben meine Geschichte genommen.«

»Darf ich sie nun endlich lesen?«

»Gedulde dich noch ein paar Minuten.« Lady Christabel drückte Mauds Oberarm. »Ich habe mir das alles ausgemalt. Du und ich, wir sitzen im Sonnenschein auf einer Bank im Park und lesen meine erste Geschichte. Meine erste *gedruckte* Geschichte.«

Sie klang so glücklich, dass Maud ihr die Freude nicht verderben wollte, obwohl sie vor Ungeduld beinahe umkam. Endlich erreichten sie den Park, in dem viele Londoner das schöne Wetter genossen. Da Maud ihre Ladyschaft gut kannte, führte ihr Weg sie zu dem kleinen Teich, auf dem Enten und Schwäne darauf warteten, dass jemand ihnen Brotstücke zuwarf. Weil die Neugier ihr keine Ruhe ließ, würdigte sie den gepflegten Rasen und die bunte Farbenpracht der Blumen kaum eines Blickes. Nur das auffallende Tiefrosa eines verspätet blühenden Fingerhuts fand ihre Aufmerksamkeit. Obwohl die Blüten mit ihren dunkelroten Punkten überaus hübsch waren, schauderte Maud. Nie wieder würde sie diese Pflanze anschauen können, ohne an deren Giftigkeit zu denken. Stattdessen steuerte Maud die erste Bank an, die frei war. Doch Lady Christabel schüttelte den Kopf.

»Da sitzen wir im Schatten. Lass uns einen besseren Platz finden.«

Fast schien es Maud, als wollte Lady Christabel sie quälen oder aber ihre Vorfreude hinauszögern, denn die nächste Bank war der Lady zu schmutzig, die danach zu krumm und die folgende zu nah am Wasser. Eine Entenmutter mit drei Küken watschelte quer über den Weg, sodass Maud und Lady Christabel anhielten, bis die Vögel den See erreicht hatten.

Maud zog ihre Lady zu einer Bank, die etwas entfernter vom Wasser stand, im Sonnenschein lag und nahezu perfekt sauber war.

»Wenn Ihnen diese auch nicht gefällt, drehe ich mich um und gehe nach Hause. Sie wissen, dass ich alle Magazine in der Tasche trage.«

»Das ist eine üble Erpressung.« Das Lächeln auf ihren ebenmäßigen Zügen strafte Lady Christabels Worte Lügen. »Aber ich muss eingestehen, ich selbst bin sehr neugierig, was du von meiner Geschichte hältst. Ich bin zwar nicht Winifred Ruteledge, aber mir scheint, die Geschichte ist mir gut gelungen.«

Maud wischte mit ihrem Taschentuch über die Bank, bevor sie beide sich setzten. Sie öffnete ihre Tasche, um eines der »The Strand Magazines« herauszuholen. Es roch – jedenfalls kam es ihr so vor – nach Druckerschwärze, das Papier fühlte sich rau in ihrer Hand an.

»Auf Seite sieben ist sie.« Lady Christabel platzte nahezu vor Stolz. »Gib mir auch eins, bitte.«

Nachdem sie dem Wunsch ihrer Lady nachgekommen war, öffnete Maud die Zeitschrift und schlug die siebte Seite auf.

»Tod eines Lords«, las sie laut vor. »Lord Christopher und sein treuer Butler Mortimer ermitteln.«

Maud stockte einen Augenblick. »Mortimer. Also bitte, Mylady. Ich weiß, das ist künstlerische Freiheit, aber Sie hätten mich Montgomery oder Martin nennen können. Muss es ausgerechnet Mortimer sein?«

Immerhin hat sie mich nicht Marmaduke genannt. Warum sagt sie eigentlich nichts?

Obwohl Maud neugierig auf die Geschichte war, in der sie hoffentlich eine angemessene Rolle spielen würde, schaute sie vom Magazin hoch, um nach Lady Christabel zu sehen. Schrecken ergriff Mauds Herz, denn alle Farbe war aus Lady Christabels Gesicht gewichen. In Büchern hatte Maud schon des Öfteren den Ausdruck »totenbleich« gelesen und sich nichts darunter vorstellen können. Heute nun sah sie den Menschen, der ihr am meisten bedeutete, wie vom Schlag getroffen. Sofort sprang Maud auf, achtete nicht einmal darauf, dass das kostbare Magazin von ihrem Schoß in den Dreck fiel.

»Lady Christabel. Kann ich etwas für Sie tun?« Sehr, sehr vorsichtig berührte Maud ihre Herrschaft an der Schulter. »Geht es Ihnen gut?«

Als wollte sie diese Frage verspotten, sah Lady Christabel sie fassungslos an. Tränen rollten aus ihren Augen, ihre Schultern bebten.

»Ist etwas mit der Geschichte?« Maud hätte sich ohrfeigen

können. Ihre Lady hatte »The Strand Magazine« nicht einmal aufgeschlagen.

»Maud. Siehst du dort?« Mit zitternder Hand deutete Lady Christabel nach rechts. »Dort bei der Männergruppe.«

Maud verengte die Augen, aber konnte niemanden der Herren, die dort wohl ihre Mittagspause verbrachten, erkennen.

»Nicholas. Maud, dort ist Nicholas.« Lady Christabel sprang auf und rannte auf die Männer zu, die sich abwandten und den Park durch das große Tor verließen. Auf der Straße sprangen sie in einen der herannahenden roten Busse, sodass Lady Christabel ihnen nur hinterherschauen konnte. Als Maud, die Röcke gerafft, ihre Lady endlich erreicht hatte, war die auf die Knie gesunken, ungeachtet des Staubs auf dem Weg, und weinte.

»Es war Nicholas, Maud, ich bin mir ganz sicher. Warum ist er vor mir davongelaufen?«

Nachwort und Dank

Als ich mit der Arbeit an »Tod eines Lords« begann, ahnte ich nicht, wie viele Möglichkeiten es gibt, jemand Unliebsamen zu vergiften. Ganz zu schweigen davon, dass mir vorher nicht klar war, wie tödlich ein hübsch anzusehender Garten ist.
Wer mehr über Giftpflanzen erfahren möchte, wird hier fündig:
https://botanikus.de/informatives/giftpflanzen/stark-giftige-pflanzen/
https://www.welt.de/wissenschaft/gallery13039792/Die-giftigsten-Pflanzen-aus-deutschen-Gaerten.html
https://www.urban-growing.net/giftpflanzen-von-a-z/

Bei der Recherche für »Tod eines Lords« konnte ich mich auf exzellente Bücher und Quellen stützen. Fehler im Roman sind ausschließlich mir zuzuschreiben und nicht den unten genannten Autorinnen und Autoren.

Hintergrundwissen zum »feinen Leben auf dem Lande« und dem vielfältigen Regelwerk, dem Herrschaft und Dienstboten unterworfen waren, verdanke ich:

Alison Maloney: Life Below Stairs: True Lives of Edwardian Servants. Thomas Dunne Books, 2012
Jeremy Musson: Up and Down stairs. The History of the Country House Servant. Murray, 2010
Jill Franklin: The Gentleman's Country House and its Plan, 1835-1914. Routledge and Paul, 1981
Juliet Gardiner: The Edwardian Country House. Pan MacMillan, London, 2002
Luise Berg-Ehlers: Extravagante Engländerinnen – Adelige Landpartie zwischen Herrenhaus, Gartenidylle und Dinnerparty. Insel Verlag, Berlin 2016
Mark Girouard: Das feine Leben auf dem Lande. Architektur, Kultur und Geschichte der englischen Oberschicht. Campus Verlag. Frankfurt / New York 1989
Phyllida Barstow: The English Country House Party. Equation, 1989
Robert Kerr: The Gentleman's House. Johnson Reprint Corporation, 1972
Trevor Lummis and Jan Marsh: The Woman's Domain. Women and the English Country House. Viking, 1990

Das Edwardianische London haben mir diese Bücher nahegebracht:

Victorian and Edwardian London from old Photographs. Introduction and Commentaries by John Betjeman. Batsford, London, 1979

Victorian & Edwardian London by A. R. Hope Moncrieff. Brockhampton Press, London 1999
Spaziergänge durch das alte London. Historische Gemälde, Postkarten, Fotografien und Stadtpläne. Bassermann-Verlag, München 2009

Zum guten Schluss möchte ich mich bei den Menschen bedanken, die »Tod eines Lords« begleitet und zu einem besseren Buch haben werden lassen.
An erster Stelle danke ich Marie Wölk, deren Coverentwurf meine Erwartungen übertroffen hat und die Stimmung des Romans wunderbar einfängt.
Meinen Lektorinnen Katrin Rodeit und Britta Schmeinck bin ich sehr dankbar für ihren Blick für Details, für ihre humorvollen Anmerkungen und die Fähigkeit, inhaltliche Fehler aufzudecken, auch wenn es wehtut.
Claudia Heinen, www.sks-heinen.de, sage ich herzlichen Dank für das Korrektorat. Ihre Kenntnisse der neuen deutschen Rechtschreibung und Kommasetzung sind unglaublich.
Natürlich haben mich die Musekater auf ihre eigene Art unterstützt, indem sie über die Tastatur liefen oder sich lautstark prügelten, wenn ich im Schreibfluss versunken war.
Meinen Freundinnen schulde ich keinen Dank, sondern eine Entschuldigung, weil ich monatelang kaum ansprechbar war und gedanklich mehr im vorigen Jahrhundert als in diesem weilte.
Meinem Ehemann Matthias danke ich dafür, dass er die schwierige Endphase des Romans mit Geduld und Ruhe ertragen hat.

Und ganz zum Schluss danke ich den Leserinnen und Lesern meiner Geschichten. Maud, Lady Christabel und ich freuen uns sehr über Rezensionen oder Nachrichten.

BAND 2

Mauds und Lady Christabels Abenteuer gehen weiter
Band 2, »**Lügen einer Lady**«,
erscheint Ende August 2020.

London, Sommer 1912. Ihre unkonventionelle Tante Lavinia bittet Lady Christabel um Hilfe. Eine Freundin Lavinias ist dem Charme eines Lakaien erlegen, der ihr eine Kette gestohlen hat und sie nun damit erpresst.

Lady Christabel und Maud sollen versuchen, das Schmuckstück zurück zu stehlen. Nachdem Maud den Verdächtigen kennenlernt, kann sie nicht glauben, dass er zu einem Verbrechen fähig ist. Sie setzt alles daran, seine Unschuld zu beweisen – und bringt dadurch sich und Lady Christabel in Lebensgefahr.

ISBN: 978-3-96698-636-6

Band 3

Band 3, »**Geheimnis einer Zofe**«,
erscheint Ende Oktober 2020.

Südengland, Winter 1912. Es kommt Lady Christabel vor wie ein vorgezogenes Weihnachtsgeschenk: Ihre Lieblingsautorin Winifred Ruteledge besucht das Herrenhaus Carrack Manor. Lady Christabel gelingt es, für sich und Maud eine Einladung dorthin zu erhalten. Doch ihr Glück währt nicht lange. Lavendelfarbene Briefe, in denen dunkle Geheimnisse angedeutet werden, vergiften die Atmosphäre im Herrenhaus. Bevor Maud und Lady Christabel herausfinden können, wer die Schreiben verfasst hat, geschieht ein Mord.

ISBN: 978-3-96698-637-3